SUGA
ATSUKO
ESSAY

VENEZIA NO YADO
by SUGA Atsuko

베네치아의
종소리

Dimore a Venezia

스가 아쓰코 에세이 | 송태욱 옮김

문학동네

| 차례 |

베네치아의 종소리

심포지엄에 참석하기 위해 베네치아 공항에 도착한 것은 정오가 조금 안 되어서였다. 터미널까지 마중 나온 오랜 친구이자 베네치아 대학 교수 아드리아나를 따라 곧장 점심식사 장소인 해리스 바로 향했다. 주최측에서 마련해준, 대운하가 한눈에 내려다보이는 환상적인 자리를 보자 벌써부터 아아, 또 이 도시 사람들의 근사한 연극에 참여하게 되는구나, 하는 기대감에 마음이 설렜다.

저명한 중세 문학자 노교수와 문학평론가, 아드리아나를 비롯한 베네치아와 나폴리 대학의 아시아 문학 연구자들, 그리고 나처럼 초대를 받아 베이징과 하노이 등지의 대학에서 날아온 사람 등 참석자들의 면면은 다양했지만, 베네토 지방의 차가운 화이트와인에 잘 어울리는 짭짤한 작은 새우 전채와 아련하게 바다 내음을 풍기는 게 리소토 사이를 누비며 한없이 이어지던 대화가 심사를 앞둔 올해 주요 문학상 후보작에 이르자, 다들 어련무던한 겉치레는 눈 깜짝할 사이 내팽개치고 테이블 위로 몸을 내밀며 대논쟁을 펼쳤다. 뜻하지 않게 열띤 대화를 나누는 수확을 거뒀지만 그 바람에 호텔에 들러 옷을 갈아입을 시간도 없이 행사장으로 직행한 것은 이탈리아다운 해프닝이라 할 만했다. 드디어 심포지엄이 시작되었으나, '동양 각국의 현대 이탈리아 문학 수용'이라는 참으로 막연한 주제 탓에 눈부신 조명을 받으며 이야기의 앞뒤를 맞추려고 안달하는 사이 각자에게 주어진 시간이 지나고 말았다. 그뒤 일본에 대한 기자 질문에 답하고, 밀라노의 출판사에서 온 편집자와 지인들 이야기를 나누고, 가까스로 호텔에 짐을 부렸을 때는 저녁 일곱시가 지난 뒤였다. 이 분주한 일정의 마지막을 장식한 것이 산마르코 광장 근처의 레스토랑에서 열린 뒤풀이 만찬이었다.

아직 5월 중순인데도 그날 베네치아 기온은 30도에 가까워서 후텁지근함에 숨이 막힐 지경이었다. 건물들이 빽빽해 바람이 잘 안 통하는 탓인지 밤이 되어도 돌바닥에 스민 열기가 전혀 가시지 않았다. 지금 생각하면 그날 평소답지 않게 한 달쯤 이어진 컨디션 난조에 빠져들었고, 늦은 저녁식사 자리에서도 의자에 겨우 앉아 있는 것이 고작이었다. 다행히 아흔이 가까운 어머니를 리도 집에 혼자 남겨놓고 온 아드리아나가 디저트가 나오기 전 일어난 덕분에 함께 자리를 뜰 수 있었다. 그래도 열시 반은 넘었을 것이다.

공항에서 점심을 먹은 레스토랑과 심포지엄 행사장에 이르기까지, 다소 눈치가 부족한 대회 비서를 대신해 하루종일 동행해준 아드리아나와는 리도 섬으로 나가는 선착장 모퉁이에서 헤어졌다. 네가 예약한 호텔까지는 이 길을 따라 쭉 가면 돼. 두번째 골목에서 오른쪽으로 돌면 다리가 나오는데, 거기서 광장까지는 똑바로 100미터도 안 될 거야. 그녀가 알려주었다.

페니체 극장 광장에 면한 숙소니 설령 길을 잃어도 극장으로 가는 길을 물어보면 된다. 그렇게 생각은 했지만 막상 혼자 남자 정말로 호텔까지 잘 찾아갈 수 있을지 걱정이 됐고 갑자기 자신이 없어졌다. 빵부스러기에 의지해 걷는 헨젤과 그레텔처럼 길 양쪽의 가게 간판을 확인해가면서 두번째로 보이는 골목을 돌았으나 이상하게 저녁때와 주위 풍경이 영 다른 듯해서 불안해진 순간, 앞쪽에 낯익은 다리가 보였다. 어디에나 있을 법한 조그만 돌다리, 그 다리 너머 좁고 똑바른 길가의 집들 사이에서 무슨 표지 같은 하늘색 네온사인이 흐릿하게 빛나는데 이 역시 저녁때의 인상과 전혀 달랐다. 다가가보니 폭이 1미터쯤 되는, 학교

공작 시간에 만들었나 싶을 정도로 허술해 보이는 별 모양 네온 사인이 길 양쪽 건물 사이의 허공에 굵은 철사로 매달려 있었다. 별 한가운데에는 유치한 레몬색에 묘하게 비뚜름한 '레스토랑은 이쪽'이라는 글자와 함께 화살표가 그려져 있었다. 아까도 이런 게 있었나 생각하면서 걸어가는데 마침 별 아래를 지날 때 난데없이 오케스트라 연주 소리가 들려왔다. 이 시간에 대체 무슨 일인가 싶어 가벼운 짜증이 이는 순간, 나는 너무나도 신비로운 광경에 맞닥뜨리고 말았다.

눈앞에 스포트라이트를 받아 입체감이 두드러진 페니체 극장 건물이 어두운 밤하늘을 배경으로 선명하게 떠올라 있었다. 그리고 건물을 비추는 빛 속에는 한눈에 여행자임을 알 수 있는 남녀 무리가 마치 영웅의 귀환을 기다리는 무대 위의 군중처럼 삼삼오오 모여서, 광장이라고도 하기 힘든 좁은 공간 여기저기, 극장 앞 야트막한 돌계단이나 도로보다 한 단 높은 맞은편 아케이드 통로에, 넘실거리는 소리의 파도를 각자 가슴에 품으려는 듯이 앉아 있었다. 놀랄 새도 없이 다음 순간 오케스트라 소리 사이를 누비며 맑고 힘찬 소프라노 목소리가 날아올랐다. 많이 들어본 선율이었지만 오페라를 잘 모르는 나는 어느 작품의 어느 아리아인지는 알 수 없었다. 극장에 들어가지 못한 사람들을 위해 바깥에 설치한 스피커로 무대 공연을 중계하고 있다는 사실을 완전히 이해하기까지는 몇 초가 더 걸렸다. 그만큼 모든 것이 뜻밖이었고, 마치 신비로운 환상의 세계에 끌려들어온 기분이었다.

그날 밤 페니체 극장 창립 200주년 기념 갈라 콘서트가 열린다는 것은 저녁 무렵 호텔에 들렀을 때 포스터를 보고 알았지만, 자세한 내용은 읽지 않고 지나쳤었다. 그러고 보니 레스토랑으로 가던 길에도 턱시도를 입은 남자들의 에스코트를 받으며 반짝거리는 드레스 차림으로 돌다리를 건너오는 여자들을 맞닥뜨렸다. 밀라노나 로마의 오페라 극장이라면 유명인을 보려는 구경꾼들이 몰려 있는 입구까지 기사가 운전하는 차로 들어와 우아하게 내릴 사람들인데, 차가 못 다니는 이 거리에서는 아무리 신분이 높든 돈이 많든 놀다 돌아가는 아이들이나 청바지 차림의 젊은이들을 비켜가며 거리 한복판을 걸어서 극장으로 들어가야 하는 것이다. 그 신기하고도 어딘가 우스꽝스러운 광경에 눈이 휘둥그레졌지만, 만찬회의 소란에 정신을 빼앗겨 어느새 그들의 존재를 까맣게 잊고 있었다. 하늘색 별 모양 네온사인이 달린 골목을 빠져나오는 순간까지 내 머릿속에는 오페라도 극장 200주년 기념 공연도 없었고, 설사 기억하고 있었다 해도 음악회 실황이 극장 앞을 지나는 사람들에게 스피커로 울려퍼지리라고는 생각도 못했을 것이다.

배낭을 멘 채 남자의 가슴에 머리를 묻고 음악에 푹 빠진 소녀. 어두운 하늘로 퍼져가는 소리를 눈으로 좇으려는 듯 고개를 들고 쭈그려 앉은 금발 청년. 준비성 좋게도 작은 금속제 접의자를 가져와 가만히 손을 잡고 앉은, 부부로 보이는 백발 남녀. 네다섯 명이 줄지은 여학생 무리. 그 위를 천천히 흘러가는 빛과 소리가, 마치 머나먼 어딘가의 강바닥에서 꾸는 꿈 같았다.

마법처럼 눈앞에 펼쳐진 광경과 그것을 감싸는 음악이 잊고 있던 옛 기억을 불러왔다. 어느 여름날 저녁 프랑스 남부의 오래된 도시 아비뇽, 친구와 함께 분수가 있는 광장을 지나는데 로즈메리 향기가 희미하게 풍기는 저물녘의 빈약한 빛 속에 젊은 남녀가 둥글게 모여서 고풍스러운 마드리갈*을 악기에 맞춰 부르고 있었다. 그 무렵 흔히 보이던 히피풍 옷차림이었는데, 노래는 아마추어 같지 않게 음정이 정확했다. 아, 중세와 이어져 있구나. 그런 생각이 들자 갑자기 나 자신이 큰 파도에 휩쓸려 키가 부서져버린 조각배같이 느껴졌다. 이곳 서양의 과거와도 연결되어 있지 않고 고국의 현재에도 적응하지 못하는 나는 대체 어디로 향해야 할까. 두 나라, 두 언어의 골짜기에 끼여 발버둥치던 시절, 사방에 두꺼운 벽만 가로놓인 기분이라 그저 몸을 움츠리고 시간이 지나기를 기다릴 수밖에 없었다. 드디어 여기까지 걸

* 짧은 목가나 연애시에 곡을 붙인 이탈리아 가요.

어왔구나. 문득 그런 말이 가슴속에서 솟아났고, 아비뇽의 분수에서 베네치아의 광장에 이르는 끝없이 먼 길을 먼지투성이 집시처럼 쉬지 않고 걸어온 내 모습이 보이는 듯했다.

나도 함께 이 빛 속에 앉아 음악에 몸을 맡기고 싶었지만, 역시 오늘은 이만 잠자리에 드는 편이 좋을 것 같았다. 이런 피로는 정말 오랜만이었다. 숙소는 극장 앞 좁은 도로 건너편에 있었고, 이름도 극장과 같은 페니체였다. 열쇠를 받고 복잡한 복도를 돌아서 기선 내부처럼 잘 닦인 나무 계단을 올라 5층으로 갔다.

실로 바다의 도시 베네치아답게 선실을 연상시키는 방이었다. 경사진 천장과 커다란 대들보가 드러난 다락방 같은 공간에 잘 어울리는 디자인이었다. 그러나 연일 이어진 더위 탓에 실내 공기는 난방을 튼 것처럼 후텁지근했다. 서둘러 샤워를 하고, 역시나 선실처럼 폭이 좁은 침대의 서늘한 삼베 시트에 몸을 눕히자 이제야 와야 할 곳에 온 기분이 들었지만, 고작 몇 분간 한숨 돌렸을 뿐 잠들 때까지 읽으려고 집어든 책을 펼칠 기력도 없을 만큼 몸이 나른하게 처졌다. 일어나서 아스피린 한 알을 먹고 얼굴 높이보다 약간 위에 달린 작은 정사각형 창문을 열었다. 일교차가 큰 유럽에서 창문을 열어놓고 자는 것은 자살행위나 다름없지만 그날 밤은 어쩔 수 없었다. 발돋움하고 창밖을 내다보니 페니체 극장 위에 커다란 보름달이 떠 있었다. 계단을 오르며 모퉁이를 몇 번이고 도는 통에 알아차리지 못했지만, 이 방은 아마 극장 남쪽의 골목길을 바라보고 있고 조금 전 가로질러온 광장과도 그리 멀지 않을 터였다. 창문을 열자마자 기다렸다는 듯이 흘러들어오는 커다란 음악 소리로도 짐작할 수 있었다.

아리아가 끝나자 스피커는 우레 같은 박수 소리까지 고스란히 극장 밖으로 전해주었다. 좀 전에 본 환상 같았던 광장에서 어떤 이유로 표를 구하지 못한 군중의 작은 박수 소리도 뚜렷이 섞여 들려왔다. 이윽고 다음 아리아가 시작되기 전 극장 여기저기에서 새나오는 신경질적인 헛기침 소리가 작은 정사각형 창문으로 뛰어들어올 즈음에는, 이날 프로그램이라도 미리 알아볼걸 후회할 만큼 나는 생각지 않게 동참하게 된 음악회에 마음을 빼앗겨 버렸다.

예전부터 나는 음악에 깊이 빠져들지 못했고, 음악과 잘 맞지 않는다고 믿어왔다. 아니, 음악이 가져다주는 감동이 너무나 순수해서 언어로도 색으로도 형태로도 표현할 수 없음을 마냥 두려워했는지도 모른다. 언어의 세계에 다가갈수록 음악에서는 멀어졌다. 그래서 음악 애호가에게 일종의 메카와도 같은 밀라노에 십 년 넘게 살면서도 스칼라 극장으로는 좀처럼 발걸음을 옮기지 않았다. 나와는 다른 세계라고 생각했던 것일까. 마음의 여유가 없었던 탓일까. 아마 둘 다였으리라. 그리고 지금, 접하기

엔 이미 늦었다고 생각했던 음악이 보름달 빛을 데리고 작고 네모난 창문으로 들어와 나를 잠들지 못하게 한다. 일어나, 일어나라며 나를 흔들어댄다. 지금이라도 늦지 않아. 그럴지도 모르지, 나는 마지못해 대답한다. 하지만 오늘밤은 안 돼. 부탁이니 이만 자게 해줘.

낮 동안의 피로에 짓눌려 깜박 잠이 든 모양이었다. 갑자기 침대에서 내팽개쳐진 듯한, 수많은 작은 손에 떠받쳐져 허공에 떠 있는 듯한 감각에 눈을 떴다. 종소리. 근처 성당의 종이 한밤중의 베네치아를 향해 소리 높이 무언가를 알리고 있다. 시계를 보니 열두시였다. 그것은 단지 종루의 시계가 어제와 오늘의 경계에 해당하는 시간을 알리는 소리가 아니라 이백 년 전 오늘밤, 빛나는 음악사의 한 페이지를 장식하며 처음 자신들만의 오페라 극장을 갖게 되어 열광하던 베네치아 시민들의 시간을 다시 한 번 음미하는 듯한, 마치 뭔가에 정신없이 몰두하는 듯한 소리였다. 그리고 겨울밤 북쪽 나라 숲을 달려나가는 폭풍 같은 박수 소리가 뒤따랐다. 건물 안쪽의 박수와 바깥쪽의 박수가 겹치며 집들의 벽에서, 탑에서, 또한 그것들의 그림자에 숨어 있는 수백 갈래 운하에서 불러내는 조용한 메아리를 나는 또하나의 음악회 연주인 양 하얀 시트 안에서 가만히 눈을 감고 듣고 있었다.

얼마나 시간이 지났을까. 드디어 극장 옆 골목길을 삼삼오오

지나가는 사람들의 말소리가 돌바닥에 부딪히는 발소리와 함께 열린 창문 너머로 들어왔다. 골목에서 들려오는 소리에 귀기울이고 있자니 창문도, 5층이라는 높이도 어느새 사라져버리고 나 역시 음악회에서 돌아가는 군중의 한 사람이 되어 이 아래를 걷고 있는 듯했다. 흥분해서 높아진 목소리가 침대 주위에 만발했다.

파리 유학생이었던 사십여 년 전, 생활비를 쪼개 이리저리 찾아다녔던 피아노 연주회의 기억이 보름달 빛만 남은 작은 방으로 하나둘 돌아왔다. 젊은 삼손 프랑수아의 쇼팽 연주를 듣고 대기실까지 찾아갔던 밤, 클라라 하스킬이 무서울 정도로 조용하게 연주한 모차르트, 러시아에 이렇게 굉장한 피아니스트가 있었다니 하고 온 동네가 떠들썩해졌던 에밀 길렐스의 연주회, 모두 전쟁이 끝나 활기가 넘치던 파리에서 경험한 일이었다. 돌아가는 길에는 나도 저렇게 상기된 목소리로 친구와 연주회의 감상을 주고받았을까. 어느 날 밤, 시내에서 라탱 구에 있는 기숙사까지 매서운 추위에 뺨이 벌게진 채 걸어서 돌아온 적도 있었다. 아버지에게 편지로 그런 흥분을 전하자 여느 때처럼 큼직한 글씨로 쓴 딱 두 장짜리 답장이 왔다. 음악도 좋지만 공부는 제대로 하고 있는 거냐. 너무 들떠 있지는 않은지 모르겠구나. 그 편지를 읽고 슬펐다. 추위를 뚫고 매일 도서관에 다닌다는 얘기나, 알아듣는 것만으로도 벅찬 대학 강의 얘기 등은 걱정을 끼치기 싫어 일부러 쓰지 않았는데. 아버지야말로 유럽을 여행할 때 마음껏 사치하고 즐겼으면서.

몇 살 때였을까. 우리가 웃방이라 불렀던, 도쿄 집의 어둑한 방에서 어머니가 아버지의 턱시도를 보여주었다. 어머니는 잠깐 이리 와보라며 함부로 들어가서는 안 되었던 방으로 나를 불렀다. 턱시도, 라는 발음에 하느님이라는 말을 할 때만큼의 거리감과 존경심이 담겨 있었다. 외국에서 맞춘 거야? 나는 물었다. 아니, 출국 전에 긴자에서. 여간 난리가 아니었지. 이 구두는 외국에서 사온 거지만. 그렇게 말하며 어머니는 회색과 흰색이 섞인 멋스럽고 특이한 주머니에 한 짝씩 들어 있던, 어린 내 눈에는 고무처럼 부드러워 보이던 길쭉한 모양의 에나멜가죽 구두를 보여주었다. 아빠는 요즘도 턱시도 입을 일이 있어? 그렇게 물어본 것 같기도 하다. 엄마는 본 적 있어? 내 물음에는 대답하지 않고 어머니는 말했다. 네 아빠는 외국에 나가선 놀기만 했어.

1935년 말, 할아버지가 창업한 회사를 물려받은 아버지는 견학 명목으로 유럽에서 미국까지 일 년 가까이 긴 여행을 떠났다. 할아버지가 세상을 떠난 후 열아홉 살에 대학을 그만두고 가업을 이어야 했던 아버지가 일에 영 집중하지 못하자, 후견인이었던 종조부와 할머니가 염려 끝에 짜낸 계획이었던 모양이다. 한번 좋아하는 것을 마음껏 하게 해주면 단념하고 일에 전념하지 않을까. 게다가 경험도 쌓을 수 있고. 대강 그런 생각이었으리라. 물론 어머니는 일본에서 집을 봐야 했다. 할머니와 어린 삼촌, 그리고 어머니와 나이대가 거의 비슷한 고모들과 함께. 내가 여섯 살, 여동생이 다섯 살, 남동생이 막 태어났을 때였다.

고베에서 배를 타고 대륙으로 건너가 시베리아 횡단열차로 모스크바에 이르고 이어 바르샤바, 부다페스트, 프라하 등을 차례로 들렀으리라. 소피아와 부쿠레슈티에 갔다는 이야기도 들은 것 같다. 이스탄불에서 오리엔트 특급열차를 타고 베네치아에서 본선을 벗어나 로마, 나폴리, 피렌체 등의 도시를 찾았다. 그뒤 알프스, 즉 심플론 고개를 넘어 파리에서 몇 주간 머물렀던 듯하다. 파리의 인상보다 심플론이라는 지명이 더 자주 아버지의 입에 오르내렸던 것 같다. 파리는 베를린 올림픽을 보려고 떠났는데, 그 길에 뮌헨과 빈에 들렀을 것이다.

빈은 꼭 다시 한번 가보고 싶구나. 빈 한곳만이라도. 아버지는 무척 간절하게 몇 번이고 그런 말을 했다. 올림픽이 끝나자 벨기에와 네덜란드에 갔고, 다시 파리로 돌아왔다가 도버의 하얀 절벽을 보며 영국으로 건너가 런던에 한 달간 머물렀다. 학창 시절 영어를 꽤 잘했다 하니 말이 통하지 않는 파리나 베를린보다는 그곳이 편했으리라. 아버지는 과연 어떤 영어를 구사했을까. 런던은 나쓰메 소세키가 한때 머물렀던 곳이기도 해서 유독 친근하게 느껴졌던 모양이다. 스코틀랜드 에든버러에 갔다는 이야기도 종종 들었다. 런던에서 미국, 그것도 동해안에서 출발해 샌프란시스코를 거쳐 일본으로 돌아왔다.

몇 번이나 들었던 루트를 순서대로 늘어놓으니 비행기를 이용할 수 없었던 시대의, 생각만 해도 정신이 아뜩해지는 아버지의 여정이 실감난다. 원래 유럽에는 시베리아 횡단열차로 들어갈 생각이 아니었는데 절약이 몸에 밴 종조부가 그것밖에 허락해주지 않았다고 원망하는 눈치였다. 사실 아버지는 유럽 항로의 새하얀 기선을 타고 싶었던 것이다. 내가 처음 파리로 유학을 가게 되었을 때 아버지는 크게 기뻐하며 곧바로 지인들을 통해 배편을 수배하고는, 오래된 여행 안내서를 꺼내와서 매일 밤 기항지를 설명해주었다. 그만 좀 해요, 아빠가 가는 것도 아니면서, 나의 차가운 대꾸도 아랑곳없이.

출발 전 종조부와 할머니가 여비뿐 아니라 용돈도 아껴 쓰라고 신신당부했는데도 아버지는 가는 곳마다 은행에서 돈을 보내라는 내용의 전보를 쳤다. 그때마다 얼마나 식은땀이 흐르던지, 어머님께 죄송해서 말이야. 어머니는 한심하다는 듯이, 그리고 조금은 자랑하듯이 내게 말했다. 선천적으로 사치를 좋아한다니까, 네 아빠는.

좁은 침대 안에서 사치를 좋아하던 아버지를 떠올리며, 나는 그런 아버지가 베네치아에선 어떤 숙소에 묵었을까 생각했다. 아마 어느 도시에서나 그랬듯이 그리티 팰리스나 바우어 그륀발트 같은 초호화 호텔이었으리라. 아침에 일어나 커튼을 걷으면 안개 속을 바쁘게 오가는 배들이 보이고, 밤이면 차려입고 식당으로 내려가는 것 자체가 일종의 눈부신 연기이기도 한 호텔.

아버지가 일상에서 벗어난 호텔이라는 공간을 애호하게 된 데는 유럽 여행의 경험이 큰 영향을 미쳤을 것이다. 내가 여대 기숙사에서 생활할 때, 아버지는 간사이에서 올라오면 무척 기쁜 듯이 전화를 걸어와서 자신이 늘 묵는 데이코쿠 호텔의 저녁식사 자리에 불러주었다. 프랭크 로이드 라이트가 설계한 건물이 건재하던 시절, 천장이 낮고 미로 같은 복도를 지나 방을 찾아가다보면 집에서 보던 까다로운 성미의 아버지와 완전히 다른 사람을 만나러 가는 기분이 들어서 유쾌했다. 편한 옷을 좋아하는 내게 아버지는 복장에 신경쓰고 오라며 다짐을 해두었다. 노크를 하고 방으로 들어가면 늘 구두가 그게 뭐냐든가 좀더 괜찮은 핸드백은 없느냐는 식의 꾸중을 들었다. 식사중에도 자세를 똑바로 하라는 지적을 받았지만, 최근에 읽은 책이나 친구들 이야기를 하면 흥미롭게 들어주었다.

이런 다락방 같은 숙소에선 묵지 말라고 했을까. 침대에서 나는 생각했다. 하지만 유학생 시절의 가난한 여행 이야기를 하면 아버지는 네 여행은 호가분해서 좋겠다고 말했다. 아빠는 그럴 수가 없단다. 그럴 수가 없다니, 자기가 사치 부리기를 좋아하는 탓이잖아. 나는 생각했다. 그래도 아버지는 이런 말도 했다. 다음에 유럽을 가게 되면 너처럼 여행해보고 싶구나.

'베네치아'라고 아버지는 이 해안 도시의 이름을 발음했다. 무라노나 부라노 같은 유리 공장을 방문한 이야기도 들었다. 베네치안 글라스, 라는 일본식 영어도 아버지에게서 배웠다. 아마도 전형적인 관광 코스를 따라 여기저기 구경했을 것이다. 전쟁 전의 일이니 무라노도 겨우 어촌에서 벗어난 정도의 적막한 섬이었으리라. 언젠가 오래된 세피아톤 사진에서 본 것처럼, 검은 옷을 입은 자그마한 몸집의 여자들이 궁색한 집 입구에 걸터앉아 톰볼라라는 레이스 뜨기에 열중하는 모습을 발길을 멈추고 바라보았을지도 모른다. 여행지에서 아이들을 보면 너만한 아이가 길가에서 놀고 있더라는 얘기를 엽서에 써 보내주던 아버지는, 레이스 뜨는 여자들의 모습에 일본에서 기다리고 있는 어머니를 떠올렸을까. 집에서 아이들이 떠들면 늘 신경질을 냈으면서 여행지에서는 우리가 그리웠을까. 막 서른이 된 아버지는 잠시나마 대가족의 가장 역할에서 해방되어 그저 기쁘기만 하지 않았을까.

작고 네모난 창문으로 흘러드는 소리가 멎고, 드디어 거리는 고요히 잠든 듯했다. 아스피린의 약기운인지 몸의 열기도 다소 가라앉았다. 어느 순간 뺨에 닿은 베개가 서늘하게 느껴져 마음이 놓였다.

아버지가 두 집 살림을 하고 있음을 안 것은 스무 살 때였다. 할 얘기가 있으니 집에 한번 오려무나. 종전 후 내내 몸져누워 있던 어머니가 도쿄의 기숙사로 보낸 편지를 받고, 나는 11월 초 짧은 연휴를 이용해 슈쿠가와로 돌아갔다. 아버지는 집에 없었지만 이미 익숙한 일이었다. 저녁을 먹고 둘만 남을 때까지 기다렸다가 어머니가 말을 꺼냈다. 아빠가 집을 나가셨단다. 회사에도 안 나가시는 모양이야. 아, 지겨워, 나는 생각했다. 결국 그렇게 되었구나 하는 생각과 왜 또 난리람 하는 생각이 머릿속에서 뒤섞였다. 그래서 지금 어디 있대요? 내가 묻자 어머니는 걱정스러운 듯이 말했다. 몰라. 지난달부터 내내 몸이 좋지 않다고 했거든. 그런데도 집을 나가다니. 이상한 사람이야.

편찮으셨어요? 나는 물었다. 그래, 교토 대학 병원에 의사를 찾아갔던 모양이더라. 간이 안 좋다고 했나봐. 오사카에서 왜 교토 대학까지 갔느냐고 물었더니 아무 말도 안 해. 정말 이상한 사람이지. 지난주 월요일 아침에, 오늘은 몸이 좀 안 좋으니 일찍 들어오겠다며 회사를 나서서는 그길로 감감무소식이야. 한동안 출장을 간다고 비서실에서 전화로 알려주었을 뿐이야.

아무래도 이번에는 확실히 배신당한 것 같구나. 그렇게 말하며 어머니는 작은 소리로 웃었다.

내가 아버지를 만난 것은 며칠 뒤였다. 도쿄로 돌아가기 전 뭐라도 실마리를 찾고픈 마음에 교토로 가보기로 했다. 혹시 교토대학 병원에 입원한 게 아닐까. 그런 생각이 들어 아침 일찍 집을 나서 전철을 탔다. 교토까지 혼자 가보기는 처음이었다. 내과 병동에서 이름을 말하자 아니나 다를까 내 감이 맞았다. 하지만 병실로 가니 침대는 비어 있고, 간호사가 지금 산책 나가셨다고 알려주었다. 결국 이런 데까지 찾아오다니. 아침부터 긴장하고 있던 마음이 풀리면서 슬퍼졌다. 두 건물을 잇는 복도에서 정원으로 내려오자 널찍한 포플러 가로수길이 나왔다. 설령 내가 아버지를 만난다 해도 어머니와의 문제가 해결될 수 있을까? 점점 불안한 마음이 커져서 이만 돌아갈까 생각할 즈음, 맞은편에서 아버지가 걸어왔다.

투명한 가을 햇살 속에 옷자락을 시원하게 휘날리며, 아버지는 어떤 여자와 함께 이쪽으로 오고 있었다. 휴일에 우리와 외출할 때처럼 흰색 버선을 신은 발 언저리가 눈부셨다. 저런 모습으로 내가 모르는 여자와 걷고 있는 이 이상한 상황이, 이해가 되지 않을 만큼 묘하게 자연스러운 느낌이었다. 어떻게 하지? 이런 데까지 와버린 나의 무모함이 무서워졌다. 그렇다고 이제 와서 도망칠 수도 없다. 난처한 기분과 아버지를 만난 반가움에 볼이 달아올랐다.

이런 데서 뭐하는 거냐? 아버지가 무서운 목소리로 말했다. 멀리서는 건강해 보였는데 눈앞에 마주하니 수염이 더부룩하고 눈도 퀭했다. 나는 아빠야말로, 하고 말하는 것이 고작이었다. 울면 안 된다고 마음을 다잡으며 덧붙였다. 아빠를 찾으러 왔어요. 아무 말도 안 하고 집을 나갔잖아요. 아버지는 순간 난처한 표정을 지었다. 아버님은 건강이 안 좋으세요. 동행한 여자가 아버지를 감싸듯 말했다. 영 울적해하셔서 저쪽까지 산책 다녀오는 길이에요. 약간 칼칼한 목소리였다.

아프면 집에 누워 있으면 될 거 아니에요. 그리고 병원은 오사카에도 있잖아요. 그렇게 말하면서 나는 아버지의 어깨 뒤에 무릎을 약간 굽히고 반쯤 숨어 있는 여자를 노려보았다. 키가 큰 편인 아버지와 어깨높이가 비슷했고, 갸름한 얼굴과 흰 피부, 뼈대 굵은 체격 등이 몸집 작고 피부가 다갈색인 어머니와 모든 면에서 대조적이었다. 약간 낡은 느낌의 수수한 기모노에, 녹갈색 바탕에 대나무 무늬가 들어간 하오리*를 걸치고 있었다. 그때 나는 기묘한 사실을 알아차렸다. 녹갈색이든 대나무 무늬든 어머

* 기모노 위에 입는 짧은 겉옷.

니는 절대 고르지 않을 색과 무늬였는데, 아주 옛날 어렸을 때 어딘가에서 그 하오리를 본 듯한 기분이 든 것이다. 게다가 몸집 하며 입은 옷 하며 거의 모든 면이 어머니와 다른데도 무언가 공통점이 있는 것처럼 느껴졌다. 왜일까 생각하다가 흠칫 놀랐다. 어머니처럼 이 사람도 아버지를 바라보며 살아가는 사이 그의 기호에 물들어버린 것이 아닐까.

그녀는 내 이름을 말하며 아버님한테 얘기 많이 들었어요, 하고 인사했다. 말씨와 태도 모두 진지했다. 그것도 뜻밖이었다. 막연히 상상하던 '망측한 여자'가 아니라서 그나마 다행이다 싶었지만, 이런 기분을 어머니에게는 말할 수 없으리라는 생각도 들었다.

다른 사람한테 내 얘기 함부로 하지 마세요. 나는 되도록 그녀 쪽을 보지 않으려 애쓰면서 아버지에게 말했다. 목소리가 굳었음을 나도 느낄 수 있었다. '다른 사람한테'라는 말에 힘을 주었다. 그런 내 말에는 대답하지 않고, 아버지는 몹시 불쾌하다는 듯이 말했다. 어디 감히 교토까지. 여긴 애들이 올 곳이 아냐.

빨리 엄마한테 돌아가세요. 그렇게 말하고 나는 아버지와 헤어졌다. 다시 뒤돌아서, 정부와 함께 병동으로 걸어가는 아버지의 뒷모습을 바라보았는지 어땠는지는 기억나지 않는다.

여름의 끝

여름이 오면 기토 큰이모가 떠오른다. 조후, 혹은 아카시 같은 직물로 짠 얇은 기모노에 저녁 무렵이면 풀 먹인 유카타를 깔끔하게 차려입고 등을 똑바로 편 채 장지문을 떼어낸 방 가장자리에 단정히 앉아 있다. 한 손에 부채를 들기도 한다. 그러나 파닥파닥 조급하게 부치지는 않고, 부채가 무릎과 거의 직각이 되도록 세우고 손목 윗부분만 천천히 움직이면서 작은 소리로 어머니와 이야기를 나눈다. 나나 여동생이 아, 더워, 하고 비명을 지르며 방으로 들어가면 고개를 들고 안경 너머로 실눈을 뜨면서 생긋 웃는다. 정말 그렇구나, 하고 대답할 뿐이다. 맥이 빠진 우리가 큰이모는 안 더워요? 하고 물으면 물론 덥지, 라고 천천히 말하고는 다시 웃는다. 그러면서도 꿇어앉은 다리를 펴지 않고 등도 반듯하게 세운 채로 앉아 있다. 땀이나 더위 같은 것에 눈 하나 깜짝 않고 조용히 웃기만 했다.

왜 여름에만 기토 큰이모가 떠오를까, 이유는 사실 별것 아니다. 어린 시절을 도쿄에서 보낸 우리가 고베 근처 오카모토라는 주택가에 살던 기토 큰이모를 만나는 때는 슈쿠가와의 할머니 집으로 온 가족이 '귀성'하는 여름방학뿐이었기 때문이다. 매년 오카모토로 큰이모를 찾아가는 일은 우리의 단조로운 휴가에 흥취를 더해주는 작은 즐거움 중 하나였다. 한큐 전철 연선의 오카모토는 당시 한신 지역에서 가장 화려한 주택가로 꼽히던 미카게와 아시야 사이에 있었지만 쇼와* 초기의 개발 붐에서도, 또 쇼와 10년대 이 지방 사람들이 한결같이 휩쓸렸던 모더니즘 열풍에서도 잊혀버린 것처럼 조용하고 차분한 분위기의 동네였다. 모토야마무라로 불리던 역 주변에 예로부터 유복한 농가가 많았기에 택지 개발 바람이 미치지 못했는지도 모르겠다. 전철 안에서 봐도 같은 한큐 연선의 아시야나 슈쿠가와는 미모사의 노란 꽃가지가 봄을 알리고 5월이면 흰색과 분홍색 덩굴장미가 울타리를 온통 뒤덮는 등 서양스러운 느낌이 강한 데 반해, 오카모토는 가을이 되면 나무에 주렁주렁 달린 감이 석양에 빛나고 겨울

* 1926년부터 1989년에 해당하는 일본의 연호.

이 다 지날 무렵에는 근사한 거목에 매화가 만발하는 풍경이 다른 주택지와 달리 고풍스러운 기품을 더해 시간이 어딘가에서 멈춘 듯 훈훈한 그리움을 자아내는 큰이모네 살림살이와 잘 어울렸다. 역 앞 건널목을 북쪽으로 건너면 경사가 꽤 급한 언덕길이 나오고, 그리 넓지 않은 길 한쪽, 둥글둥글한 자연 화강암을 채워넣은 도랑에서는 맑고 차가운 물이 졸졸 흘렀다. 민물게가 돌 틈으로 집게를 세우고 나오거나 부글부글 거품을 내뿜기도 했다. 아마도 셋집이었을 소박한 단층집, 처마가 깊은 큰이모네 바로 옆에도 그런 시내가 있었다.

아홉 형제 중 밑에서 둘째인 어머니와 맏언니인 기토 큰이모는 열다섯 살이나 차이가 났다. 아주 나중에 어머니에게서 들은 이야기로는 아버지와 어머니가 처음 만난 곳도 다름아닌 큰이모네 댁이었다. 좀 복잡한 이야기인데, 대학을 졸업하고 회사원 생활을 하던 큰이모부가 우리 할아버지의 신임을 얻어 새로 설립한 건축설비 회사의 도쿄 지점을 맡게 되었다. 그리고 큰이모와 결혼했고, 어머니는 첫아들을 출산한 언니를 도와주러 와 있다가 아버지와 처음 만난 것이다.

도쿄에 있던 큰이모 부부는 언제 오카모토로 왔을까. 두 자녀 중 대학에서 농예화학을 전공한 장남 긴이치 오빠는 부모와 헤어져 도쿄에 혼자 남았고, 목소리가 예쁜 나오 언니가 그해 시집

갔을 때 두 분은 이미 오카모토에 살고 있었다. 어쨌든 큰이모가 오카모토에 살았던 기간은 그리 길지 않은 것 같다. 전쟁이 일어나자 긴이치 오빠는 학도병으로 동원되었고, 우리 가족도 공습을 피해 도쿄에서 슈쿠가와로 옮겨갔다. 얼마 지나지 않아 큰이모 부부도 반슈 평야 외곽에 있는 오노라는 조그마한 동네의, 큰이모부 집안 대대로 내려오는 저택으로 거처를 옮겼다. 정년을 맞은 이모부가 한신 지역은 생활비가 많이 든다며 오카모토를 떠난 것이다. 벽촌으로 가게 돼서 큰이모가 속상해한다는 어머니의 말에도 우리는 태평하게도 그렇구나, 하고 무딘 반응만 보였다. 이거 큰일인걸, 큰이모부가 멀리 가시면 아빠한테 뭐라고 해줄 사람이 없어지는데. 어머니의 그런 말도 나와 여동생은 귓가를 스치는 바람처럼 여길 따름이었다.

오노에 은거하던 큰이모네가 다시 우리 생활에 밀접한 존재로 나타난 것은 쇼와 20년 2월, 전쟁이 격화되어 집 앞 소나무숲 언덕에 고사포 진지가 생기고, 니시노미야 구시가가 폭격을 받고, 슈쿠가와도 그다지 안전하다고 할 수 없게 된 무렵이었다. 원래 시골집이라 할 만한 곳이 없던 우리 가족이 더이상 피할 장소가 없어지자 아버지가 큰이모네에 신신부탁한 모양이었다. 3월이 되자 어머니는 별로 튼튼한 편이 아니었던 여동생과 남동생을 데리고 대충 챙겨둔 짐과 함께 오노의 큰이모집에 의탁했다.

내가 열여섯, 여동생이 열다섯, 남동생은 열한 살로 초등학교 5학년이던 때였다. 나는 아버지와 젊은 고모와 함께 슈쿠가와에 남았다. 그해 국민총동원령이 내려져 원래 5년제인 여학교를 사 년 만에 졸업하고 입학이 결정된 도쿄의 학교가 3월 공습으로 폐허가 되어 집에서 대기해야 하는 상황이었는데, 해군 의약품을 취급하는 요품창療品廠이 마침 집 근처로 옮겨와 4월부터 그곳에서 일하게 되었기 때문이다. 한 달에 한 번 있는 휴일에는 고베에서 전철과 버스를 갈아타고 오노로 어머니를 찾아갔다. 군에서 지급된 감미료며, 바다와 가까운 슈쿠가와에 배급된 말린 생선을 전해주기 위해서였다. 휘발유 배급량에 맞춰 발매되는 버스표를 사지 못한 날은 사철私鐵 종착역에서 산을 넘어 이십 리쯤 되는 길을 걸어가야 했기 때문에 이른 아침 슈쿠가와를 떠나도 오노에 도착하자마자 다시 돌아와야 할 시간이 되기도 해서, 어머니는 이렇게까지 힘들게 올 필요는 없는데, 하며 혀를 차곤 했다.

오노에서 보내는 하루하루는 어머니와 여동생은 물론 그 지역 초등학교에 다니게 된 남동생도 시골 생활이 난생처음이었기 때문에 낯설기 짝이 없는 일뿐이라 이만저만 고생이 아닌 모양이었다. 인구는 얼마쯤 되었을까. 옛날에는 읍성 마을이었고, 당시만 해도 무사계급과 그들을 섬기는 사람들이 엄연히 구별되고 있었다. 넓은 무가 저택에 살고 있던 큰이모네는 시대가 변했어도 메이지유신 전처럼 마을에서 그럭저럭 좋은 대접을 받는 것 같았다. 게다 가게의 도메키치 씨나 대밭 뒤에 사는 오토라 할머니 등이 늘 드나들면서 태풍으로 망가진 덧문을 고쳐주고 목욕물 데울 장작을 패주거나 밭에 퇴비를 주는 등, 큰이모 부부의 생활에 불편함이 없도록 도와주었다. 원래도 크게 유복하지 않은 작은 번藩을 섬기는 무사의 후예였으니 안주인도 가난했을 것이다. 살림에 보탤 요량으로 부지 안에 꽤 넓은 밭을 두었고 맛있는 죽순을 딸 수 있는 대밭도 있어서 평소에도 채소 하나는 자급자족할 수 있었다. 지내기 편하도록 손질해둔 볕 잘 드는 별채에는 큰이모 부부가 살았고, 어머니는 그간 사용하지 않던 안채의 어두운 방을 쓰고 있었다. 어머니에게는 걱정 많고 힘겨운 나날이었겠지만, 흙바닥 부엌에는 우리 키만한 항아리에 우물물이 찰랑거리고, 대낮에도 모기가 윙윙 돌아다니는 어두운 현관 중인방*에 먼지를 뒤집어쓴 채 걸려 있는 창이며 왜장도, 다다미 깔린 대기실이 딸렸고 전기가 안 들어오는 넓은 변소까지 모두 새롭고 신기하기만 해서 나는 사람들이 어이없어할 만큼 연신 감탄하기 바빴다. 이곳 생활이 일상이 되어버린 어머니나 동생들과 달리 가끔씩, 그것도 겨우 몇 시간, 길어야 하룻밤을 머물렀

* 벽의 중간 높이에 건너지른 나무.

던 나에게는 맹종죽이나 담죽 등 계절에 따라 다른 종류의 죽순이 나는 대밭도, 힘주어 깨물면 입안에 단맛이 번지는 푸른 이삭이 나는 보리밭도, 하인방이나 손님을 모시고 온 사람이 주인을 기다리는 방 등 평소에는 들을 일 없는 이름이 붙은 방들도 모두 신기할 따름이라, 뭐 더 멋진 것이 없나 싶어 하얀 지면에 내리쬐는 햇볕 아래 채송화가 화려한 유젠* 무늬를 펼친 부지 안을 이리저리 돌아다니다 이제 그만하고 들어가라는 어머니의 꾸지람을 받기도 했다.

나의 탐험가 기질을 나무라면서도 어머니 역시 오노 생활에서 생각지 못한 것을 발견하거나 큰언니의 엉뚱한 면을 보고 놀란 이야기를 유쾌한 기색으로 들려주었다. 언제 한번 큰이모부네 묘에 데려가줄게. 그런 말로 어머니는 이야기를 시작했다. 오노의 영주는 원래 시코쿠 지방인지 어딘지에 살다가 영지가 바뀌면서 이 마을에 오게 되었다. 그래서 어머니가 그 보다이지**에 가보니 당시 시코쿠에서 따라온 가신들의 묘가 쭉 늘어서 있었다. 영주의 묘가 가장 근사하니 한 단 높은 곳에 자리했고, 그다음이 바로 큰이모부네인 기토 가의 묘였다. 죽 내려가면 점차 돌이 드

* 비단 등에 화려한 색채로 인물, 꽃, 새, 산수 등의 무늬를 염색하는 것.
** 집안 대대로 위패를 모신 절.

문드문해져서 마지막에는 쓰러질 것만 같은, 돌멩이만 쌓아놓은 묘가 있었다. 이쪽은 어떤 사람의 묘냐고 어머니는 물었다. 그랬더니 큰이모가 으스대면서 하인들의 묘라고 말하지 않겠니. 어머니는 재미있다는 듯이 어깨를 움츠리고 웃었다. 마치 자기도 중신 중 하나가 된 듯한 표정으로.

삼고지례三顧之禮라는 말이 있다. 사전에 따르면 옛 중국의 관례라는데, 기토 가에서는 그 말을 손님이 돌아가는 길에 첫 모퉁이를 돌 때까지 문 앞에서 배웅하는 주인을 세 번 돌아보며 인사해야 한다는 뜻으로 해석하고 있었다. 따라서 주인도 손님이 세 번의 예를 끝낼 때까지 안으로 들어가선 안 된다. 실제로 큰이모부와 큰이모는 그분들 딴에는 진지하게 그대로 하고 있었고, 한 번만 인사하고 데꺽 걸어가버리는 손님은 멀리했다. 나는 선뜻 믿을 수 없었지만 아닌 게 아니라 그 무가 저택의 문을 떠올리면 그런 케케묵은 예의범절도 꽤 그럴듯해 보였다. 그나저나 집 앞 길이 모퉁이와 너무 가까우면 돌아보는 사람도 힘들겠네요. 큰이모에게 그렇게 말했다가 또 쓸데없는 소리를 한다며 어머니의 눈총을 받았다. 아무튼 우리집에서 큰이모네 전통을 논할 때면 그 집엔 삼고지례가 있으니까, 라는 말이 오랫동안 암호처럼 통했다.

뒤뜰 감나무에 허락 없이 올라가 감을 따다가 큰이모부에게 걸린 적도 있었다. 벌써 익은 게 있으려나. 아무도 없는 줄 알았던 뒤쪽 밭에서 큰이모부의 약간 높은 목소리가 들려와 하마터면 나무에서 떨어질 뻔했다. 이모부야 감을 딴다고 나무랄 생각이 조금도 없었겠지만 나는 당황했다. 네, 몇 개는요. 그렇게 대답하면서 이미 한 손에 쥐고 있던 딱딱한 감을 어떻게 해야 하나 고민했다.

그날은 사철 역에서 오노까지 가는 버스를 타지 못하고 걸어가던 중 산그늘 우물가에서 도시락을 꺼냈는데, 무더위 탓에 뚜껑을 열자마자 상한 음식 냄새가 훅 끼쳤다. 겨우 오노에 다다랐을 즈음에는 금방이라도 쓰러질 것처럼 배가 고팠다. 그래서 어머니에게 인사도 하는 둥 마는 둥 하고 감나무를 보러 뒤뜰로 갔던 것이다. 손이 닿는 높이에서 두 갈래로 크게 갈라진 나무에 올라, 가지 사이로 먹을 만한 감이 있는지 살폈다. 큰이모부의 목소리가 들린 것은 살짝 노란빛이 돌기 시작한 감을 발견하고 손을 뻗어 따낸 직후였다. 감나무는 잘 부러지니까 조심해라. 그 말만 남기고 이모부는 안채 쪽으로 가버렸다. 이런 모습을 가장 보여주기 싫은 사람에게 들키고 말았다, 그렇게 생각하며 나는 아직 딱딱한 감을 멀리 던져버렸다.

지나가는 트럭을 얻어 타고 왔을 때는 큰이모부에게 단단히 주의를 받았다. 그날도 버스를 타지 못하고 사철 역부터 걸어서 산을 넘다가 막 첫번째 고개를 내려가던 참이었다. 힘들어서 솔밭의 돌 위에서 한숨 돌리고 있는데 빈 트럭이 요란한 소리를 내며 다가왔다. 이대로 보낼 수 없다는 생각에 힘차게 손을 들어 트럭을 세웠다. 여느 때보다 빨리, 별 고생도 않고 오노에 도착한 나는 한껏 으스대면서 어머니에게 지나가던 트럭 짐칸에 타고 왔다고 했다. 니시와키까지 간대서 그럼 오노까지만 태워달라고 부탁했거든. 정말 편했어. 의기양양한 나와 달리 어머니는 철딱서니 없기는, 이라는 말만 하고 저쪽으로 가버렸다. 그뒤에 큰이모부에게 불려갔다. 이모부 앞에 혼자 앉은 것은 이때가 유일했다. 너한테는 아무 일 아닐지 몰라도, 앞으로는 그러지 말거라. 물론 트럭 운전사라고 다 나쁜 사람은 아니겠지만. 네 아버지가 들으면 걱정하실 거야.

내가 큰이모부라는 사람을 의식하게 된 것은 오노를 오가면서였다. 그 집이 오카모토에 살던 시절은 항상 큰이모부가 안 계시는 낮에 놀러갔기 때문에 마주칠 일이 거의 없었다. 큰이모부를 알게 되고 놀란 것은, 예전에는 큰이모의 특징이라고 생각했던 동작이나 몸짓, 예컨대 무릎을 꿇고 앉은 자세나 잠자코 웃으면서 다른 사람 이야기에 귀기울일 때 몸을 두는 방향, 나아가 말하는 리듬마저도 거의 큰이모부와 판박이였기 때문이다. 이게 뭐람, 나는 생각했다. 이 사람을 본보기로 삼았던 거구나.

이모부랑 이모는 벌써 일어나셨어. 가끔 자고 가던 날 아침이면 어머니가 귓가에 이렇게 알려주고, 나는 우물가로 세수를 하러 갔다. 우물이 별채 바로 옆이라 자연스럽게 지나는 길에 이모부에게 아침 인사를 하게 되는데, 막 자고 일어나 엉망인 모습을 보이는 것이 참으로 한심하게 느껴졌다. 어머니도 눈치챘는지 내가 자고 가는 날에는 이불을 걷은 뒤 곧바로 긴 머리를 단정하게 빗어 세 가닥으로 땋아주었다. 별채 쪽으로 가면 이모부는 벌써 방안에 똑바로 무릎을 꿇고 앉아 있었다. 이모가 따라준 엽차를 마치 품위 넘치는 다회에 온 듯 장엄한 표정으로 홀짝일 때도 있었고, 독서대를 앞에 두고 이른 시간부터 책을 읽을 때도 있었다. 요쿄쿠*를 연습하기도 했는데, 어머니는 우리에게 큰이모부의 요쿄쿠는 아빠보다 낫지만 그래도 대단한 정도는 아니야, 라고 작은 소리로 말하며 알은체하곤 했다. 하여간 항상 등을 편 채 똑바로 앞을 보는 자세였다. 마치 그곳에 그렇게 앉아 있는 것이 기토가의 장남으로서 부모에게 물려받은 유일한 책무라는 듯이.

기토 큰이모부는 아마 상당한 멋쟁이였던 것 같다. 아마, 라고 한 이유는 복장에 신경쓰는 모습을 직접 본 적이 없어서인데, 그

---

* 謠曲, 노가쿠(能樂)의 대사에 가락을 붙여 부르는 것.

래도 옛날 사진을 보면 꽤 댄디했다. 훤칠한 키에 한가운데가 움푹 들어간 턱, 전체적인 몸의 비율이 어딘지 모르게 서양인 같았다. 오노의 집에서는 늘 전통의상을 입고 있었지만 맥고모자에 흰색 마 소재 스리피스 양복을 갖춰입고 지팡이를 비스듬히 든 오래된 사진도 본 적 있다. 꼭 서양에서 돌아온 사람처럼 보여도 큰이모부는 한 번도 외유 경험이 없었다. 메이지 시대에는 이 나라 여기저기서 그런 사람을 볼 수 있었는지도 모른다. 오노에서의 전통의상 차림도 왠지 모르게 세련되어 보였는데, 그렇다고 부드러운 인상은 아니고 풍채가 늠름하다는 느낌이 강했다.

큰이모부가 결코 목소리를 높이지 않는 것도 젊은 시절 사소한 일에도 금세 화를 내며 폭력을 휘두르던 아버지와는 대조적인 모습으로 믿음직스러웠다. 그렇다고 큰이모부와 긴 대화를 나눠본 적은 없었으니, 가끔은 비난하면서도 '기토 형부'라고 하며 애틋하게 생각하던 어머니의 영향이었는지 모른다. 트럭 사건이나 감나무 사건 때문에 좀 대하기 어렵긴 했지만, 언젠가 이모부가 어머니에게 그 아이는 자네의 걸작이라고 했다는 이야기를 전해 듣고, 상자에 보물을 담듯 소중히 그 말을 간직했다.

어머니가 오노에서 지내던 몇 달 동안 나는 몇 번 어머니를 찾아온 아버지를 마주쳤다. 전쟁이 끝나갈 무렵 아버지는 거의 오사카에 있는 회사에서 먹고 자며 슈쿠가와의 집에는 오래 머무르지 않은데다가, 내가 오노에 갈 때도 딱히 알리지 않았고 아버지도 자기 일정을 일일이 알려주지 않았으니 말 그대로 '마주쳤다'는 표현이 어울리는 만남이었다. 아버지는 오노에 오면 곧바로 우리가 지내는 방으로 오는 대신 큰이모부에게 인사하러 별채로 향했고, 나중에 별채에서 큰이모가 부르면 우리가 가는 식이었다. 기토가 사람이든 우리든 보통 저택 정면에 있는 무가 문 대신 대밭 옆, 출입구라기에도 뭣한 일각문으로 드나들었는데, 그곳으로 들어가면 바로 별채가 나온다는 점도 아버지가 가장 먼저 큰이모부를 만나러 가는 이유였다. 아버지 입장에서는 처자식을 맡아주어 고맙다는 인사부터 해야 마땅하고 제 식구들을 만나는 것은 그다음이라고 생각하는 눈치였다. "아빠 오셨다"라고 큰이모가 부르면 나는 서둘러 몸단장을 하고 안채로 뛰어갔다.

예전부터 싫어했던 카키색 국민복을 입고 햇빛 가득한 별채 툇마루에 걸터앉아 천천히 각반을 푸는 아버지의 모습이 지금도 또렷하게 떠오른다. 지난해 여름 오사카 공습에서 다쳐 구부러진 집게손가락을 불편한 듯 움직이며 각반을 풀고 있다. 큰이모부는 여느 때처럼 두 주먹을 뼈마디가 불거진 무릎에 얹고 단정히 방안에 꿇어앉아 아버지가 올라오기를 기다렸다. 차를 가져온 큰이모도 툇마루에 앉아서 안경 너머로 실눈을 뜨고 각반을 푸는 아버지의 모습을 지켜보았다. 이모부와 이모를 기다리게 하느라 긴장해서 등이 뻣뻣하게 굳은 아버지를, 나는 툇마루 쪽 대추나무 아래서 멍하니 바라보았다. 그런 아버지의 모습은 처음이었다. 집에 있을 때 제멋대로 행동하고 기분파이던 아버지와는 완전히 다른 사람 같았다. 형님이자 회사 상사인 큰이모부에 대한 경외심 때문이었겠지만, 그것만으로는 온전히 설명할 수 없는, 꼭 학생이 은사 앞에서 보일 만한 정중함이 느껴졌다. 양가 반대를 무릅쓰고 어머니와의 결혼을 성사시켜준 기토 큰이모부에게만 보이던 모습은 아버지가 남몰래 간직해온 순수함이었는지도 모른다. 서른 살 가까이 많은데다 결혼의 조력자이고, 초등학교만 나와서 사업이 겨우 궤도에 올랐을 때 죽어버린 자신의 아버지보다 인텔리에 하이칼라인 기토 큰이모부는 누구보다 든든한 문화의 안내자였을 것이다. 한참 시간이 흐른 뒤 내가 대학생이 되었을 무렵 아버지가 모리 오가이의 「할아버지 할머니」를 읽어봤느냐고 물어본 적이 있다. 네, 읽었어요, 하고 대답하면서 나는 문득 오노 집 별채의 기토 큰이모부와 큰이모를 떠올렸다. 「할아버지 할머니」는 피치 못할 사정으로 떨어져 살던 부부가 노년이 되어서야 겨우 다시 살림을 합치고 옆에서 보기에 부러울 정도로 화목하게 살았다는 내용의, 은은한 아름다움을 풍기는 모리 오가이의 작품이다.

가즈가 두번째 생일을 코앞에 두고 오노에서 죽은 것도 그해,

1945년 여름이었다. 가즈는 나고야로 시집간 나오 언니의 외동아들로 옥처럼 아름답다는 표현이 과장스럽지 않게 느껴질 만큼 특출난 아이였다. 남편을 전장에 보낸 뒤 어린 아들을 데리고 친정으로 돌아온 나오 언니는 우리 식구의 옆방에서 지냈다. 한 살 위인 긴이치 오빠의 몸이 허약했던 탓에 언니는 태어나자마자 큰이모부 고향의 유모에게 맡겨져 오노에서 어린 시절을 보냈다. 그런 일을 겪다니 가엾기도 하지, 어머니는 자주 그렇게 말했다. 그것을 듣고 나는 가엾다라는 말에 담긴 슬픔을 깨달은 기분이었다. 마치 그 가엾음을 대신 채워주려는 듯이 어머니는 언니의 목소리를 칭찬했다. 나오 목소리는 세상에서 제일이야. 누굴 닮아서 그렇게 예쁠까. 그러고 보니 어머니의 형제 중 특별히 목소리가 좋다고 할 만한 사람은 아무도 없었다. 기토 큰이모의 목소리도 극히 평범했다. 오카모토 집에 있던 무렵, 나와 여동생은 우리보다 나이가 많은 나오 언니에게 곧잘 옛날이야기를 해달라고 졸랐다. 바느질을 하면서 언니는 부드럽지만 어딘가 서글프게 느껴지는 맑은 목소리로, 잠자는 숲속의 공주나 난쟁이가 구해준 백설공주 등의 이야기를 말투까지 흉내내며 들려주었다. 듣고 있으면 포근하게 감싸주는 듯 기분좋은 목소리라 이제 그만 가자며 어머니가 방으로 들어와도 하나만 더, 하고 조르며 어른들을 곤란하게 만들었다. 오노로 온 나오 언니가 옆방에서 가즈에게 불러주는 자장가를 들으며 나는 오카모토에서 옛날이야기를 듣던 시절을 떠올렸다.

열다섯 살이던 내 여동생은 가즈를 끔찍이 예뻐했다. 어머니와 큰이모도 깜짝 놀랄 정도로, 제 남동생은 거들떠보지도 않고 조카만 귀여워했다. 가즈가 오노에 오고 얼굴이 달라진 것 같다는 말이 나올 정도로 동생은 가즈에게 달라붙어 열심히 말을 가르치거나 산책을 했다. 가즈도 천장이 높은 집안에서 서툰 걸음마를 하며 동생 뒤를 졸졸 따라다녔다.

어느 날, 여느 때처럼 이십 리 산길을 걸어오느라 땀범벅이 된 나를 여동생이 어두운 부엌으로 데려가더니 파랗게 질린 얼굴로 말했다. 가즈가 많이 아파. 가망이 없을지도 모른대. 설마. 분명히 나을 거야, 괜찮아. 여동생이 안심할 리 없다는 걸 알면서도 나는 그렇게 말해줄 수밖에 없었다. 허기진 배를 붙잡고 한여름의 산을 넘어온지라 녹초가 된 탓도 있었다.

그날 밤 가즈가 죽었다. 당시 소화불량이나 이질이라고 불리던 병으로. 저녁부터 밤까지, 마을에 유일하게 남아 있던 여의사가 곁을 지켜주었다. 저녁식사를 마쳤을 즈음 큰이모가 병실에서 나와서는 어쩌면 회복될 수도 있겠다고 조금 밝은 표정을 지었다. 살짝 보러 갔더니, 딱 하루 아팠을 뿐인데도 가즈는 고생을 많이 한 노인처럼 눈이 쑥 들어가 있었다.

아직 더울 때라 모기가 많았다. 딱히 할 일이 없던 우리는 일찌감치 마루에 모기장을 치고 누웠다. 팔랑팔랑, 어머니의 부채질 소리가 어느덧 멎은 뒤로도 얼마나 시간이 지났을까. 큰이모가 장지문을 살짝 열고 어머니에게 뭐라고 속삭이는 소리에 잠이 깼다. 그래, 하고 대답한 어머니가 여동생을 살며시 깨웠다. 언니는 아침 일찍 가야 하니까 자게 놔둬라. 어머니의 말소리를 들으며 나는 계속 자는 척했다. 어머니와 여동생이 옆방으로 가고 조금 뒤 나오 언니와 동생이 흐느끼는 소리, 뭐라고 말하는 큰이모부의 또렷한 목소리가 들렸다. 나도 일어나서 가봐야겠다 생각했지만 온몸이 쇠사슬에 단단히 묶인 것처럼 이부자리를 벗어날 수 없었다.

다음날 아침, 유카타를 입은 가즈의 조그마한 유해를 보고 나는 아무 말도 하지 못했다. 큰이모부에게 안긴 채 숨을 거두었다고, 미키로 나가는 나를 동구 밖까지 바래다준 어머니가 알려주었다. 아버지 대신 할아버지가 안아줄게. 큰이모부는 그렇게 말했다고 한다. 어머니와 헤어지고 아직 어둑어둑한 길을 혼자 걸어가는데 양손이 연신 떨리고 있음을 알았다. 가즈보다도 가즈를 잃은 나오 언니가 더 걱정되는 심정으로 발걸음을 옮겼다.

가즈가 죽고 얼마 후 전쟁이 끝났다. 해군에서는 산더미 같은 서류를 구덩이에 몰아넣고 불태웠다는 얘기가 들리고, 입대했던 아버지의 두 동생도 돌아온 뒤, 8월이 거의 끝나갈 무렵 나는 오노에 들렀다. 히메지에서 미군이 오니 여자아이들은 몸을 피하라는 소문이 오노에 전해지자 러일전쟁에서 부상을 당했던 큰이모부는 말했다. 군대라는 곳에 가면 확실히 사람이 변하지. 하지만 미군이라고 그렇게 야만스러운 놈만 모여 있진 않을 거야. 그 한마디에 안심한 듯 큰이모와 어머니에게서는 도망가자는 이야기가 쑥 들어갔다.

9월을 앞두고 어머니는 원인 모를 열병에 걸려 며칠을 앓았다. 의사가 중태라고 했는데 나나 여동생이나 뭘 해야 좋을지 몰랐다. 오늘밤이 고비라는 말에 어머니의 머리를 식힐 물을 길어오려 함께 우물가로 갔는데, 줄이 끊어져 두레박이 우물에 빠지고 말았다. 스륵스륵 힘없이 끌려올라온 줄을 보고 동생이 기어들어가는 소리로 말했다. 가즈가 죽을 때도 이렇게 끊어졌었어. 괜찮을 거야, 엄마는 죽지 않아. 그렇게 위로하면서 나는 가즈가 죽었을 때도 그애에게 똑같은 말을 했음을 떠올렸다. 집에 전화가 없어서 오사카에 있는 아버지에게는 어떻게 연락해야 할지도 막막했다. 나와 동생의 그림자가 별채 덧문에 또렷하게 비칠 만큼 달빛이 밝은 밤이었다.

어머니가 앓는 동안 큰이모는 별채와 우리 방을 왔다갔다하면서 여러모로 보살펴주었지만 큰이모부는 한 번도 오지 않았다.

다만 가끔 장지문 앞으로 와서 마치 어머니의 생명력을 가늠하듯 가만히 서 있곤 했다. 어머니의 열이 내리고 이모부가 다행이다, 정말 걱정했는데, 라고 말했을 때야 며칠 동안 그 목소리를 듣지 못했음을 깨달았다.

9월이 절반쯤 지났을 때 긴이치 오빠가 필리핀에서 병사했다는 공보가 큰이모부 집에 날아들었다. 날짜는 7월 17일이었다지만 필리핀 어디서 죽었는지, 어떤 병이었는지, 자세한 것은 전혀 알 수 없었다. 두 달이나 지나 알게 된 셈이었는데, 정확히 긴이치 오빠가 죽은 날 동틀녘에 큰이모부가 오빠의 꿈을 꾸었다는 얘기가 큰이모 일기에 적혀 있었다. 이모부가 일어나자마자 오늘 아침결에 긴이치가 왔어, 하고 말했다는 것이다. 네? 이모가 되묻자 아니, 꿈인가, 하고 머쓱하게 웃었다. 분명히 긴이치가 아버지, 작별인사하러 왔습니다, 했거든. 큰이모에게서 그 얘기를 들은 어머니는 착실한 아이였으니 그랬을 만도 하지, 하고 우리 앞에서 중얼거렸다. 공보를 받은 날 큰이모부는 어머니에게 딱 한 마디, 긴이치가 필리핀에서 죽었다는 말만 했다고 한다.

긴이치 오빠는 어머니가 가장 아끼던 조카였다. 어렸을 적 어머니는 우리가 마음에 안 드는 행동을 하면 금세 오빠의 이름을 꺼냈다. 긴이치는 그런 짓 안 한다, 라는 꾸중에 우리는 진저리를 쳤다. 어머니가 너무 칭찬하는 바람에 만나본 적도 없는 긴이치 오빠가 햇볕 속에서 반짝반짝 빛나는 사람처럼 느껴졌다. 몸집이 작고 싹싹한 오빠가 도쿄의 우리집에 처음 놀러왔을 때 여학생이던 나와 여동생은 다소 실망했다. 좀더 멋있을 줄 알았다고 나중에 말했더니 어머니는 그애가 몸이 약해서, 라며 자기 일처럼 변명을 했다.

착한 아이는 역시 빨리 죽는구나. 어머니는 말했다. 그래도 병으로 죽을 줄은 몰랐다, 형부도 많이 힘들겠다며 가여워했다. 총알에 맞아 죽었으면 더 낫나? 그렇게 물었다가 또 쓸데없는 소리를 한다고 꾸지람을 들었다.

어머니와 동생들이 슈쿠카와로 돌아간 뒤, 9월 말에는 나오 언니도 전장에서 돌아온 남편을 따라 나고야로 돌아갔다. 자네의 귀한 자식을 잃다니, 일어나서는 안 될 일이라며 큰이모부는 무릎 꿇고 언니 남편에게 사죄했다고 한다. 다들 떠나고 나니 집이 휑하다, 식품을 구하기가 한결 수월해졌는데 부부끼리만 있으니 식욕도 동하지 않는다는 편지를 큰이모가 보내왔다고 어머니가 알려주었다. 슬슬 추워지는 오노에서 큰이모부가 예전처럼 큰이모가 내온 차를 말없이 마시거나 곧은 자세로 요쿄쿠를 읊거나 왼손에 두루마리 종이를 쥐고 막힘없이 편지를 써내려가는 모습을 떠올렸다. 이모도 이웃들의 이야기에 작은 소리로 웃고, 그 얘기를 또 이모부에게 전했다가 점잖지 못하다는 핀잔을 들으며 긴 하루를 보내고 있을까. 그해 겨울, 큰이모부는 정확한 병명도 알 수 없이 조용히 세상을 떴다.

큰이모는 그뒤 전쟁중에 남편을 병으로 잃은 막내 여동생을 오노로 불러들여 둘이서 사이좋게 살았는데, 그 이모가 쉰 즈음 돌아가시고 얼마 되지 않아 큰이모도 뒤를 좇듯 세상을 떠났다. 1953년, 나는 유학중이던 프랑스에서 그 소식을 들었다. 이 년 후 일본에 돌아왔을 때 어머니가 큰이모의 마지막이 어땠는지 알려주었다. 혼자 그 넓은 집에 남겨진 데 적응을 못한 거야. 그렇게 이야기를 맺은 어머니는, 전쟁 말기 미군이 본토에 상륙할지 모른다는 소문이 퍼졌을 때 구해둔 청산가리를 큰이모가 소중히 간직해왔음을 기억하고 있었다.

기숙학교

Lord, lord, lord. L-o-r-d. LORD.

벌써 한 시간째다. 수십 번은 반복했을 것이다. 네시, 오후 티타임이 끝나고 공연일이 얼마 남지 않은 영어 연극을 위해 출연자들이 강당에 모였는데 리허설이 끝난 뒤에도 나 혼자 발음 연습을 하는 중이었다. 학생은 lord 발음이 좋지 않아요, 오늘 제대로 될 때까지 연습해봐요, 라고 포이 수녀님이 붙잡은 것이다. 포이 수녀님은 영국까지 가서 연극 공부를 하고 온 중년의 호주 사람으로 매년 11월에 공연하는 영어 연극의 총연출을 맡았고, 이 일에 관한 한 기숙사에서 절대 권력을 휘두르고 있었다. 학생 연극이라지만 딱히 연극이 하고 싶거나 무대에 서고 싶어 모인 것이 아니었기에, 작품이나 배역을 정하는 일은 전적으로 포이 수녀님 몫이었다. 연극에 관심이 없는 학생, 특히 항상 숙제에 쫓기는 영문과 학생에게는 몹시 성가신 일이었다. 나도 오늘밤엔 읽던 책을 어디까지 읽을 수 있을까 생각하며 멍하니 복도를 걷던 중 느닷없이 포이 수녀님에게 팔을 붙잡혀 가까운 교실로 끌려가서는(무슨 이유인지 수녀님들 사이에는 복도에 서서 이야기를 나누어서는 안 된다는 엄격한 규칙이 있었다), 학생은 이번 축제 연극에 나가게 됐어요, 알았죠? 하고 일방적인 통고를 받았던 것이다.

Lord. 키 큰 포이 수녀님은 내가 입 모양을 보기 쉽도록 무릎을 굽혀 눈높이를 맞추고 단조로운 목소리로 같은 단어를 반복했다. Lord, lord, lord. 수녀님이 너무 열성적이어서 숨을 죽이고 따라 했지만 사실은 넌덜머리가 난 상태였다. 평소에도 불그스레한 수녀님의 얼굴은 이제 거의 보라색에 가까웠다. 검은 베일 아래로 턱선을 빈틈없이 가린 흰색 천이 마치 액자 틀 같은 역할을 해서 붉은 피부가 한층 두드러져 보이는 듯했다.

Lord. 네, Lord. 나는 큰 소리로 따라 했다. 그러나 아무리 열심히 해도 수녀님 귀에는 lord로 들리지 않는 듯했다. road가 되었다가, rode가 되었다가, 가까스로 L 발음이 잘되었다 싶으면 이번에는 load가 되었다. No, no. Listen. L-o-r-d. 자, 다시 한번 해봐요.

이제 됐어요. lord든 load든 상관없잖아요. 제발 좀 놔줘요. 내일까지 해야 할 숙제가 산더미란 말이에요. 마음속으로 외치며 조용한 자습실에서 책과 공책에 매달려 있을 동급생들 얼굴을 떠올렸다. 하지만 큼직한 흰색 모시 손수건으로 연신 땀을 훔치면서도 어떻게든 제대로 된 발음을 만들어주려고 눈을 부릅뜬 포이 수녀님의 새빨간 얼굴을 보면 아무 말도 할 수 없었다. 그리고 이제 됐다고 해봤자 학생은 됐을지 몰라도 나는 아니라는 대답이 돌아올 게 뻔했다. 눈이 정말 파랗다는 생각이 들었다. 굵고 흰 속눈썹을 보면 머리도 백발일까. 아니, 엄청 밝은 금발일지도 모르겠다. 어쨌거나 죄 베일에 가려져 있으니 알 수 없었다. 하지만 미인 축에는 들었다.

Lord, lord, lord. 주위가 점점 어두워졌다. 또 한 시간이 지났다. 곧 여섯시 반, 삼종기도 종이 울릴 시간이다. 여섯시 이십분에는 늘 복도 앞에 정렬해서 원장선생님에게 저녁 인사를 한다. 그 자리에 빠지면 생활교육 담당인 헬레나 수녀님의 질타가 쏟아질 텐데. 나는 거의 자포자기 심정으로 따라 했다. Lord, lord, lord.

와, 됐어요. 완벽해요. 갑자기 포이 수녀님의 환성이 터지고, 눈 깜짝할 사이 외국인 냄새가 나는 그녀의 가슴께에 안겼다. 할 수 있잖아요. 이제 됐어요. 자, 다시 한번 Lord, lord, lord. 한번 성공하고 나니 그때까지 왜 그렇게 안 되었는지 신기할 정도로 간단했다. Lord, lord, lord.

여섯 살에 입학했다가 간사이에서 도쿄로 이사하고 전쟁 때문에 다시 간사이로 돌아온 뒤에도 내내 같은 수도회가 운영하는 가톨릭학교에 다닌 나는, 전쟁이 끝나자마자 부모님 곁을 떠나 도쿄에 캠퍼스가 있는 전문학교 영문과에 입학했다. 부모님은 소개疏開한 간사이에 계속 남기로 해서 열여섯 살에 반쯤 불타버린 교사에서 기숙 생활을 하게 된 것이다.

학교의 모체인 수도회는 19세기 초 프랑스에서 창립되었다. 시대의 요구와 수녀들의 헌신에 힘입어 곧 세계 각국으로 퍼져나갔고, 메이지 말기 호주에서 파견된 수녀들이 일본에 학교를 세웠다.

쓰키치 지역의 조차지에서 시바시로카네로 이전한 학교는 내가 재학하던 무렵 크게 두 그룹으로 나뉘어 있었다. 하나는 유치원, 초등학교, 여학교, 전문학교를 비롯한 평범한 일본인학교고, 또하나는 보다 소수정예화된 어학교, 요즘 말로 인터내셔널 스쿨이었다. 일본인학교는 문부성 규정에 따라 이수과정 등이 거의 다 일본화되어 있었지만 외국인이 중심인 어학교와 기숙학교는 중세부터 이어지는 유럽 수도원학교의 전통에 영국식 혹은 빅토리아 왕조식의 귀족적 금욕주의가 기묘하게 뒤섞여 운영

되었고 공용어도 영어였다. 그러니 일본인 입학생에게는 상당히 색다른 환경이라 할 만했다.

1945년 3월 10일의 공습으로 수도원과 기숙사, 어학교가 있던 광대한 서양식 4층 건물과 전문학교가 있던 목조 건물은 순식간에 불타버렸다. 그래서 학교가 다시 문을 연 9월에는 '일본인 학교'뿐 아니라 기숙사와 수도원 사람들 전부, 반쯤 불탄 콘크리트 건물에 빽빽하게 모여서 생활하고 있었다.

그런 사정으로 기숙사의 침실과 자습실 모두 교실로 쓰던 방에 마련되었고, 침대도 없어서 주둔군에서 야영용 캔버스 침대를 받을 때까지는 벤치 두 개를 붙여놓고 자야 했다. 창문에 유리 대신 붙인 신문지가 폐허를 휩쓰는 바람결에 펄럭펄럭 불안한 소리를 내며 부풀어오르곤 했다. 당시 도쿄의 수압이 현저히 낮아져서 고지대에 있던 학교 건물은 수도꼭지가 모두 무용지물이라 오후면 폐허에 드문드문 남아 있는 수도꼭지에서 각자 플라스틱 대야에 물을 떠왔다가 다음날 세수할 때 사용했는데, 아침에 보면 수면에 얇게 얼음이 얼어 있기도 했다. 아닌 게 아니라 난방시설이 없는 콘크리트 건물은 밤새 몸서리가 쳐질 만큼 추워서 좀처럼 잠들기 힘들었기에 잠자리에 들기 전이면 포이 수녀님이 고안한 '깡충깡충 춤'으로 몸을 녹였다. 마치 캠프장에서 서커스를 하는 듯한 나날이었다.

그런 와중에도 우리 생활이 방만해지는 것을 우려한 수녀님들은 흰색 커튼으로 나뉜 깔끔하고 넓은 기숙사 침실과 잉크병 자리가 우묵하게 팬 유럽식 책상이 늘어선 자습실에서 지내던 전쟁 전의 규칙과 관습을 고수했다. 아침 여섯시에 기상해서 밤 아홉시 반에 취침할 때까지, 수업을 듣는 낮을 제외하면 혼자 보내는 자유시간이 거의 없었다. 그리하여 반쯤 불탄 기숙사에는 동양과 서양, 19세기와 20세기, 전쟁 전과 후 같은 여러 문화적 차이에서 생겨난 억지와 모순이 한데 뒤엉켜 있었고, 사정을 모르는 나 같은 신입생을 당황하게 만들었다.

기숙사에 들어가고 얼마 안 돼 이런 일이 있었다. 그날 밤도 여느 때처럼 틈새바람이 불어대는 자습실에서 배고픔에 시달리며 숙제에 열중하고 있었다. 갑자기 교단 쪽 문이 힘차게 열리더니 생활교육 담당 헬레나 수녀님이 들어왔다. 시계를 보니 여덟시였다. 초등학생과 중학생 취침까지는 아직 삼십 분이 남아 있었다. 대체 무슨 일일까? 몸집은 작지만 걸음걸이가 반듯한 헬레나 수녀님이 맑은 목소리에 약간 가락을 붙여서 뭐라고 말했다.

"……"

그러자 그때까지 어둑어둑한 자습실 전등 아래 무거운 침묵에 갇혀 있던 학생 몇 명이 살며시 일어나 밖으로 나갔다. 이제 막 기숙생이 된 나는 아무리 생각해도 헬레나 수녀님이 무슨 말을 했는지 알 수 없었다. 반사적으로 일어나 복도로 나간 학생들에게 무슨 공통점이 있는지도 전혀 상상이 되지 않았다. 혹시 나도 가야 하나, 그렇게 생각하고 복도에 나가보았지만 아이들은 어디로 사라졌는지 그림자도 보이지 않았다. 맥없이 자습실로 돌아와서도 전혀 상황이 파악되지 않았다. 그 학생들은 왜 사라졌을까? 생각할수록 영문을 알 수 없어 숨이 막힐 지경이었다. 잡담이 엄격하게 금지되어 있어 옆자리 아이에게 물어볼 수도 없었다. 자습실에 남은 아이들은 아무 일 없었다는 듯이 공부를 계속했다. 나갔던 아이들은 십오 분쯤 뒤 하나둘 자습실로 돌아왔다. 결국 나는 취침시간까지 무슨 일이었는지 물어보지 못했다. 그날 밤 잠자리에서 이게 무슨 일일까 생각하고 또 생각했지만 여전히 해답을 찾지 못했다.

그날이 매주 초 세탁물로 내놓았던 블라우스와 양말, 손수건 등을 받아오는 날이라는 사실을 깨달은 것은 한 달이나 지난 뒤였다. 그때까지 나는 금요일 밤마다 사건의 진상을 파헤치려고 주위를 두리번거렸다.

결국 학교에서 같은 학년 기숙생을 만났을 때 물어보았다.

"저기, 얼마 전 저녁에 헬레나 수녀님이 들어와서 뭐라고 하시니까 몇 명이 밖으로 나갔잖아. 걔들 어디 갔던 거야?"

"응?" 친구는 깜짝 놀란 듯이 나를 마주보았다. "밖에 나갔다고?"

"응. 좀 있다 다시 돌아왔지만."

"어디서?"

"그걸 모르니까 물어보지."

"언제?"

"아마 지난주, 금요일 밤일 거야."

친구는 잠시 내 얼굴을 보다가 하하하 웃음을 터뜨렸다.

"난 또 뭐라고. 리넨룸에 간 거잖아."

"뭐?"

"그 주에 내놓은 세탁물이 금요일에 리넨룸으로 돌아오거든. 그걸 가지러 간 거야. 그래서 세탁물을 집에 가져가는 애들은 안 나간 거고."

리넨룸이란 옷방 또는 트렁크룸과 비슷한, 기숙생이 평소 쓰지 않는 옷이나 가방을 보관해두는 방이었다. 나도 맡겨둔 짐이 있어 그런 곳이 있다는 사실은 알았지만 리넨룸이라는 명칭은 처음 들었고, 월요일 아침 침실 벽 못에 걸린 큰 주머니에 넣어두는 세탁물이 언제 어떻게 주인에게 돌아오는지는 딱히 생각해본 적도 없었다.

다음 금요일을 기다렸다가 그 방으로 가보았더니, 깨끗이 빨아서 다리미질하고 터진 곳이나 구멍은 같은 색깔 실로 말끔하게 꿰맨 옷이며 속옷 등이 방 한가운데 테이블에 '기숙생 번호' 순으로 쌓여 있었다. 각자 이곳에서 자기 물건을 찾아가 옷장이나 침실 협탁에 넣어두는 것이다.

Linen room, 헬레나 수녀님이 노래하듯 읊조린 말은 이 한마디였다. 그런데도 의문이 풀리기까지 몇 주 동안, 나는 금요일 저녁마다 총총히 자습실을 나갔다가 아무 일도 없었다는 듯 다시 돌아오는 아이들을 이루 말할 수 없는 곤혹스러움을 느끼며 선망하듯 바라보았던 것이다.

이처럼 하나부터 열까지 영어인데다 일상 자체가 놀랄 정도로 구식이고 그만큼 신선하기도 한 미로 같은 기숙사에서, 우리는 금방이라도 터질 듯한 반항심과 호기심에 떠밀려 마치 여름 바다에서 시간 가는 줄 모르고 파도타기에 열중하는 소년들처럼 희희낙락하며 나름의 도전을 이어갔다. 모든 것이 부족했지만, 공습을 피해다니며 오늘 죽을지도 모르고 내일 집이 불탈지도 모르는 절박한 심정으로 살았던 바로 몇 달 전에 비하면 목숨의 척도가 변한 것만으로 모든 것이 즐거웠다.

내가 포이 수녀님에게 선발된 것은 기숙사에 들어온 지 이 년째인 1946년 가을, 영어로 생활하는 데도 슬슬 익숙해진 무렵이었다. 안 그래도 연극에 나가기가 죽을 만큼 싫었으니 선발된 것만 해도 재난이나 마찬가지였는데, 첫 모임에서 포이 수녀님이 대본은 일절 보여주지 않겠다, 글로 보고 읽으면 발음이 이상해지기 때문이라고 선언하자 정말이지 기겁했다. 자신이 한 문장씩 발음하는 것을 듣고 그대로 외우라는 것이다. 지금은 연극 제목은커녕 대강의 줄거리조차 기억나지 않는데 아마 끝까지 대본 구경을 못해본 탓일 것이다. 아무튼 나는 이러쿵저러쿵 갈등을 겪다가 결혼에 성공하는 왕자 역을 맡았고, 발음하다 혀가 꼬일 듯한 허마이어니라는 이름의 공주 역할은 모두의 존경을 한 몸에 받던 인터내셔널 스쿨의 우등생 사키코가 맡았다.

대본 없이 대사를 암기하는 것 말고도 난관이 있었다. 무사히 결혼 허락을 받은 두 사람은 왕과 왕비 앞에서 하일랜드 플링이라는 스코틀랜드식 춤을 춘다. 러시아의 카자크 댄스만큼은 아니지만, 양손을 허리에 얹고 발을 높이 차올리는 꽤 격한 춤이다. 빈말로도 운동신경이 좋다고 할 수 없던 사키코와 나는 스텝을 익히려고 땀범벅이 될 정도로 버둥거렸다. 포이 수녀님도 긴 수도복 자락을 궁정복처럼 우아하게 들치고 검은색 면양말에 감싸인 가는 발목을 드러내 자세를 가르쳐주느라 분투했다. 깊은 주름에 살결이 거친 불그레한 얼굴과 푸른 삼백안만 봐서는 상상하기 어려울 만큼 멋스러운 낮은 굽의 검은색 구두가 작은 소리를 내며 경쾌하게 오르락내리락하는 모습을 사키코와 나는 멍하니 바라보았다.

보통 영어 연극은 매년 가을 수도원 원장선생님의 축일, 연극에 출연하지 않는 기숙생들과 당시 적어도 일흔 명은 넘었던 수녀님들 앞에서 공연했다. 기숙생이 된 뒤에야 알았지만 우리 학교에서 전권을 쥔 사람은 교장이 아니라 수도원장이었다. 마치 중세 로마 교황과 국왕의 관계처럼 교장선생님은 세속적인 생활을, 원장선생님은 정신적인 생활을 관장한 것이다. 사키코가 연기하는 공주의 이름 허마이어니가 다름아닌 마이어 수도원장의 이름인 헤르마나와 같다는 얘기를 포이 수녀님에게 듣고 나는 어안이 벙벙했다.

"이름이 같으니까 어물어물하면 결례예요. 능숙하게 발음할 수 있을 때까지 계속 연습하세요."

포이 수녀님은 몹시도 황공해하는 어조로 말했지만 우리에게는 잘 와 닿지 않았다. 헤르마나가 허마이어니와 같은 이름이라니 무슨 말일까. 독일인 원장선생님의 이름이 헤르만 헤세의 헤르만을 여성형으로 바꾼 헤르마나이고, 그것을 영어식으로 읽으면 허매나, 애칭은 허마이어니라는 사실은 훨씬 나중에 알았다. 당시는 포이 수녀님이 말도 안 되는 얘기로 학생들을 겁주는 것이라고만 생각했다.

독일인인 마이어 원장선생님은 전쟁중에도 포이 수녀님을 비롯한 영미계 수녀님들과 함께 가루이자와 강제이주를 면했고,*

군의 간섭에 시달릴지언정 계속 원장 자리를 유지할 수 있었다. 중세 유럽의 수도원장은 대부분 귀족 출신으로 속세의 영주에 가까운 권력을 평생 누렸다고 하는데, 19세기에 창립된 우리 학교 원장선생님도 수녀님들에게 절대 권력을 휘둘렀다. 하지만 그것은 수도원 내부 사정이고, 우리에게 마이어 원장선생님은 매일 저녁 인사 때나 만나는 박식하고 친절하며 위엄 있는 할머니 같은 존재일 뿐이었다. 사람에게는 학교 성적보다 중요한 것이 있음을 학교의 중심인 교장선생님과 또다른 입장에서 암암리에 깨닫게 해주는 존재이기도 했다.

원장선생님은 스모 선수처럼 커다란 배를 흔들며 허허허 웃었다. 정확히 저녁 여섯시 이십분에 기숙생들은 자습실 앞 복도에 초등학생을 중심으로 반원 모양으로 모여 그녀가 오기를 기다린다. 어수선한 정렬이 끝날 즈음 원장선생님이 복도 모퉁이에서 몸집 작은 헬레나 수녀님을 이끌고 육중한 몸을 흔들며 나타난다. 비만 때문에 조금 일그러지긴 하지만 낭랑한 소프라노 톤에 강한 독일식 억양이 섞인 영어로 어떤 하루를 보냈는지 묻는다. 공부는 열심히 했습니까? 뭔가 재미있는 책을 읽었나요?

* 태평양전쟁 발발 후 일본은 전국의 연합국 국민들을 가루이자와를 비롯한 도처의 '적국인 억류소'에 이주시켰다.

그런 원장선생님이 어느 날 입을 열자마자 약간 엄한 목소리로 물었다.

"오늘 16호 교실에서 네시부터 다섯시까지 피아노를 친 사람은 누구입니까?"

우리는 서로 얼굴을 마주보았다. 중학생 하나가 주뼛주뼛 손을 들었다. "네, 접니다."

마이어 원장선생님이 허허허, 웃더니 말했다.

"쇼팽을 좋아하나요?"

"네." 그 학생은 피아노를 쳤다고 야단치는 것이 아님을 깨닫고 안도하는 목소리로 대답했다. 그러나 방심은 금물, 눈 깜짝할 사이 선생님의 얼굴에서 웃음기가 사라졌다.

"쇼팽만 치다보면 음악을 알 수 없습니다." 엄한 목소리였다. "바흐를 공부하세요. 바흐에게 음악을 배우세요."

왜 쇼팽은 안 되고 바흐여야 할까. 같은 독일인이라서인가 생각했지만 그런 차원에서 한 말은 아닌 것 같았다. 전쟁중 근로봉사와 공장 일을 하며 지낸 탓에 몸 구석구석까지 무지함이 배어 있던 나는 그 말을 뒷받침하는 이론은 이해하지 못한 채 오랫동안 머릿속에 담고만 있었다. 초등학생 무렵 여자 피아노 선생님에게 모차르트의 곡을 치고 싶다고 했더니 선생님이 어머, 쇼팽이 더 좋은데, 하고 대답한 적이 있었다. 그때도 대체 무슨 이유로 그 작곡가보다 이 작곡가가 더 좋다고 말할 수 있는지 신기했는데, 마이어 원장선생님의 말도 어딘가 그런 의문과 이어지는 것 같았다.

"바흐를 배운 뒤에 쇼팽을 치는 건 괜찮지만요. 바흐의 깊이를 생각해보세요." 원장선생님은 그렇게 말하고 그날의 저녁 인사를 마쳤다.

어느 날은 이런 말을 하기도 했다. 그때도, 아니 그때는 훨씬 단정적인 어조였다. 책을 많이 읽으세요, 좋은 책을 읽으세요, 라고 하더니 이렇게 덧붙였다.

"오늘 7호 교실에 갔더니 『바람과 함께 사라지다』가 놓여 있었습니다. 설마 여러분이 읽던 책은 아니겠지요?"

『바람과 함께 사라지다』의 일본어 번역본이 막 나온 무렵이었다. 영어 공부가 뒤처지던 우리 반 아이들은 아무래도 원문을 읽을 실력이 없었지만, 인터내셔널 스쿨 아이들이나 전문학교 상급생들은 예전부터 서로 그 책을 보려고 야단이었다. 식사 자리에서도 화제에 올랐다.

"그보다 훨씬 중요한 책이 산더미처럼 많습니다." 마이어 원장선생님은 그렇게 말하고 허허허 웃었다. "고전을 읽으세요. 호메로스나 단테, 셰익스피어 등. 『바람과 함께 사라지다』는 그뒤에 읽어도 충분해요."

일요일이나 휴일에 외출을 원하면 목요일 저녁 한 사람씩 교장선생님을 찾아가 허락을 받아야 했다. 무슨 일로 몇시부터 몇시까지 어디로 외출하는지 사전에 보고하는데, 교장선생님인 일본인 수녀님이 몹시 엄격해 방에 들어서면 무슨 말을 하려고 왔는지 잊어버리곤 했다. 아, 이런, 말씀드릴 게 뭐였는지 기억이 안 나요. 밖에서 다시 생각해보고 오겠습니다. 그렇게 말해서 웃음을 사기도 했다. 그런데 어느 날 무슨 이유였는지 교장선생님 대신 마이어 원장선생님께 외출허가서를 받게 되었다. 교장선생님처럼 무섭지는 않지만 영어로 말해야 했기에 일대일 대면은 다소 부담스러웠다.

여느 때와 달리 교장실 대신 안뜰을 바라보는 복도 귀퉁이의 널찍한 방으로 향했다. 노크를 하고 창문이 높게 난 방 안으로 들어서자 마이어 원장선생님은 등받이 높은 의자에 앉아 뜨개질을 하고 있었다. 검은색 털실이 든 커다란 등나무 바구니를 발밑에 둔 모습이 원장선생님이라기보다 그림 형제의 동화책에 나오는 친절한 할머니 같아서 긴장이 완전히 풀려버렸다.

"어디 가려고요?" 원장선생님이 물으며 뜨개질감에서 시선을 들고 가만히 나를 바라보았다. 그 순간 나는 전혀 관계없는 얘기를 꺼내고 말았다.

"어떤 책이 심오한지 아닌지를, 어떻게 하면 알 수 있나요?"

원장선생님은 허허허 웃었다. 그리고 뜨개질하던 손길을 멈추고 솜이 든 것처럼 포동포동한 양손으로 내 손을 감싸고 말했다.

"좋은 음악을 듣고, 좋은 책을 읽고, 좋은 그림을 보다보면 조금씩 알게 될 거예요." A little by little. 강한 독일식 억양으로 선생님은 말했다.

마이어 원장선생님은 수도원에 들어오기 전 콘서트 피아니스트가 되려고 했다고 한다. 수녀님들의 '수도원에 들어오기 전' 이야기에 우리는 항상 귀를 쫑긋했지만, 자신의 출생이나 내력을 자세히 말해주는 분은 없었다. 저렇게 예쁜 수녀님이 왜 결혼하지 않았을까, 아무개 수녀님은 약혼자가 있었는데 뿌리치고 수도원에 들어갔다더라, 이런 무책임한 억측만 난무할 뿐 진상은 아무도 몰랐다. 하느님의 부름을 받았다는 설명에는 한밤중 침대에서 벌떡 일어나 하느님의 계시를 듣는 해맑은 소녀의 모습을 상상하곤 했다.

어느 일요일 오후 혼자 성당에 갔다. 가죽을 씌운 커다란 문을 힘겹게 열고 들어가니 2층 성가대석에서 누군가 오르간을 치는 소리가 천장이 높은 성당에 폭풍처럼 울려퍼지고 있었다. 바흐의 곡이었다. 연주자는 마이어 원장선생님이 틀림없었다. 나는 소리나지 않도록 조심스럽게 문을 닫고 맨 뒷자리에 앉아 음악에 빠져들었다. 소리 다발이 오른쪽 왼쪽에서 보이지 않는 계단을 뛰어오르는가 싶더니, 복잡하게 뒤엉킨 또다른 소리 다발이 머릿속 공간에 퍼져나갔다. 좋다 나쁘다로 표현할 느낌이 아니었다. 귀뿐 아니라 온몸으로 음악이 전해지는 기분에 오싹해졌다.

그러고 나서 얼마 후, 마이어 원장선생님의 오빠가 신부님이었고 전쟁중에 유대인을 보호하다 강제수용소에서 죽었다는 이야기를 헬레나 수녀님에게서 들었다. 오랫동안 안부를 알지 못하다가 전쟁이 끝나고 일 년이 지나서야 일본에 있는 마이어 원장선생님에게 부고가 전해졌다는 것이다. 나는 선생님이 성가대석 오르간 앞에 앉아 혼자 바흐의 곡을 연주하던 일요일 오후를 떠올렸다.

포이 수녀님의 영어 연극과 마찬가지로 성가대 참가도 우리가 선택할 수 있는 일이 아니었다. 기숙사에 들어온 이상 노래를 좋아하건 싫어하건, 목소리가 휘파람새 같건 까마귀 같건 예순 명 모두 강제로 동원되었다. 성가대 지휘를 맡은 프렌치 수녀님은 전형적인 아일랜드 사람이었다. 한곳에 얽매이면 안 된다는 이유로 수녀님들은 간사이와 도쿄의 학교를 이삼 년 단위로 오갔는데, 전쟁중 내가 간사이의 학교에 있을 때 프렌치 수녀님도 그쪽 수도원에 있었던 터라 선생님이 기숙사 성가대를 지휘한다는 얘기를 듣고는 생각지 않은 데서 옛 친구를 만난 것처럼 기뻤다.

체격이 탄탄한 편인 선생님은 일단 지휘대에 서면 자신이 수녀라는 사실도, 일본인들은 여자가 남들 앞에서 팔을 마구 휘두르면 깜짝 놀란다는 사실도 전부 잊어버렸다. 목소리가 다른 사람보다 두 배는 크다는 평을 들었던 나는 늘 지휘대 바로 앞에 섰기 때문에 음정이 틀리거나 하면 가슴께에 주먹이 쿵 날아들었다. 아무튼 뚜껑이 열리면 앞뒤를 가리지 않는 수녀님이었다. 하하하, 또 당했네. 친구들이 그렇게 놀릴 정도로 나는 한동안 수녀님의 공격 목표가 되었다. 존 포드 감독은 아이리시 템퍼라고도 하는 다혈질 성정에 관한 에피소드를 향수 어린 시선으로 자주 영화에 담아냈는데, 무언가에 몰두하는 프렌치 수녀님의 모습이 꼭 그랬다.

당시 아일랜드는 아직 영국이 지배하고 있었지만 프렌치 수녀님은 일본에 귀화한 덕에 가루이자와 수용소로 보내지지 않았다. 전쟁중에는 아일랜드에서 매우 흔한 오하라라는 외가 쪽 성씨를 써서 학교 밖 사람들에게는 오하라 선생님으로 불렸다. 교내 스피커로 오하라 선생님, 오하라 선생님, 전화 왔습니다, 하는 방송이 나오곤 했는데, 도쿄에서 막 전학을 온 나는 오하라가 프렌치라는 이름의 서양인 수녀님이라는 사실에 깜짝 놀랐다. 건물 일부에 주둔중이던 육군 장교들을 의식해 일본식 이름으로 불렀던 것이다.

내가 간사이에서 학교를 다니던 쇼와 19년 봄부터 전쟁이 끝날 때까지, 여학교 고학년 학생은 군부의 명령으로 한 사람도 빠짐없이 교내에 마련된 작업장에서 노동자로 일했다. 한 달간의 실습이 끝나고 5월부터 각자 부서에 배치되어 군용기 부품을 만들었는데, 국적이 일본이라도 지극히 서양인다운 외모를 숨길 수 없었던 오하라 선생님은 외부에서 파견된 진짜 공장노동자가 어슬렁거리는 교내 공장에는 갈 수 없었다. 가을이 되어 안뜰 화단에서 마농꽃이 하얗게 반짝이던 어느 날, 영어 공부를 하고 싶은 사람은 공장 작업이 끝나고 4층 ○○호 교실로 와라, 단 한꺼번에 모여서 오지는 말라는 메시지가 누구에게 먼저랄 것 없이 전해졌다.

수업을 받을 때는 그렇게 싫던 공부가 매일같이 작업만 하다 보니 둘도 없이 소중하게 느껴졌다. 특히 좋아하던 과목인 영어를 수녀님이 가르쳐준다니 놓칠 수 없었다. 지시대로 혼자 인기척 없는 4층으로 올라가니 교실에서 프렌치 수녀님이 여느 때와 같은 얼굴로 기다리고 있었다. 여러 학년이 섞인 학생 열 명 정도가 띄엄띄엄 앉아 있고 칠판에는 영시가 쓰여 있었다. 누구의 작품일까. '우리는 알고 있네, 어두운 구름이 지금은 잿빛 하늘을 덮고 있으나 막아서는 안 된다네, 구름은 황금빛 테를 두르고 있네. 구름 저편에는 태양이'라는 시였다. 간단한 은유라 우리도 공감할 수 있었고, 일본어를 할 줄 모르는 프렌치 수녀님의 설명도 마법처럼 머릿속에 쏙쏙 들어왔다. 수녀님의 급한 성격은 그런 수업에서도 여전해서, 우리가 잘 알아듣지 못하면 분필을 뚝 부러뜨려 칠판에 던지고 밖으로 나가버리거나 학생의 양어깨를 붙잡고 흔드는 모습을 흔히 볼 수 있었다. 그래도 우리는 그 수업을 고대하며 열심히 작업을 했다. 비밀 수업은 우리가 여학교를 졸업한 3월까지 계속되었다.

일요일이나 휴일 오후에는 베네딕션이라는 짧은 의식이 성당에서 열렸는데, 이때는 학생들도 선곡에 참여할 수 있었다. 프렌치 수녀님의 다혈질과 싸우면서 우리는 조금씩 레퍼토리를 늘려갔고, 1층에서 듣던 수녀님들이 이번에는 어느 곡을 불러달라고 주문하기도 했다. 모차르트의 〈거룩한 성체〉를 몇 주 동안 연습해 무사히 완창한 날은 마이어 원장선생님이 성당 뒤쪽 좁은 계단으로 성가대석까지 힘겹게 올라와서, 축하합니다, 좋은 음악이었어요, 하고 칭찬해주어 제법 프로가 된 듯한 기분을 맛보기도 했다.

나는 음치니까 노래에 대한 감상은 묻지 마세요. 이렇게 공언한 수녀님이 있었다. 미국에서 온 더넘 수녀님이었다. 수녀님들은 거의 문과 출신인데 혼자 자연과학 계열 학위가 있었다. 우리가 더넘 수녀님을 만나는 유일한 시간은 오후 티타임 후 삼십 분간 '레크리에이션'을 진행하던 때로, 수녀님이 총감독이었다. '레크리에이션'이라지만 자유시간은 전혀 없고 예순 명의 기숙생이 한데 모여 같은 게임을 해야 했다. 그사이에도 잡담은 금지되었다. 유럽의 구식 전통에 얽매인 규칙적인 생활을 학생들에게 강요하는 방식에 미국인인 더넘 수녀님은 남몰래 반항하는 마음이 있었던 것 같다. 분홍색으로 빛나는 하얀 피부, 서글서글하고 동그란 담갈색 눈, 탄력 있는 붉은 입술. 키가 작은 편이라 검은 수도복을 입고 걷는 모습을 보면 무심코 펭귄 모양 태엽인형이 떠올랐다. 앨리스라는 이름도 왈가닥 소녀 같고 귀여웠다. 다른 수녀님들과 달리 때때로 어린 시절 이야기를 해주기도 했다.

어느 날은 "열두 살 때 처음으로 타자기를 받았을 때"라고 이야기를 꺼내서 깜짝 놀랐다.

"열두 살 때라고요?"

"그래요."

자기 타자기를 갖다니, 당시 우리로선 상상도 할 수 없는 사치였다. 그런데 더넘 수녀님은 아무렇지 않게 '열두 살 때 받았다'고 말해버리는 것이다. 아무리 미국인이 부자라 해도 꽤 귀하게 자란 것이 틀림없었다. 놀란 우리를 완전히 무시하고 수녀님은 말을 이었다.

"처음으로 타자기를 받았을 때, 아버지가 그러셨어요. 앨리스,

잘 기억해둬라. 타자기와 만년필과 칫솔만은 절대 다른 사람한테 빌려줘선 안 된다."

휴대용 타자기를 빌리러 간 우리에게 던진 교묘한 핑계였지만, 우리는 그 말에서 오히려 뉴욕에서 보냈을 수녀님의 화려한 소녀 시절을 상상하고 한숨을 내쉬었다.

그런 더넘 수녀님이 레크리에이션 시간에 야구를 도입해서 적잖은 물의를 빚었다. 주둔군에 지인이 있던 모양인데 어느 날 소프트볼 도구를 구해와서 가르쳐준 것이다.

기숙생이 서투른 솜씨로 야구를 하는 광경에 누구보다 놀란 사람은 아마 수녀님의 수도원 동료들이었을 것이다. 여자답지 못한 복장으로 공을 내던지고 홈런이니 뭐니 외치며 소란을 피웠으니. 지금까지 뼈를 깎으면서 가르쳐온 여자다운 예의범절은 어디 갔단 말인가. 아무리 전쟁에 졌다 해도 미국인이 되지는 말도록. 예절에 엄격한 일본인 교장선생님은 그렇게 못을 박았었다.

기숙생들이 '통학생'이라고 부르던, 집에서 등하교하는 학생들도 우리의 야구 열기에 질릴 대로 질린 눈치였다. 야구가 대체 왜 재미있다는 거야. 뛰어다니기만 하고. 뭣보다 금세 배고파지잖아.

아닌 게 아니라 우리가 먹는 아침은 뜨거운 물에 푼 콩가루, 점심은 빵 하나에 달걀프라이 하나, 간장을 친 샐러드, 디저트로는 빵쪼가리와 탈지분유로 만든 케이크였고, 저녁도 크게 다르지 않았다. 야구는 그런 식생활로 연명하던 우리의 체력을 상상 이상으로 소모시켜서 도루라도 하면 순간 눈앞이 깜깜해지곤 했다. 그래도 더님 수녀님은 기가 죽기는커녕 직접 경기에 참가해서 수도복 자락을 걷어올리고 바람에 베일을 나부끼며 베이스를 향해 잡초가 아무렇게나 자란 테니스 코트를 내달렸다. 우리가 실책을 하면 바로 화난 목소리가 날아왔다. 거기 털실 머리!

'얼간이' 정도의 뜻인 'woolen head'란 표현을 수녀님 나름대로 번역한 것이었는데, 나는 이 말만 들으면 정말로 머릿속 뇌수가 털실 뭉치처럼 엉클어진 기분이 들어서 배꼽이 빠지게 웃었지만 어떤 아이는 실례를 무릅쓰고 화를 내기도 했다. 그래도 수녀님은 시치미 뚝 떼고서 신나게 "털실 머리"를 연발하며 달렸다. 가장 야구를 즐긴 사람은 어쩌면 수녀님이었는지도 모른다.

기숙사에 들어오고 이 년째 되는 초여름. 소등을 하고도 한참 지난 시간에 문득 말소리가 들려서 눈을 떴다. 우리가 자던 큰 침실의 밤새 켜놓는 어둑한 등 아래서 수녀님 두세 명이 소리 죽여 이야기를 나누고 있었다. 수도원 사무와 회계를 도맡아 하는 부원장 시켈 수녀님의 모습도 보여서 왠지 좋지 않은 예감이 들었다. 이런 시간에 학생 방에 오다니, 무슨 사건이 벌어진 것이 틀림없다. 금테 안경에 날씬하고 키가 크고 자세가 곧은 시켈 수녀님은 점심때 가끔 식당에 나타날 뿐 좀처럼 학생들 앞에 모습을 보이지 않았기 때문이다. 이 시간에 대체 무슨 일일까 생각하는데 누군가가 회중전등으로 바닥을 비추면서 걸어오더니 놀랍게도 내 침대 옆에 딱 멈췄다. 성당 담당 구테레스 수녀님이었다.

기숙사에서는 매학기 초 각종 '담당'이 발표된다. 때로는 환영을, 때로는 원망을 받으며 식사 시간, 티타임, 자습 시간 등을 몸이 기울어지도록 무거운 놋쇠 종을 흔들어 알리는 '타임 키퍼'. 더넘 수녀님을 도와 운동기구를 관리하는 '레크리에이션 담당'. 자습실에서 침실로, 침실에서 식당으로 줄지어 이동할 때 혼자 먼저 달려가 열쇠로 문을 따고 기다리는 '문 담당' 등 상급생들은 다양한 책임을 맡았는데, 그해 봄 나는 '새크리스티 담당'에 임명되었다. 새크리스티란 성당의 준비실로 쓰이는 작은 방 몇 군데로, 이 담당자로 뽑히면 구테레스 수녀님을 도와 제단 꽃병의 물을 갈거나 화분에 물을 주고 성상의 먼지를 떨 뿐 아니라 매일 저녁 다음날 아침 미사 준비까지 해두어야 했다. 다른 담당은 기숙생의 생활과 직접적인 관련이 있지만 새크리스티 담당은 말하자면 수도원 심부름꾼에 지나지 않기 때문에 학생들이 싫어했고, 나 또한 여기 뽑힌 것이 무척 부담스러웠다.

성당 담당 구테레스 수녀님이 찾아왔으니 새크리스티에 무슨 일이 생긴 게 분명하다. 짐작대로 수녀님은 내 귓가에 이렇게 속삭였다.

"아까 미사 준비를 하고 열쇠를 어디 두었나요?"

항상 두는 곳에 걸어두었는데요. 내가 대답하자 수녀님은 그런데 안 보여요, 빨리 옷 입고 성당으로 오세요, 하고 다소 고압적인 말투로 말했다. 졸린 눈을 비비며 새크리스티로 가자 거기서도 부원장 시켈 수녀님이 나타나 물었다.

"저녁에 여기 와서 미사 준비를 한 뒤에 학생은 어디로 갔죠? 저녁식사 때까지 뭘 했는지 순서대로 이야기해보세요."

아, 싫다, 나는 생각했다. 이래서야 꼭 죄인 취급이 아닌가. 그러나 거스를 방법도 없으니 하는 수 없이 대답했다.

"차를 마시고 한 시간쯤 불탄 자리를 정리했습니다."

그러자 시켈 수녀님은 신경질적으로 눈살을 찌푸리며 말했다.

"분명히 거기 가져갔다 잃어버렸을 테죠. 찾으러 갑시다."

그럴 리 없어요. 열쇠는 분명히 여기 벽에 걸어두었어요. 아무리 주장해도 아무도 믿어주지 않았다. 나는 구테레스 수녀님에게 이끌려 계단을 내려가 몇 군데 복도를 돌아서 현관을 나섰다. 시선을 가로막는 것이 없어서 그만큼 널찍해 보이는 수도원의 폐허 여기저기에 묵직한 꽃을 피운 수국이 달빛에 또렷하게 드러났다. 시켈 수녀님은 우리를 따라와 아무 말 없이 우두커니 서 있었다. 나는 땅바닥을 기어다니며 열쇠를 찾았지만 수녀님은 몸을 굽히지도 않고 물론 도와주지도 않았다. 그해에는 유난히 도 수국이 파랬던 커다란 그루터기 밑동까지 손을 넣어 뒤졌다. 아니, 뒤지는 시늉을 했다. 설사 이곳을 정리하다가 떨어뜨렸다 해도 조그만 열쇠를 이 시간에 찾을 수 없다는 것쯤은 시켈 수녀님도 알았을 것이다. 그래도 찾으라는데 멀뚱히 서 있을 수 없는 노릇이니 뭐라도 해야 했다. 새크리스티 담당이 되고 싶다고 한 적도 없는데. 이래서 새크리스티 담당이 싫은 것이다. 원망스러워 눈물이 날 것 같았지만 입술을 깨물고 꾹 참았다. 울기라도 하면 내가 잃어버렸다고 인정하는 꼴이 된다. 타다 만 나무에 발이 걸려 넘어질 뻔해가며 나는 여기 있을 리 없는 열쇠를 계속해서 찾았다.

"이제 됐어요. 어쩔 수 없으니 오늘은 그냥 침실로 돌아가세요."

그 말에 안도한 것은 한 시간쯤 지나서였다. 그로부터 반세기 가까이 흐른 지금까지도 열쇠가 왜 없어졌는지, 나중에 발견되긴 했는지, 그렇다면 대체 어디 있었는지, 결국 알 수 없었다.

3월이 끝나가는 어느 날 오후, 나는 오랫동안 도쿄에서 생활한 이탈리아 친구와 조시가야의 묘지를 걷고 있었다. 십 년에 이르는 그의 일본 생활은 올해로 막을 내릴 예정이었다. 그전에 꼭 너를 조시가야의 묘지로 안내하고 싶은데. 그의 말에 나도 흔쾌히 승낙했다. 응, 한번 가보자.

산책을 좋아하는 그는 나보다 도쿄 지리에 훨씬 밝았다. 둘이서 자주 후카가와를 걷고, 고이시카와의 언덕을 오르고, 같이 좋아하는 나가이 가후*의 『히요리게다』나 『강 동쪽의 기담』 이야기를 했다. 이탈리아나 일본에서 겪었던 옛날 일들을 두서없이 늘어놓기도 했다.

그날 우리는 나가이 가후의 묘를 찾아가기로 했다. 화창하고 따스한 날이었지만 차를 타고 시타야에서 고이시카와를 거쳐 조시가야에 도착했을 때는 이미 네시가 넘어 있었다. 해가 서쪽으로 기울기 시작하자 갑자기 한기가 들고, 환하던 묘지가 한순간 회색 장막으로 뒤덮인 기분이었다.

가후의 묘는 좀처럼 보이지 않았다. 아마 이 근처일 거라는 어렴풋한 그의 기억에 의지해 몇 군데 모퉁이를 돌면서 헤매다가 결국 따로 찾아보고 만나기로 했다. 그사이에도 날은 점점 저물어갔다. 그만 포기하고 헤어진 곳으로 돌아가려는데 문득 울창한 상록수숲이 눈에 들어왔다. 왠지 흥미가 생겨서 정면으로 가보니 작은 철문이 달린 묘소였다. 외국인의 묘구나. 그렇게 생각하며 문에 달린 문장紋章을 보았다가 깜짝 놀랐다. 그것은 틀림

* 탐미적인 작풍으로 메이지 시대와 쇼와 시대에 걸쳐 활약한 소설가.

없이 내가 여섯 살 때부터 십육 년간, 이러니저러니 불평하면서도 꾸준히 공부해온 학교의 문장이었기 때문이다. 고국으로 돌아가지 않고 일본에서 생을 마친 수녀들의 묘가 틀림없었다. 고텐바의 수도원에도, 간사이 지방 다카라즈카 근처의 언덕 위 학교에도 수녀들의 묘지가 있어서 학창 시절 친구들과 함께 참배한 적이 있다. 조시가야에도 몇 분의 묘가 있다는 이야기를 듣긴 했지만 직접 와본 적은 없었는지라 완전히 잊고 있었다.

끼익, 가슴을 후비는 소리가 나는 조그마한 철문을 열고 안으로 들어갔다. 여느 십자가보다 좀더 큰 십자가가 정면에 있고, 그 앞에 대여섯 개의 낮은 십자가가 두 줄로 나란히 서 있었다. 하나하나에는 이곳에 묻힌 수녀의 이름과 생년월일, 사망일과 출신국이 새겨져 있었다. 가까웠던 사람의 이름도 있고, 모르는 이름도 있었다. 무의식중에 자세를 바로잡은 이유는 경외심 때문은 아니었다. 등을 쭉 펴세요. 그렇게 주의를 주는 수녀님들의 목소리가 들려오는 기분이 들었던 것이다. 똑바로 서서 우리 얼굴을 보고 반듯하게 인사하세요.

"어이, 거기서 뭐해? 가후의 묘는 이쪽이야."

친구가 부르는 소리에, 나는 언젠가 다시 한번 와야겠다고 생각하며 소리나는 쪽으로 어두운 오솔길을 걸어갔다.

칼라가 핀 정원

방에서 편지를 읽고 있는데 누군가 살며시 문을 두드렸다. 이렇게 늦은 시간에 누군가 싶어 열어보니 어두운 복도에 한국인 김씨가 서 있었다. 들어오세요. 늦은 시간에 죄송해요. 잠깐 실례할게요. 김씨는 양해를 구하면서 반가운 듯이 생긋 웃었다.

삼십대 중반을 약간 넘은 김씨는 고향인 소도시 고등학교의 국사 선생님이었다고 한다. 좀 사납게 생긴 구석이 있긴 하지만 피부가 하얀 미인이었다. 대학에서 전공한 서양사를 로마에서 다시 공부할 계획이었다. 나와 같은 가톨릭단체 장학금을 받고 올여름 이탈리아인 수녀가 운영하는 로마 교외의 이 학생기숙사에 왔는데, 아직 이탈리아어는 모르지만 일본어와 영어를 조금 할 줄 알아서 가끔 내 방에서 대화를 나누곤 했다. 전쟁이다 직장 생활이다 정신없이 살다가 정신을 차리고 보니 혼기가 지나버렸고, 어쩔 수 없이 재미있지도 않은 고등학교 선생 노릇을 하고 있어요. 가는 입술을 삐죽이며 다소 자조적으로 그렇게 말했다. 식사나 세탁 등에 대한 기숙사의 대우에 꽤 강한 어조로 불만을 표하곤 했지만 실은 외로움을 잘 타는 성격이라 남들이 말을 걸어주기를 은근히 기다리는 눈치였다.

저, 요즘 계속 머리가 아파요. 방에 들어오자마자 김씨는 그렇게 호소하면서 길고 하얀 손을 괴로운 듯이 귀에 갖다댔다. 두통이 있어요? 내가 묻자 네, 게다가 요즘엔 이탈리아어만 들으면 머리가 아파요, 고향에서 편지도 통 안 오고요, 하며 자못 속상한 듯 얼굴을 찌푸렸다.

로마에서 장학생 제안이 온 것 같은데, 네가 가보는 게 어때? 도쿄에서 친구가 전해준 소식에 반색한 것은 반년 전 1958년 겨울이었다. 일본에도 할당 인원이 내려왔는데 아무도 로마 같은 데 가려고 하지 않으니 생각이 있으면 빨리 서류를 내라는 것이었다. 아직 일본에서 이탈리아어를 할 줄 아는 사람이 드물었을 때의 일이다. 사회학 연구를 희망하는 자여야 한다는 등의 조건이 붙었지만 일단 가보면 융통성 있게 봐줄 것이고, 돈을 받고 좋아하는 공부를 하면 된다니 더이상 바랄 나위 없는 조건이었기에, 나는 프랑스 유학에서 돌아와 삼 년간 일해온 방송국도 팽개치고 일본을 떠나기로 했다. 지금 여기서 생활에 변화를 주지 않으면 앞으로는 이러지도 저러지도 못하겠다 싶었다. 어디서 뭐가 잘못되었는지 스물아홉이 되도록 아직 장래를 확실히 설계해두지 못했으니 몹시 불안해지기 마련이었다. 장학금을 주겠다는 가톨릭단체의 성격이 영 모호하고 어딘가 수상쩍었지만, 전혀 결혼할 생각이 없어 보이는 딸을 여러모로 걱정하는 부모님을 설득하기에는 유용했다. 일단 로마에 가면 나중 일은 어떻게든 될 것이다. 상당히 엉성한 논리였지만 결국 두 눈 질끈 감고 행동으로 옮기고 말았다.

로마에 도착해보니 역시 수상한 장학금이었다. 반강제로 보내진 학생기숙사는 이탈리아인 수녀가 운영하는 곳으로 아시아와 아프리카 등지에서 온 이삼십 명의 젊은이가 모여 있었는데, 대부분 고등학교를 막 졸업한 듯한 젊은 여자들이고, 조금이나마 이탈리아어를 할 줄 아는 사람은 옛 식민지인 에티오피아에서 온 학생 대여섯 명과 일본인인 나뿐이었다. 나머지는 서툰 영어로 서로의 의사를 확인하는 게 고작이라 일상의 스트레스가 지저분한 웅덩이처럼 고여 있었다. 기숙사 생활이니 식사나 주거는 확실히 보장되었지만 뭔가 할라치면 수녀님들이 감시의 눈을 번뜩였다. 전화 한 통 거는 데도 허락이 필요했고, 잠깐 외출할 때도 수녀님이 따라갔다. 나는 나이가 평균을 훌쩍 넘었고 이탈리아어를 할 줄 알아서 비교적 자유롭게 지낼 수 있었지만, 실은 사회학보다 문학을 공부하고 싶다고 속내를 밝혔더니 단칼에 거절당했다. 10월이 되면 이 기숙사에서 지정한 학교를 다니며 사회학을 공부해야 한다는 것이다. 솔직히 장학금을 노리고 억지로 밀어붙이다시피 유학을 온 내가 잘못이었지만 그 문제는 일단 접어두고, 그러면 다니던 직장까지 그만두고 여기까지 유학 온 보람이 없다고 주장하며 수녀님들과 밀고 당기느라 진땀을 뺐다.

로마에 도착한 날은 9월 8일. 김씨가 내 방에 와서 머리가 아프다고 한 것은 그달 말이었다. 그날 밤 그녀는 두 시간쯤 내 방에서 수다를 떨었다. 화제는 전쟁 전과 전쟁중 일본이 부린 횡포, 전쟁 후 급히 영어와 한국어 사전을 만들어야 했던 학자들의 고충, 한국전쟁, 북쪽에서 들어온 난민 이야기를 거쳐 개인적인 고민에 이르렀다. 이렇게 고등학교 선생님을 그만두고 로마에 왔으니 예전에 배운 로마 역사를 본토에서 다시 한번 공부해보고 싶다, 그러려면 우선 이탈리아어부터 익혀야 하는데 그때까지 장학금을 받을 수 있을지 모르겠고, 한국에 돌아가서 다시 일자리를 찾을 수 있다는 보장도 없다는 이야기였다.

무척 무리한 계획이었지만 김씨는 아니에요, 하느님이 보살펴주실 테니 잘되겠죠, 하면서 하얀 이를 드러내며 웃었다. 갑자기 하느님이라는 말이 나와서 놀란 나는 아랑곳 않고 김씨는 이어서 기숙사 사감 수녀님을 상당히 힘주어 힐책했다. 가브리엘이라는 사람, 겉으로는 친절해 보이지만 실은 내가 뭘 하는지 항상 뒤에서 감시하고 있어요. 저는 그 사람이 너무 무서워요. 저를 북한 사람으로 생각하는 게 틀림없어요.

설마요, 나는 반론했다. 이탈리아인 수녀가 북한과 한국의 차이를 알까요? 그러자 김씨는 정색을 했다. 아뇨, 아쓰코 씨는 일본인이니까 그렇게 태평한 거예요. 여기 수녀님들이 얼마나 무서운지 몰라요.

꽉 막혔긴 해도 무서울 정도는 아니라고 달래보았지만 김씨는 받아들이지 않았다. 그 사람은 뒤에서 날 감시하고 있다, 날 북한 사람이라고 생각한다는 말을 반복하며 미간을 찌푸렸다. 들으면서 나는 점점 불안해졌다. 이상하게 정작 중요한 데서 이야기의 논리가 비약하는 것 같았다. 어쩌면 김씨의 이야기를 따라가지 못하는 내게 문제가 있는 것이 아닐까. 요즘 행동이 자유롭지 못한 데 스트레스가 쌓여서 정신적으로 지쳐 있는 것이 아닐까.

방에 들어올 때는 손으로 관자놀이를 누르고 두통을 호소하던 김씨는 어느새 기운이 돌아와 양손을 이리저리 흔들며 수녀님들이 얼마나 무서운지를 설명했다. 나는 점점 확신이 없어졌다.

"아쓰코 씨도 조심하는 게 좋을 거예요. 그럼 잘 자요."

김씨가 새벽 한시가 지나서야 방을 나서자 나는 기진맥진했다. 그러나 아침에는 옛 친구들이 와서 프레제네 해변의 집으로 데려가줄 터였다. 바다에 가면 한동안 이 기숙사를 잊어버릴 수 있을 것이다. 파도 소리를 들으며 느긋하게 쉬면 또 좋은 생각이 떠오르리라. 수녀님들 말대로 일단 사회학을 공부하고 남는 시간을 활용해 문학 공부를 할 수 있을지 모른다.

해변 집에서는 일주일 내내 노는 데 열중했다. 사 년 전 페루자의 외국인대학을 다닐 때 두 달 반 정도 하숙했던 캄파나가家 사람들과 일본으로 돌아간 뒤에도 편지를 주고받았는데, 이번에 내가 이탈리아로 돌아온다는 것을 알고 철 지난 바캉스를 함께 보내지 않겠느냐고 제안한 것이었다. 체격이 좋은 엘레오노라 아주머니, 머리를 백금발로 염색한 아름다운 딸 라파엘라, 열 살배기 아들 마우로. 토요일 밤에는 라파엘라의 남편인 의사 줄리오가 페루자에서 합류했다. 큰아들 잔프랑코는 결혼해서 아내의 가족과 아드리아 해로 피서를 가 있었다.

여름 한철 빌려 쓰는 이 집은 해안도로에 면해 있고 값싼 가구가 딸려 있어서 아무래도 집다운 느낌은 덜했지만, 임시 거처라 오히려 마음이 편하기도 했다. 페루자의 집에는 호수처럼 크고 오래된 침대가 있어서 시트를 정돈하다가도 길을 잃을 듯한 기분이 들었는데, 이곳 침대는 끼익끼익 소리가 나는 간이침대였다. 아침에 눈을 뜨면 부엌에서 각자 커피를 내려 마시고 테이블 위 커다란 통에서 원하는 만큼 비스킷을 꺼내 먹는다. 그러고는 해수욕. 해수욕이라지만 대부분 이탈리아 사람들이 그러듯 수영은 거의 하지 않고 모래 위에 엎드려 있거나 누워 있을 뿐이다. 실없는 대화와 함께 시간이 천천히 흘러갔다.

"그래서 릴리는 그뒤로 어떻게 지내?"

"여전히 질투 심한 잔니가 졸졸 따라다니지 뭐."

"지금도 언덕 중턱에 있는 그 집에 살아?"

"응. 교도소 옆에 있는."

라파엘라와 지칠 줄 모르고 친구들 이야기를 나누다 갑자기 대답이 끊겨 고개를 들어보면 그녀는 어느새 잠들어 있었다. 적당히 몸을 태웠다 싶으면 집으로 와서 샤워를 하고, 라파엘라가 부엌으로 향한다. 산더미처럼 쌓인 파스타와 향긋한 샐러드로 점심을 먹고 살짝 땀을 흘리며 깨는 긴 낮잠이 이어진다. 외동아들 마우로가 다시 바다에 들어가자고 떼를 쓰다가 엄마에게 혼이 나 울상을 짓는다. 저녁식사 전에는 식구들이 한데 모여 차려입고 느긋하게 해안도로를 산책한다. 줄리오가 연애 시절로 돌아간 얼굴로 라파엘라의 빨간색 샌들을 칭찬한다. 데루타에서 말이야, 하고 엘레오노라 아주머니가 결혼 전 근무했던 학교의 잘생긴 교장선생님 얘기를 꺼낸다. 마우로가 나를 따라다니며 말을 건다. 이탈리아식 '여자에 대한 친절'을 연습하는 것이다.

"방금 뭐라고 했어?" 페루자 이야기를 하던 마우로가 이상한 말을 하기에 내가 물었다.

"센지츠."

"뭐, 그게 무슨 뜻이야?"

"우리 동네 사투리인데, 우리는 올라갔다, 라는 뜻이야."

언덕 위에 자리한 도시 페루자에서는 어디를 가든 '올라가다'나 '내려가다' 둘 중 하나다.

"어머, 일본어로는 얼마 전先日이라는 뜻인데."

"우아." 이번에는 마우로가 깜짝 놀란다. "페루자 사투리는 일본어랑 비슷하구나."

"설마."

집으로 돌아오면 아무도 맛있다고 칭찬하지 않지만 엘레오노라 아주머니는 지칠 줄 모르고 만드는, 그래서 식탁에 오를 때마다 누군가가 꼭 불평을 하는 파스티나 수프와, 간단한 고기 요리에 그린 샐러드로 저녁을 먹는다. 올리브유와 와인식초는 페루자에서 가져온 것이다. 식사가 끝나면 열한시. 잠이 많은 나는 모두에게 잘 자라는 인사를 하고 방으로 들어가버린다.

그런 날이 일주일간 반복된 후, 햇볕에 탄 얼굴로 인사를 나누고 로마행 버스에 올랐다.

돌아와보니 생각지 못한 뉴스가 기다리고 있었다. 내가 떠나고 다음날 김씨가 신경과 병원에 입원했다고 한다. 여느 때처럼 수녀님에게 이끌려 다른 학생들과 공원에 산책하러 갔는데 갑자기 혼란스러워하더니 땅바닥에 주저앉아 울기 시작했어요. 역시 하느님이 자기더러 죽으라고 한다면서요. 같은 방을 쓰던, 마찬가지로 한국에서 온 최씨가 그날 밤새 그녀를 달랬다. 그러다가도 잠깐 눈을 뗀 사이 이제 그만 죽겠다며 창문에 발을 올리고 기어오르려 했다고 한다. 우리는 이탈리아어도 모르고, 아쓰코 씨도 없고, 어떻게 해야 할지 몰랐어요. 최씨가 서툰 영어로 더듬더듬 말했다. 채 스무 살이 안 된, 늘 활기찬 사람인데 오늘은 얼굴이 창백했다.

그래서 김씨는요? 내가 묻자 다음날 아침 구급차가 와서 실어갔다고 여전히 당황한 기색으로 말했다. 딱 한 번 수녀님과 함께 면회를 갔는데 차로 간 탓에 병원 위치도 정확히 모른다고 했다.

나는 곧 수녀님들에게 물어 일단 김씨의 병문안을 가기로 했다. 빌라 피오리타, 꽃이 만발한 집. 이 나라에서는 흔히 볼 수 있는 신경과 이름인 듯했는데, 부지를 둘러싼 울창한 나무 사이로 분홍색과 하늘색 꽃무늬 글자가 적힌 간판을 보니 속이 울렁거렸다.

김씨는 약품과 사람이 풍기는 냄새로 가득한 큰 병실 침대에 누워 있었다. 약을 먹고 잠든 듯 함께 간 최씨는 물론 나도 알아보지 못하는 것 같았다. 김씨, 하고 부르자 반듯한 미간을 찌푸리며 의식이 몽롱한 와중에도 뭐라 말하려고 안간힘을 썼지만 한국어와 이탈리아어와 일본어가 뒤섞여 횡설수설이었다. 약 탓일까, 병 탓일까. 간호사가 와서 대소변 시중을 들 때도 무엇 하나 감출 수 없는 김씨가 너무 가여웠다. 단 일주일 만에 커다란 욕창이 생겨 있었다. 지금껏 자기보다 나이가 많은 김씨에게 여러모로 의지해온 최씨는 또 얼마나 불안할까.

기숙사로 돌아오자마자 그녀를 고국으로 보내기 위해 수녀님들과 의논했지만, 글쎄요라는 말만 반복될 뿐 전혀 이야기가 진척되지 않았다. 김씨 집에 연락이라도 해달라고 부탁했더니 그 사람 병은 스트레스가 원인이니 곧 나을 것이다, 집에는 알리지 않는 게 좋다며 딱 잘라버렸다. 책임을 추궁당할까 두려워 이대로 덮어두려는 것이 분명했다. 일주일을 기다렸지만 김씨의 상태는 호전되지 않았다.

이런 때는 어떻게 하면 좋을까. 심사숙고한 끝에 나는 일단 대사관에 접촉해보기로 했다. 다행히 예전 유학 시절에 만난 적 있는 아노주라는 프랑스인 신부님이 바티칸 일본대사관에서 고문을 맡고 있었다. 한국인인 김씨를 직접 보살펴줄 수는 없겠지만 이런 때 어떤 절차를 밟아야 할지 알려줄 수 있을 터였다.

내 생각은 맞았다. 대사관 사람들이 서둘러 한국 쪽 기관에 연락을 취했고, 마침 로마에 들렀다가 서울로 돌아가는 여자 의사가 김씨를 데려가게 되었다.

김씨가 무사히 로마를 떠나 일단 안심했지만 내 문제도 급했다. 이대로 기숙사에 남아 공부를 계속하기란 생각만 해도 싫었다. 그래, 이 문제도 아노주 신부님에게 상담해보자 싶어 편지를 썼다. 최씨 혼자 남겨두고 기숙사를 떠나려니 발길이 무겁지만 이런 곳에선 하고 싶은 공부를 제대로 할 수 없고, 로마까지 뭘 하러 왔는지 모를 지경입니다. 어디 저렴한 학생기숙사를 모르시나요? 이 기숙사를 나가도 아버지에게서 용돈 정도는 송금받을 수 있습니다. 부족한 돈은 통역이든 뭐든 해서 벌겠습니다.

내 부탁이 상당히 태평한 소리라는 건 알았지만, 아노주 신부님은 인망이 있고 로마에 아는 사람이 많으니 반드시 해결책을 찾아줄 것 같았다. 한편 김씨 일로 대사관에 연락한 탓에 수녀님들을 대하기가 한동안 껄끄러웠지만 결국 본인이 귀국함으로써 좋게 마무리되었다. 이윽고 사회학 수업이 시작되었는데 역시 고등학교 수준의 내용이었다. 여기 머무는 것이 나에게도 다른 학생에게도 적합하지 않다는 사실은 분명해졌다.

이 주쯤 지나 아노주 신부님에게서 연락이 왔다. 대학 근처에서 여학생 기숙사를 운영하는 프랑스인 수녀님에게 당신 이야기를 했더니 꼭 만나고 싶다고 합니다. 되도록 빨리 가서 만나보십시오.

이 기회를 놓치면 안 된다는 생각에 전화를 걸자 원장선생님 마리 노엘 씨가 바로 만날 약속을 잡아주었다. 프랑스에서 유명한 기숙학교 몇 곳을 운영하는 수도회 소속으로, 다소 고풍스러운 수도복이 르네상스 회화에 나오는 과부를 연상시켰다. 서양인치고는 드물게 치열이 고르지 않고, 안경 너머로 나를 뚫어져라 보며 한마디 한마디 분명히 발음하는 프랑스어가 인상적이었다.

"아노주 신부님한테서 얘기 들었습니다." 계단을 올라 2층의 작은 서재로 들어가자 그녀가 불쑥 말했다.

"돈이 충분하지 않다는 것도요?"

서둘러 확인하자 마리 노엘 원장선생님은 몸을 뒤로 젖히면서 웃었다.

"네, 돈이 충분하지 않다는 것도요. 그럼 기숙사비를 얼마나 낼 수 있나요?"

느닷없는 돈 얘기에 나는 당황했다.

"어느 정도?" 말이 막혔다. 내가 생각하는 금액은 창피해서 입밖에 낼 수 없을 만큼 적었다. 망설이고 있는데 원장선생님이 말했다.

"괜찮아요. 당신이 낼 수 있는 금액을 말해보세요."

용기를 내서 금액을 말하자, 좋아요, 대신 잡일거리를 부탁할지도 모르겠군요, 하고 뭔가 생각하는 표정을 지었다.

"뭐든 하겠습니다. 설거지든 청소든. 대학생 때도 줄곧 기숙사 생활을 했거든요."

마리 노엘 원장선생님은 다시 한번 크게 웃었다. 이 사람 아래서는 뭐든 잘될 것 같았다. 그런 마음을 알아챘는지 원장선생님은 거침없이 말을 이었다. 그럼 다음주에 오세요. 자세한 사항은 현관 안내창구에 물어보고요. 그게 다였다. 내가 의자에서 일어나기도 전에 그녀는 다시 안경을 끼고 책상에 놓인 서류를 훑어보기 시작했다.

스타치오네 테르미니. 유리를 아낌없이 써서 지은 현대적인 로마 종착역. 나는 매표소 앞 흰색 대리석 벤치에 앉아 하염없이 시간을 보내고 있었다. 아침에 일어나자마자 한시라도 이런 곳에 더 있고 싶지 않아 최씨에게 작별인사도 대충 하고는 예의 장학금단체 기숙사를 나와 여기까지 와버렸다. 새로운 기숙사 안내창구에서 말한 오후 시간까지는 아직 많이 남아 있었다. 핸드백을 안고 무릎 앞에 커다란 슈트케이스를 둔 채 대합실 끄트머리의 시계만 쳐다보았다. 이제 겨우 열시다.

갈 곳이 없을 때는 역에서 시간을 보낸다. 돈도 들지 않고 큰 짐을 갖고 있어도 이상하게 보는 사람들이 없으니 오랜 시간 기다리기에 안성맞춤이다. 사람들이 끊임없이 오가니 안전하기도 하다. 게다가 내가 갈 마리 노엘 원장선생님의 기숙사는 역에서 그리 멀지 않으므로 이상적이었다.

옆자리에서 뾰족한 갈색 구두를 신은 말라깽이 남자가 말을 걸어왔지만 사투리가 심한 탓에 자기가 시칠리아 팔레르모로 돌아가는 길이라는 정도밖에 알아들을 수 없었다. 적당히 대꾸해주자 커피를 살 테니 어디 다른 데로 가자고 한다. 유심히 내 몸을 훑어보는 시선에 뭔가 도둑맞은 기분이 든다. 그런 큰 짐을 들고, 안쓰럽네요, 하며 동정 어린 시선이 날아든다. 제가 들어드리죠.

됐어요. 매정하게 대답하고는 오래전에 들은 이야기를 떠올렸다. 낯선 이탈리아 남자가 말을 걸어오면 절대 대꾸하지 마라. 싫다는 말도 하지 마라. 조금이라도 상대에게 반응을 보이면 곧 그와 대화하겠다는 신호가 되는 거다. 하지만 이미 늦었다. 남자는 커피를 마시자느니 짐을 들어주겠다느니 하면서 자꾸 다가왔다. 뒤늦게나마 무시 전법을 쓰기로 했다. 역시 효과는 바로 나타났다. 아무리 말을 걸어도 내가 반응을 보이지 않자 남자는 포기하고 자리를 떴다. 손에 든 짐이 하나도 없었다. 시칠리아에

간다는 것도 어쩌면 거짓말이었는지 모른다.

대신 커다란 바구니를 든 체격 좋은 아주머니가 털썩 자리에 앉았다. 검은색 카디건과 주름치마에 회색 면 스타킹을 신었고, 머리에 쓴 검은색 면 스카프 아래로 희끗희끗한 머리카락이 보였다. 바구니 한구석에 포도주 한 병이 세워져 있다.

“어이, 처자, 뭘 기다려?” 자리에 앉자마자 아주머니가 말을 걸었다.

아, 싫다. ‘처자’라니. 완전히 애 취급이잖아. 대답해야 할까, 못 알아듣는 척하는 게 나을까. 어쨌든 한번 대답하면 끝이라고 봐야 하는데. 하지만 아까와 다르게 여자고, 이런 시골 아주머니가 뭐 그리 지독한 악당일 리 있겠어. 그래도 핸드백은 꼭 안고 있는 게 좋아. 어디서 한패인 남자가 기다리고 있을지도 모르니까.

“세시까지 여기서 기다려요.”

“어? 그럼 아직 다섯 시간이나 남았는데.”

“맞아요.”

“왜 또?”

그 말에 한층 불안해졌다. 왜 또냐니. 내가 할 말이다.

“지금껏 지내던 기숙사에서 아침에 나왔는데, 새로 옮기는 데는 세시 반에야 방이 빈다고 해서요.”

“그렇구먼.” 아주머니는 새삼스럽게 내 얼굴부터 발끝까지 찬찬히 살펴보고는, 좀처럼 생각하기 힘든 결론을 냈다. "처자, 이탈리아 사람 아니지?"

보면 알지 않나 싶은데, 어찌된 일인지 이탈리아 사람들은 곧잘 이런 식으로 말한다. 사람이 먼저 보이고, 그뒤에 인종이 보이는 걸까.

"일본인이에요." 내가 대답했더니 그녀는 매우 진기한 동물을 보는 표정으로 내 얼굴을 뚫어져라 보고서 중얼거렸다.

"오호. 일본 사람은 처음 보는구먼."

"그러세요?"

자, 천천히 구경하세요, 하듯이 고개를 내밀고 뚫어져라 마주보면서 이번에는 내가 공격에 나섰다. 계속 당하고만 있을 수는 없다.

"아주머니는 뭘 기다리세요?"

"기차."

그건 나도 안다.

"아프릴리아로 돌아가는 길이야." 그녀가 말을 이었다. "열시 반 보통열차로. 로마에 있는 딸내미한테 왔다가, 이제 집으로 돌아가는 거지. 역시 내 집이 최고야. 처자는 아프릴리아를 아는가?"

"아뇨."

"가까워. 한 시간도 안 걸려. 처자, 나랑 같이 우리집에 안 가려나? 역 바로 앞이니까, 나랑 같이 열시 반 기차를 타고 갔다가 우리집에서 점심 먹고 바로 로마로 와도 시간은 충분할 거 같은데."

"네?" 나는 놀라서 그녀의 얼굴을 쳐다보았다. 역에서 처음 만난, 게다가 난생처음 보는 일본인에게 느닷없이 자기 집에 식사를 하러 오라니 대체 무슨 생각일까? 뭔가 엄청나게 기괴한 꿍꿍이가 있는 건 아닐까? 일단 데려가서 방심하게 만들었다가 탈탈 털어가려는 속셈이라든가.

"지금은 죽었지만, 우리집 양반이랑 둘이 열심히 일해서 지은 집이야. 역에서 가깝고 뜰은 꽃 천지고, 좋은 집이지. 꼭 보여주고 싶구먼."

그 말을 듣자 가본 적도 없는 아프릴리아라는 동네의 한적한 가로수 길가에 서 있는 아담한 집이 불쑥 머릿속에 떠올랐다. 노란색 벽, 연두색 쇠살문이 가로수 잎 사이로 가물거린다. 화단에 심은 빨간 장미와 제라늄. 나도 모르게 그 집까지 따라가고 싶은 마음이 고개를 든다. 아니, 하지만 눈앞에 있는 아주머니의 거무스름하고 옹골찬 주름투성이 얼굴이나 너무나 농민다운 면 스타킹과는 왠지 어울리지는 않는 상상인데, 정말 사실일까?

"딸내미 방이 비었는데, 처자만 괜찮다면 우리집에 하숙하지 않겠어?"

만난 지 십 분도 안 된 마당에 아주머니의 이야기는 터무니없이 멀리까지 나가버렸다. 그래, 분명히 무슨 수상한 속셈이 있는 게 틀림없다.

이탈리아 남부, 특히 내가 살아본 로마나 나폴리의 서민은, 아니, 어쩌면 서민뿐 아니라 모든 이들이 정말로 자연스럽게 종종 이렇듯 엉뚱한 생각을 한다는 것을 나는 아직 알지 못했다. 더구나 늘 '그다음에는 어떻게 하나'라는, 좀더 성가신 일은 전혀 염두에 두지 않기 때문에 그 엉뚱한 발상을 무턱대고 받아들였다가는 나중에 매우 귀찮은 상황에 휩쓸린다는 것도.

어쩌면 나는 내심 아주머니를 따라가고 싶었던 게 아닐까. 수상쩍게 접근하거나 무슨 꿍꿍이가 있는지 약간 떨어져 가만히 응시하는 남자들, 젊은 일본인 여자가 혼자 곤경에 처해 있건 말건 쉴새없이 소용돌이치며 흘러가는 여행자 무리 속에서 대체 어디에 의지할 수 있을까. 이 정도쯤이야 하며 가볍게 뛰어넘으려던 도랑이 생각보다 넓어서 눈앞이 캄캄해지는 기분이었다.

영어에 'dangling in the air'라는 표현이 있다. 보통 '어중간하게 매달린' 정도로 번역하겠지만 그보다 무책임하고 버림받았다는 어감이 더 강하고, 홀로 우주에 남겨져 바람에 흔들리는 듯한 쓸쓸함이 느껴진다. 종착역 벤치에 앉아 있는 몇 시간 동안, 첫번째 기숙사와 다음 기숙사 사이의 골짜기에 낀 꼴이 돼버린 나는 다름아닌 'dangling in the air' 상태로 끝없는 불안감에 사로잡혀 있었다. 예전 기숙사에 남는다면 생활이야 보장되겠지만 사방이 막혀 있었다. 겨우 새로운 기숙사를 찾아내긴 했으나 내가 '누구인지', 대체 로마에 뭘 하러 왔는지, 본질적인 문제는 아무것도 해결되지 않았다. 도쿄에서 하던 일을 그만두었고 대학에 등록하지도 않았으니 학생이라고 할 수도 없었다. 그리고 방금 전 장학금을 포기하고 나오면서, 보잘것없던 마지막 신분마저 잃고 말았다.

내가 미덥지 못하다는 표정으로 가고 싶지만 짐도 많고 하니 그냥 여기서 기다릴래요, 라고 대답하자 아프릴리아로 가는 아주머니는 이런 어린애를 상대해봤자 시간낭비라고 생각했는지, 아니면 수상한 흑심이 들켰다고 생각했는지 슬슬 열시 반 기차가 플랫폼에 들어왔겠다고 말하며 허둥지둥 일어섰다. 그후 술냄새를 풍기는 남자가 접근하기도 하고, 휴가중인 군인이 무릎을 딱 붙이고 앉아 말을 걸기도 했는데, 이번에는 어디 넘어가나 봐라 하며 굳게 입을 다물었다.

정오가 되었다. 이제 세 시간 남았다. 배가 고파왔다. 어젯밤 잠을 설친 탓에 배고픔과 졸음이 겹쳐 뼛속까지 으슬으슬했다. 도망치듯 기숙사를 빠져나오느라 샌드위치 한 조각 받아오지 못했고, 그렇다고 무거운 슈트케이스를 질질 끌고 역 광장을 가로질러서 카페에 갈 용기도 없었다. 기다리는 동안 세시라는 시간이 마치 기나긴 터널 저 너머처럼 머릿속에서 하얀 광채를 발하기 시작했다.

새 기숙사 생활은 들어가기 전 상상했던 것보다 훨씬, 아니, 그때까지 살아본 도쿄나 파리의 어느 기숙사에서보다 자유롭고 쾌적했다. 대부분 두세 명이 한방을 썼는데 마리 노엘 원장선생님은 나에게 조용한 3층 독실을 주었다. 그래서 포르타 산탄젤로 근처 중세신학연구소로 일주일에 두 번 강의를 들으러 가는 일정을 소화하고 나면 내 방에서 마음껏 책을 읽거나 편지를 쓸 수 있었다. 약학부의 루치아나와 문학부의 알렉산드라, 클라우디아와 함께 밤늦게까지 어두운 테라스에서 이야기를 나누기도 했다. 로마 근교 시골에서 약국을 운영하며 딸의 졸업을 손꼽아 기다린다는 루치아나의 부모님, 아드리아 해에 면한 알렉산드라의 고향 마을에서 열리는 떠들썩한 여름 축제, 그리고 칼라브리아 지방 대지주 집에 태어나 일찍이 아버지를 여의었다는 상냥한 클라우디아의 가족 이야기. 가본 적 없는 지방과 만나본 적 없는 이들의 생활이 그 아이들의 이야기를 듣는 사이 조금씩 내 안으로 스며들었다.

로마 대학과 관청 거리에서 멀지 않은 기숙사 주위는 드넓은 정원에 높은 울타리가 둘러쳐진 옛 귀족 저택이 늘어선 조용한 주택가였는데, 원래 살던 주민은 거의 없고 대부분 건물이 학생 기숙사나 전 세계에 흩어진 수도회의 로마 본부로 쓰이고 있었다. 우리 기숙사에서 길을 건너면 리세 프랑세라는 프랑스 학교가 있어서 아침이면 흰 장갑을 낀 기사가 운전하는 차를 타고 등교하는 아이들로 길이 북적였고, 오후 하교 시간이면 고등학생 여자친구를 데리러 온 남자들의 페라리나 알파로메오가 내리쬐는 햇빛에 번쩍였다. 기숙사는 수도원과 다른 별도의 건물로, 식물이라기보다 선사시대 생물에 가까워 보이는 반들반들한 녹색 아칸서스나 두툼하고 창백한 칼라가 무리지어 핀 습한 정원 한구석에 있었다. 2층과 3층이 기숙사고 1층은 부유층을 위해 몬테소리 교육을 하는 프랑스어 유치원이었다.

기숙사에서는 이탈리아 각지, 그중에서도 남부나 중부에서 온 대학생들이 주로 생활했다. 외국인은 미국인 제인, 폴란드인 타데우슈카, 유치원 선생님인 프랑스인 샹탈, 여자로서 드물게 바티칸에서 일하는 마리 앙주. 동양인은 자바 출신 중국인인 상상과 나뿐이었다.

상상은 여섯 살 때 피아노를 배우기 위해 혼자 네덜란드로 떠난 뒤, 콘서트 피아니스트를 목표로 유럽 대도시를 차례로 돌아다니며 유명 선생님들에게 레슨을 받고 있었다. 나와는 파리에서 같은 기숙사에 지내며 한동안 같은 방을 쓰면서 밥을 지을 냄비를 빌려주기도 하고, 볼만한 콘서트 정보를 교환하고, 그녀의 남자친구를 소개받기도 하는 등 상당히 가까운 사이였는데, 내가 일본으로 돌아가고 나서는 유학생들 사이가 으레 그렇듯 소식이 끊겼다. 어느 날 외출했다가 돌아왔더니 그 상상이 현관 앞에 서 있었다. 청바지 차림이고, 옆에는 묵직해 보이는 슈트케이스가 놓여 있었다. 그녀가 사 년 전처럼 프랑스어와 중국어 억양이 섞인 발음으로 내 이름을 부른 것과, 내가 상상이라고 외친 것은 거의 동시였다. 그녀도 이 기숙사에서 지내게 되었다고 했다. 나와 상상의 극적인 재회는 한동안 기숙사에서 떠들썩한 화제가 되었다.

기숙사에 들어오기 전 부족한 비용을 충당하기 위해 잡일거리를 맡길 수도 있다고 넌지시 말했던 원장선생님은, 내가 기숙사 생활을 시작하고 나서도 구체적으로 어떤 일을 하라고 전혀 알려주지 않았다. 볼로냐 출신으로 패션모델 학교를 다니던 파울라가 식당에서 배식을 돕거나 가끔 화려한 색깔 고무장갑을 끼고 바닥 청소를 하는 모습을 보면 내게는 일거리가 주어지지 않아 불안해졌다. 그래서 어느 날 마리 노엘 원장선생님에게 면담을 신청했다.

저한테도 일을 시켜주세요. 안 그러면 면목이 없습니다. 내 말에 마리 노엘 원장선생님은 당연하죠, 그렇지만 학생은 벌써 일을 하고 있는걸요, 하고 말했다. 네? 내가 미심쩍은 표정을 짓자 그녀는 말을 이었다.

“고등교육을 받은 아시아나 아프리카 여성이 이런 기숙사에 있어주는 것만으로도 이탈리아 여학생들에게는 새로운 세계가 열리는 셈입니다.”

“그렇지만 파울라는 기숙사비를 벌기 위해 청소나 설거지를 하는데, 저는 아무것도 하지 않잖아요.”

“그래서 싫은가요?” 마리 노엘 원장선생님은 가만히 내 얼굴을 바라보았다. “하지만 파울라는 당신보다 가사를 몇 배나 잘하는걸요. 당신은 당신밖에 할 수 없는 걸 해주었으면 해요. 설마 파울라가 더 궂은 일을 한다고 생각하는 건 아니겠지요.”

그래도 내가 이해하지 못하겠다는 표정을 짓자 원장선생님은 조금 색다른 제안을 했다.

“그럼 이러면 어떨까요? 일주일에 두 번, 한 시간씩 내 방에 와서 일본 이야기나 유럽에 대한 생각을 말해주는 거예요. 레슨처럼 말이죠. 학생 개인의 이야기도 좋아요. 그렇게 기숙사비의 일부를 채우는 것으로.”

그리하여 이 년이 채 안 되는 로마 생활 동안, 마리 노엘 원장선생님과 나는 정말 일주일에 두 번씩 만나 프랑스와 이탈리아의 정치, 최근 호평받는 책, 나아가 기숙사 운영이나 학생의 집안 사정 등 각자의 고민거리와 해결해야 하는 문제 등에 대해 이야기를 나누었다. 그중에서 우리가 특히 열을 올린 주제는 앞으로 서구와 비서구의 관계가 어떻게 진전될까 하는 것이었다. 서양은 너무 자신들의 문명에 취해 있어요. 원장선생님은 그렇게 말하며 슬픈 표정을 지었다. 내 경험을 이야기할 때는 무의식중에 말투가 격해지곤 했다. 나의 내면에 얼어붙어 있던 것이 원장선생님 앞에서는 순식간에 녹아버리곤 했다. 왜 일을 그만두면서까지 로마에 왔는지, 도쿄에서는 뭐가 불만이었는지. 책을 읽고 글을 쓰는 것이 인간에게 어떤 의미가 있는지.

"그런 것을 알고 싶어서 다시 유럽에 왔습니다."

"그건 알겠는데." 원장선생님이 말을 이었다. "당신이 계속 유럽에 머무른다 해도 진짜 문제가 해결되진 않을 것 같은데요. 언젠가는 돌아가겠지요?"

"물론이에요. 이제 어디 있어도 괜찮겠다는 생각이 들면요."

"글쎄, 그런 날이 올까요?"

"잘 모르겠어요."

"유럽에 머무르는 동안 아마 당신 안의 일본은 계속해서 성장할 거예요. 당신이 자신의 카드를 속이지만 않는다면."

수녀 마리 노엘이 프랑스에서는 꽤 유명한 아랍 학자의 집에서 태어났고, 베트남이 독립할 때까지 남부의 휴양지 자랏의 수도원에 있었다는 것도 알게 되었다.

한번은 그녀가 프랑스인의 개인주의를 혹독하게 비판한 적 있었다.

"프랑스인은 너무 냉정해요. 우리는 타고난 장세니스트*예요. 자신에게 너무 엄격한 나머지 타인마저 고립시켜버리죠."

"하지만." 나는 반론하지 않을 수 없었다. "수녀님은 프랑스인이니까 그렇게 태연하게 개인주의를 비판할 수 있는 것 아닐까요."

마음보다 말이 앞서서 튀어나왔다.

"수녀님에겐 쓸데없어 보일지 모르지만, 우리는 우선 개인주의를 완벽하게 받아들이는 것부터 시작해야 해요. 그게 가장 우선이라고요."

나의 기세에 놀란 마리 노엘은 잠시 멍하니 있었다. 열어둔 창문으로 유치원 아이들이 정원에서 뛰노는 소리가 들려왔다.

마리 노엘의 기숙사에 들어간 지, 즉 내가 로마에 온 지 이 년째 되는 겨울에 테레즈라는 수녀님이 들어왔다. 목각인형이 떠

* 장세니슴은 윤리적 생활과 금욕주의를 강조하는 기독교의 교리로, 장세니스트는 보통 엄격한 도덕가를 가리킨다.

오르는 작은 체구의 베트남인이었다. 몸이 좋지 않아 파리의 수도원에서 따뜻한 로마로 전속되었다고 했다. 이탈리아어를 할 줄 몰랐기 때문에 식당에서도 늘 조용히, 가슴 보호대가 달린 뻣뻣한 흰색 면 앞치마를 두르고 부지런히 움직이는 모습이 가련해 보였다. 프랑스어도 능숙하다고 할 정도는 아니었기에 눈이 마주치면 녹아들 듯한 미소로 대신했는데, 그게 안타까워서 나는 베트남어로 술술 말하는 꿈을 꾸기도 했다. 베트남어를 할 줄 아는 사람은 원장선생님뿐이었다. 같은 동양인인데도 의사소통을 할 수 없어 안타깝고, 말만 통하면 할 이야기가 무척 많을 것 같은 기분이 들었다.

봄이 오자 학생들 사이에 테레즈 수녀님이 아프다는 소문이 퍼졌다. 입원한 모양이었다. 결핵일지도 모른다며 목소리를 낮추는 아이도 있었다. 이탈리아에서는 아직 결핵이라는 병이 위력을 떨치던 시절이었다.

"그런 건 아니에요." 어느 날 내가 테레즈 수녀님에 대해 묻자 마리 노엘 원장선생님은 침통한 표정으로 고개를 가로저었다. "정신적인 문제예요. 실어증에 걸렸죠."

김씨는 어떻게 되었을까. 장학금을 주던 재단 기숙사에서 내가 자리를 비운 사이 병이 난 친구를 떠올렸다. 고향에 괜찮은 신경과가 없어서 자기 집의 방에 갇혀 있다시피 한다고, 언젠가 만난 최씨가 소식을 전해주었다. 서양 같은 데 보내는 게 아니었다며 김씨의 어머니가 머리를 쥐어뜯으며 슬퍼했다고 한다.

초여름이 되었다. 시험도 끝나고 다들 여름방학 계획을 세우느라 정신없을 계절에, 그해는 피아노가 없는 기숙사를 떠나 혼자 사는 할머니 집에 하숙을 하던 상상에 대한 이야기로 달아올랐다. 그 할머니가 갑작스럽게 세상을 떠났는데, 집을 비롯한 재산을 다른 친척이 아니라 친딸처럼 예뻐하던 상상에게 넘겨주었다는 것이다. 그애, 보기보다 약았네. 다들 그런 반응을 보였지만 어디까지가 사실인지는 알 수 없다, 어릴 때부터 혼자 고생했으니까, 라며 거짓말 같은 이야기를 믿지 않으려는 아이도 있었다. 여름방학에는 기숙사가 폐쇄되기 때문에 나는 7월은 테르니에 있는 친구 집에서, 그리고 8월은 페루자의 캄파나가에서 보낸 다음 런던에 있는 친구를 찾아가기로 했다.

어느 날 저녁, 식사를 하려고 수도원 정원으로 나가자 진녹색 잎사귀 뒤 칼라 꽃이 창백하게 피어 있는 분수대 옆에 체구가 작은 베트남인 테레즈 수녀님이 이쪽을 보고 서 있었다. 무심코 프랑스어로 괜찮아지셨나요, 하고 말을 걸었다가 입을 다물었다. 실어증이라는 원장선생님의 이야기가 떠올랐기 때문이다. 역시나 대답도, 녹아들 듯한 웃는 얼굴도 돌아오지 않고, 테레즈 수녀님은 내 시선을 피하듯 옆을 보더니 그대로 어두운 나무 그늘에 우두커니 서 있었다. 목을 덮은 수도복의 하얀 천만 저녁 햇볕 속에서 아련히 빛났다.

한밤중의 노랫소리

역시 그랬구나. 그날 교토에서 돌아와 아버지의 애인을 만났다고 전하자 병상의 어머니는 그렇게 말하며 쓸쓸히 웃었다. 아무래도 그 사람이 거짓말을 한다고 느끼긴 했는데, 믿고 싶지 않았거든.

몸 상태가 좋지 않다던 아버지가 아무런 예고 없이 집을 나갔다는 이야기를 어머니에게서 들은 것은 11월 초, 수업이 없는 연휴라 고향에 돌아온 날 밤이었다. 벌써 한 달 가까이 소식이 끊겼다고 했다. 회사에 전화하면 비서 안도 씨가 출장을 가셨다며 조금도 주저 없이 대답했으니 사고나 실종은 아니었다. 아버지 회사에서 일하는 삼촌에게도 물어봤지만, 사실을 어느 정도까지 아는지 정작 중요한 질문에는 대답을 얼버무렸다. 집에 오자마자 접한 뜻밖의 소식에 나는 어찌할 바를 몰랐다. 여름부터 무릎 관절염을 앓고 있던 어머니는 더욱 쇠약해진 모습이었다. 전문학교에 다니는 여동생도 불안한 기색으로 어머니의 머리맡을 지켰다.

어머니를 비롯한 사람들의 말에 혹시 교토 대학 병원에 있지 않을까 내 나름대로 짐작하고서 다음날 아침 바로 교토로 향했다. 예상대로 병원에 입원중이던 아버지는 만났지만 어처구니없는 혹이 딸려 있었다. 상상도 못했던 아버지의 숨겨진 생활이 갑자기 한 여자의 모습으로 눈앞에 나타나는 바람에 혼란에 빠져 정작 하고 싶은 말은 하지도 못하고 돌아왔다.

돌아오는 전철에서 이 일을 어머니에게 어떻게 알릴지 생각하고 또 생각했다. 의외로 건강해 보이더라는 정도로 얼버무리고 아무 일 없는 척해야 할까. 아니면 모조리 털어놓는 편이 나을까.

집에 도착해 뒷문으로 들어가니 줄에 매여 개집 옆에 엎드려 있던 시바견 벤이 두 앞발로 콘크리트 바닥을 긁으며 꼬리를 흔들면서 다가왔다. 좋겠다, 넌. 마음이 편해서. 네 엄마한테는 큰일이 났는데. 내가 말하자 크왕, 하고 짖는 것인지 하품인지 알 수 없는 소리를 내며 늘어지게 기지개를 켜고는 다시 달려들었다. 요즘 어머니가 잘 보살펴주지 못하는 통에 평소 집에 없는 나에게까지 재롱을 부리는 것이다.

2층으로 올라가자 어머니는 어머, 생각보다 빨리 왔네, 하고 다독이면서도 이제나저제나 기다린 기색으로 물었다. 어땠어? 교토에 갔었니?

교토 대학 병원 내과 접수창구에 아버지 이름을 대고 물어봤더니 입원중이긴 한데, 병실에 아무도 없어서 그냥 돌아오려는 참에 정원에서 맞닥뜨렸다고 간단히 이야기한 다음 병세에 대해서는 아버지가 말해준 대로 전했다. 간장이 안 좋다는 진단을 받고 입원했지만 심각하지는 않은 것 같다, 하지만 안정과 식이요법이 필요하므로 한동안 회사를 쉬며 입원해 있어야 한다, 아직 언제 퇴원할 수 있는지는 확실하지 않다, 그리고 얼굴이 약간 야위었다.

어머니는 이부자리에 앉은 채 그래, 라고만 하고는 잠자코 이불 위에 올린 왼손으로 아픈 오른손을 문질렀다. 무릎뿐 아니라 관절 여기저기가 아프다고 했다. 가늘고 아름다운 어머니의 손을 보고 있자니 그냥 전부 말해버릴까 하는 생각이 들었다.

"엄마." 내가 나직하게 부르자 어머니는 고개를 들고 나를 바라보았다.

"엄마, 여자가 있었어."

"응?"

"평상복 차림의 여자가 같이 걸어오면서 아빠한테 아주 친근하게 '당신'이라고 부르더라. 간병인은 아니었어."

어머니의 눈이 어둠으로 가득찼다. 그대로 나를 가만히 바라보다가 다시 고개를 숙이고 손을 문지르기 시작했다. 기울어가는 석양이 복도 끝 창문으로 쏟아져들어오는 시간이었다.

그날 밤부터, 집에 올 때마다 쓰던 동쪽 끄트머리 방 대신 어머니의 방 옆방에서 잤다. 기숙사에는 급한 일이 생겨 이삼일 늦겠다고 전보를 쳤다. 도저히 어머니를 두고 돌아갈 수가 없었다. 내가 옮긴 2층 방은 원래 부모님 침실이었는데, 언제부터인지 어머니가 지금의 방을 쓰게 되어서 아버지가 집에 없을 때는 텅 비어 있었다.

이야기를 나누면 적어도 그동안은 어머니도 시름을 잊었다. 그래서 여동생과 나는 부지런히 시시한 이야기에 열을 올렸다. 아침에 가정부 스기노 씨가 안쪽 현관문을 열자마자 벤이 기다렸다는 듯이 밀치고 들어와 종종걸음으로 2층까지 올라와서 어머니를 찾아다녔다는 이야기에 나는 박장대소했다. 스기노 씨가 큰 소리로 이놈, 이놈, 하고 뒤쫓아가니까 허둥거리다가 미끄러져서 쿵 자빠지더라니까. 어머니도 그렇게 말하며 웃었다. 머리 나쁜 개라지만 이렇게 잘 따르면 야단도 못 치겠어. '잘 따른다'는 말에서 떠올랐는지 화제는 전후 암시장 시절 고베에서 쌀이나 통조림 등을 팔러 오던 타이완 사람 린 씨 이야기로 옮겨갔다. 린 씨는 어머니를 "예쁘고 마음씨 좋은 사모님"이라고 부르며 늘 덤을 주곤 했다. 요즘 통 보이지 않는다 싶었는데 고베의 부자 동네에 집을 사서 유유자적 살고 있으며, 대학에 간 아들의 장래를 기대하고 있다고 한다. 그 소식을 전해준 사람은 역시 고베에서 조그마한 양장점을 하는 다구치 씨라는 여자였다. 봄이 오면 다구치 씨 양장점에서 옷 한 벌 하면 좋겠다. 그렇게 말하고 어머니는 다시 아버지 일을 떠올렸는지 흐린 표정으로 입을 다물고 말았다. 아버지는 집을 나간 뒤 어머니에게 생활비도 보내지 않았다.

내일은 학교에 가야 한다고 여동생과 남동생이 각자 방으로 자러 가버리자 그날 아침 교토에서 겪은 일이 나와 어머니를 무겁게 짓눌렀다. 아버지가 입원해 있는 한 어쩔 도리는 없지만, 나나 어머니나 분한 심정이었다. 아버지가 대체 어쩔 셈인지 알 수가 없었다. 앞으로는 우리 말고 그 여자와 같이 살 생각일까. 어디서 지내고 있을까. 우리는 앞으로 어떻게 해야 할까.

"키가 어느 정도던?" 불쑥 어머니가 물었다.

"컸어. 아빠랑 나란히 걷는데도 작아 보이지 않았어. 왜?"

"음, 좀…… 체격이 좋은 편이었니?" 어머니가 다시 물었다.

"모르겠어. 뭐, 그런가. 키 크고 체격이 좋으면 짐작 가는 사람이라도 있어?"

"꼭 그런 건 아닌데."

작고 연약한 본인의 몸을 의식하던 어머니는 자신과 대조적인 체형의 여자를 상상하고 자신감을 잃은 것일까. 어머니는 아주 사소한 일에도 금세 자신감을 잃곤 했다.

"그 사람, 교토에 살고 있을까?"

"그런 것 같아."

"그걸 어떻게 아니?"

"집에서 병원을 오가는 눈치였거든."

"그래?"

대화가 끊기자 이미 한밤중인데도 어머니는 띄엄띄엄 나지막하게 노래를 불렀다. 노래라기보다 가느다란 멜로디에 가까웠는데, 듣다보니 갑자기 무서워졌다. 이러다가 어머니가 깜빡 정신을 놓아버리면 어쩐담.

"엄마" 하고 불러보았다. "무슨 노래야?"

어머니는 대답하지 않고 계속 노래를 흥얼거렸다. 나는 베개에 얼굴을 붙이고 노랫소리가 그치기를 기다렸다. 손에 땀이 배는 것이 느껴졌다.

처녀 때는 노래를 아주 잘했어. 어머니는 자주 그렇게 자랑했다. 하지만 우리가 태어난 아시야의 집에서 어머니가 노래를 불렀던 기억은 없다.

아자부에 살 때, 어머니는 홍역으로 열이 나는 남동생을 안고 〈티퍼레리〉를 흥얼거렸다. 그해 봄 우리 가족은 간사이에서 도쿄로 이사 와서 아자부의 셋집에 살았다. 아버지가 도쿄 지점으로 영전한 것이 표면적인 이유였지만, 진짜 이유는 좀더 복잡했다. 유럽 같은 데 다녀오게 하면 조금 마음을 잡을지도 모르겠다는 생각으로 아버지의 후견인이었던 종조부와 할머니가 이 년 전쯤 세계일주를 보냈지만 별 효과가 없었고, 여행에서 돌아온 아버지는 유럽에 푹 빠져버려서 회사 일은 더욱 건성이었다. 그래서 좀더 책임이 무거운 일을 시키면 달라지겠지 싶어 도쿄 지점에 근무하게 한 것이다. 내가 아홉 살 때였다.

세 아이 모두 홍역에 걸렸는데도 어머니는 명랑하게 노래를 부르고 스텝을 밟으면서 방바닥 위를 빙빙 돌았다. 어머니의 팔에 안긴 남동생은 열을 내면서도 새끼 캥거루처럼 편하고 행복해 보였다.

몸이 아프면 우리는 평소 쓰던 2층 침실에서 1층 방으로 옮겨졌다. 눈을 뜨자마자 엄마, 엄마! 하고 끊임없이 불러대는 소리에 어머니가 일일이 계단을 오르는 수고를 덜기 위해서였다. 도쿄로 전학 온 직후인 5월, 나와 여동생이 학교에서 홍역을 옮아왔다. 둘이 가까스로 고비를 넘겼을 무렵 이번에는 남동생이 아프기 시작했다. 어머니와 가정부들이 가만있을 새가 없었다. 특히 고작 세 살인 남동생은 자다가도 금방 깨곤 했으므로 늘 누군가가 안고 있어야 했다.

어머니가 남동생을 안고 노래를 부르면 나란히 이불을 깔고 누운 나와 여동생도 따라 불렀다. 영어 노래라서 어머니나 우리나 가사의 뜻은 전혀 몰랐다. 제대로 불렀는지도 분명치 않다. 흰색 버선을 신은 엄마의 작고 도톰한 발이 기모노 자락을 차올리면 수수한 팥색 안감이 뾰족한 삼각형으로 말려올라갔다.

It's a long way to Tipperary
티퍼레리까지는 아득히 먼 길
It's a long way to go
가기에는 아득히 먼 길

발진 부위에 바람이 닿으면 안 되어서 담요를 푹 뒤집어쓴 세 살배기 남동생은 신이 나서 '리'나 '고' 같은 끝부분에서만 입술을 삐죽이며 어머니를 따라 했다. 그럴 때마다 어머니는 큰일이네, 얘도 아빠를 닮아서 음치야, 하면서 웃었다. 그러고는 다시 '이츠 어 롱 웨이'. 어머니의 노래는 그 후렴구에서 더이상 앞으로 나아가지 않았다. 원래는 행진곡풍일 텐데 어머니는 마치 바람에 흩날리는 꽃잎처럼 가벼운 리듬으로 불렀다. 무거운 남동생을 추스르느라 중간중간 여차, 으쌰, 하는 추임새를 넣어 우리를 웃겼다.

그거 대체 무슨 노래야? 내가 물어봐도 항상 아빠한테 배웠어, 1차대전 당시 영국에서 부르던 노래래, 라고 대답할 뿐이었다. 아일랜드의 티퍼레리라는 도시에 연대連隊가 있었다는 얘기를 들은 것은 훨씬 나중의 일이었다. 그리고 호평을 받은 독일 영화 〈회의는 춤춘다〉*의 주제가와 슈베르트의 자장가. 이 세 곡이 우리가 기억하는 어머니의 노래였다. 〈티퍼레리〉의 영어 가사도 어설펐지만 〈회의는 춤춘다〉의 독일어는 훨씬 더 그랬다. 높낮이가 심한 곡조라 어머니가 남동생을 안은 채 노래를 부르면서 가락에 따라 팔을 올리고 내리면 남동생은 신나서 꺅꺅 웃었다. 영화는 빈 회의에 참석한 러시아 황제가 가난한 소녀와 남몰래 사랑을 나누는 매우 낭만적인 내용이었는데, 어머니가 그런 건 알려주지 않고 정말 근사했다는 말만 하는 통에 우리도 시큰둥한 반응을 보일 수밖에 없었다.

슈베르트의 자장가는 가사가 일본어라서 뜻을 알 수 있었다.

자장자장

---

* 1814년 빈 회의를 배경으로 한 오페레타 영화.

엄마 가슴에

그런 구절로 시작했는데, '엄마 가슴에'에서 길게 늘어지는 곡조가 숲속 작은 동물이 어미 품에 안겨 있는 모습을 연상시켜 마음이 편해졌다. '엄마 가슴에'라는 가사에서 우리는 '엄마의 유방' 같은 이미지는 전혀 생각하지 못하고, 오히려 말을 안 듣는 우리를 타이르며 하던 '가슴에 손을 얹고 생각해봐'라는 표현을 떠올렸다. 꾸중을 들을 때 우리가 정말로 가슴에 손을 대고 고개를 갸웃거리며 생각하는 척 장난을 치면 어머니는 하여간 못 말려, 하며 화를 냈다.

제발 부탁이라고 너무 열심히 매달리는 바람에 결혼해버린 것이 잘못이었나보다. 어머니는 그날 밤 몇 번이나 그 말을 반복했다. 방 장지문을 살짝 열어두어서 서로의 얼굴이 보였다. 그래도 어머니는 내 쪽을 보지 않고 천장을 향한 채 약간 잠긴 목소리로 말했다.

내가 세 살이나 많고 집안 분위기도 너무 다르니 결혼은 싫다고 했는데. 어머니는 천장을 쳐다본 채 말을 이었다. 똑바로 누운 이유는 무릎이 아파서가 아니라, 옆을 보면 나와 눈을 마주쳐야 하기 때문이었다.

그 사람은 원래 제멋대로였어. 에고이스트야. 어머니는 말했다. 일단 혼자서 뭔가 결정하면 누가 뭐래도 절대 듣질 않아. 결혼도 그랬어. 양가 친척 모두 반대하는데도 고집을 부려서 강행했지. 결국 뒷감당은 내 몫이었어. 네 할머니 눈치보기 바쁘고, 좋은 일이라곤 하나도 없었어.

나는 한쪽 뺨을 베개에 대고 엎드려서 어머니의 이야기를 들었다. 졸렸지만 머릿속은 깨어 있고, 어머니 곁에는 나뿐이고 어머니가 나를 의지하고 있다는 것을 남몰래 즐기는 묘한 느낌이 들었다. 그때까지는 어머니와 둘이서 이런 대화를 해본 적이 없었다.

"너희가 어렸을 때, 아빠는 애들을 할머니한테 맡겨두고 댄스홀에 가자고 성화를 부리곤 했어." 잠시 잠자코 있던 어머니가 말을 이었다.

"댄스홀?"

"처음에는 고베까지 갔었어. 택시를 불러서. 조금 지나니까 아시야에도 댄스홀이 생겼지만."

"엄마도 양장을 했어?"

"설마. 당연히 기모노였지. 할머니가 뭐라고 하셔서 양장은 어림도 없었어. 기모노도 수수한 것밖에 못 입었지. 고모들보다 젊게 보이면 안 된다고 해서."

"기모노 입고 춤추기 힘들지 않았어?"

"댄스용 샌들 같은 게 있었어."

"찰스턴 같은 것도 췄어?"

"조금."

"우아. 그리고 또?"

"보통은 왈츠만 췄어."

"아빠는 잘 췄어?"

"서툴렀지. 사람들 눈 의식하느라 긴장해서. 댄스는 남자가 제대로 리드해주지 못하면 재미없거든."

어머니에게서 이런 이야기를 듣기란 처음이었다.

"처음 다니기 시작했을 때는 재미있었어." 어머니는 말했다. "그런데 너희가 태어나고 나니 점점 흥미가 없어지더라. 할머니는 아마 내가 아빠를 꼬드겨서 나간 줄 아셨을 거야, 분명히."

"설마 그랬으려고. 엄마는 할머니 얘기만 나오면 과장하더라."

나도 모르게 목소리가 날카로워져서 흠칫했다. 어머니는 내가 할머니에게 예쁨받고 자란 것을 의식하는 듯했다. 네가 태어나기 전까지는 그렇게 잔소리를 하더니 막상 보니까 귀엽다, 귀엽다 하면서 자기 방으로 데려가버리시더라. 그렇게 항상 푸념하던 어머니에게, 게다가 오늘 같은 날 할머니 얘기를 꺼내는 것은 아무래도 좋지 않았다. 하지만 어머니는 내 말을 듣지 못한 것처럼 말을 이었다.

"내가 아무리 싫다고 해도 아빠는 억지로 끌고 가다시피 했지."

"아빠와 엄마의 댄스라."

내 말에 어머니는 잠시 눈을 감고 기억을 더듬는 눈치였다. 결혼 후 힘들었던 일, 즐거웠던 일을 하나하나, 마치 젊은 아가씨가 마음에 드는 보석을 상자에서 꺼내 바라보는 것처럼 확인하고 있는 것일까. 즐거움을 한껏 누렸던 만큼 믿음이 무너졌을 때 탄식도 깊었다.

우리 가족끼리만 살고 싶다던 어머니의 오랜 희망이 아자부로 이사하며 실현된 것은 결혼한 지 십 년째 되는 해였다. 같은 간사이에 살면서 분가란 있을 수 없지만, 도쿄와 간사이라면 남들 보기에도 체면을 차릴 수 있다. 할머니와 종조부는 그렇게 생각했는지도 모른다. 단둘이 외출하기를 꺼리던 어머니를 포기하고 혼자 노는 법을 배운 아버지를 고향에서 멀리 떼놓으려는 어른들의 계산도 한몫했을 것이다.

드디어 독립을 성취했건만 어머니는 늘 병을 달고 살았다. 아버지가 지점장이 되었어도 집안 사정은 그리 여유로운 것 같지 않았다. 그 무렵 내게 아버지는 까다로운 폭군이었고, 아버지가 커다란 매가 되어 가족의 목숨을 위협하는 꿈을 꾸기도 했다.

그래도 이따금 음울한 구름이 말끔히 걷히는 순간이 있었다.

한번은 아버지가 아침 식탁에서 어머니를 놀렸다. 당신한테

가격이 붙어 있는 줄은 몰랐네. 어머니는 이제 됐어요, 그 얘기는 그만해요, 하며 말을 가로막았다. 그래도 아버지가 아이들 앞에서 '엄마의 추태'를 털어놓자 어머니는 아주 싫지만은 않은 표정으로 정말 못 말려, 하며 웃었다. 전날 저녁 아버지가 늦게 들어왔더니 어머니가 고타쓰*에서 졸고 있었다. 왔어요? 하면서 고개를 들었는데 이마에 뭔가 시커먼 것이 묻어 있었다. 자세히 보니 반대로 뒤집어진 숫자가 찍혀 있었다. 어머니가 아버지의 귀가를 기다리며 가계부를 쓰다 노트에 얼굴을 묻고 조는 바람에 숫자가 이마에 찍힌 것이었다. 아버지는 기분좋을 때면 곧잘 그 이야기를 꺼내 어머니를 놀렸다.

또 한번은 아버지가 술을 마시고 있었다. 어머니는 옆에서 직사각형 나무 화로에 술을 데웠다. 모두 아버지의 취향이었다. 거실에 나무 화로를 두고 당신이 술을 데워주면 좋겠는걸. 어느 날 그렇게 말하는가 싶더니, 곧 백화점에서 뽕나무로 만든 조그마한 화로가 배달되었다. 당신도 참, 어디서 또 이런 걸 배워왔어요? 어머니는 그렇게 중얼거리면서 아버지가 말한 대로 주석 지로리**를 철병에 넣어 데웠다. 지로리, 어른들의 물건치고는 귀여

* 좌식 탁자 형태의 난방 기구.

** 놋쇠나 구리 소재의 술 데우는 용기.

운 느낌을 주는 이름이 마음에 들어 나는 입속으로 몇 번이고 발음해본다. 지로리, 지로리. 나와 여동생은 느긋하게 술을 마시는 아버지를 신기한 듯 곁눈질한다. 어머니가 삼발이 가장자리에 당신이 드실 눈퉁멸을 올려 능숙하게 굽는다. 나도 옆에서 받아 먹는다. 너도 날 닮아서 이상한 걸 좋아하는구나, 어머니가 말한다. 아버지는 가장 좋아하는 술안주인 달걀말이를 먹고 있다. 여동생도 눈퉁멸보단 달걀말이를 좋아한다. 아버지의 얼굴이 점점 붉어진다. 어머, 당신 벌써 취했네요. 어머니가 밝게 말한다. 정성껏 키운 국화가 드디어 꽃망울을 맺었다고 알리는 듯한 목소리다. 자기가 따라준 술에 남편이 취한 것을 기뻐하고 있다.

아자부에 살 때도, 하고 어머니가 말했다. 머리맡의 불을 꺼서 이제는 얼굴도 보이지 않는다. 지금 생각하면 아빠한테 수상한 구석이 한둘이 아니었어. 하지만 나는 좋은 쪽으로만 해석했단다.

잠시 말이 멈추어서 나는 어머니가 잠들었나 했다.

"네가 오늘 아침 만났다는 키 크고 체격 좋은 여자 말이야." 갑자기 어머니 목소리가 들렸다. 반쯤 잠들었던 나는 순간 무슨 말인지 알아듣지 못했다. 응? 대답한 뒤에야 할말을 찾았다.

"역시 짐작 가는 데가 있어?"

"내 생각이 틀리지 않다면, 아빠가 옛날에 사귀었던 여자일 거야. 아마 맞을 거야." 괴로운지 목소리가 잠겼다.

"엄마는 만난 적 있어?"

"아빠가 외국에 갈 때 고베로 배웅 나왔었어. 다들 아는 얼굴이었는데 딱 한 사람, 처음 보는 여자가 있었거든. 그래서 직감했지."

"십 년도 더 된 일이잖아."

"전쟁 전에도, 아빠가 그 사람을 도쿄로 데려가려 한 적이 있었어."

나는 오래전 여름날의 일을 떠올렸다. 그해 어머니는 우리와 함께 간사이의 할머니 집으로 돌아가지 않았다. 어머니와 여동생은 도쿄에 남고, 나와 남동생만 귀성하는 숙부를 따라 기차에 올랐다. 엄마는 볼일이 있어서 할머니 집에 못 가. 나는 그 볼일이라는 게 뭔지 좀처럼 이해할 수 없었다. 할머니 집에 갔더니 고모들이 시시콜콜 캐물었다. 엄마는 무슨 볼일이라던? 아빠는 어떻게 지내니? 나는 잘 모르겠다고 대답할 수밖에 없었다. 아버지가 어떻게 지내는지는 생각해본 적도 없었다. 그때 분명히 고모들은 이상하게 웃었다. 아버지와 어머니를 두고 그러는 것 같았다.

아버지가 옷방 거울 앞에서 혼자 넥타이를 매고 있다. 몇 번이고 고쳐 맨다. 봐서는 안 될 것을 본 기분에 나는 발소리를 죽여 나와버렸다. 매일 아침 거울 앞에서 군데군데 면도 자국이 난 턱을 치켜들고 양손을 옆으로 늘어뜨린 아버지가 넥타이를 매주는 어머니와 즐겁게 대화를 나누는 광경이 돌연 내 기억에서 빠져나간 것은 그해 여름이 아니었을까.

멋쟁이인 어머니는 한참 시간이 지나서도 내 졸업사진을 볼 때마다 아쉬운 듯 중얼거렸다. 이렇게 허름한 기모노를 입히다니. 더 좋은 옷을 살 수 있었을 텐데, 아빠가 사라지고 얼마 안 됐을 때라 정신이 없긴 없었나보다.

처음 입어본 납결 염색 기모노이고 친구들의 홀치기 기모노나 화려한 후리소데와 비교할 생각은 전혀 없었기 때문에 꽤 즐겁게 입었던 기억이 나는데, 사진 속의 나는 몹시 어두운 표정이다. 사각모와 가운을 입고 찍은 또다른 사진은 꼭 시한부 인생 선고를 받은 병자 꼴이다.

아버지가 집을 나갔고, 게다가 애인이 있다는 사실을 안 뒤로 나의 평화롭던 학창 생활의 풍경은 완전히 바뀌었다. 수업을 일주일 빠졌을 뿐인데 기숙사로 돌아오자 마치 외국에 온 기분이었다. 며칠 전까지만 해도 라틴어 수업을 빠질 궁리를 하고 서양사 공책을 빌려달라고 부탁하며 잡담을 나누고 싸웠다 화해했다 하던 친구들이 더없이 한가롭게 보이고 나와는 다른 인종처럼 느껴졌다. 좀더 많은 책을 읽고 싶다, 책에 나오는 대로 살고 싶다던 생각이 죄 물거품처럼 사라지고, 가족을 생각해야 한다는 중압감에 숨이 막혔다. 누구에게 이야기하면 알아줄까. 기숙사도 수업도 피폐해 보였다.

연말이 되기 전 숙부가 아버지의 퇴원 소식을 알려주었지만 본인에게서는 아무런 연락도 없었다. 졸업식에는 아버지는 물론 어머니도 오지 않았다. 나는 졸업 후 도쿄에서 하려던 일을 모두 접고 간사이의 어머니에게 돌아갔다. 그러나 4월에 접어들자 종종 아버지를 볼 일이 생겼다. 아버지가 도쿄로 출장 갈 때 아자부에 묵는다는 것을 알고 만나러 갔기 때문이다. 엄마, 도쿄에 다녀올게. 의논할 일이 생길 때마다 나는 그렇게 말하고 기차를 탔다.

전쟁이 나자 우리 가족은 간사이로 이사했지만 아자부의 집은 전화를 입지 않았고, 지금은 아버지가 상경했을 때 묵거나 전장에서 돌아와 도쿄에 취직한 숙부가 잠시 머무르기도 했는데 살림은 아버지의 사촌 사다코가 맡아주고 있었다. 아버지는 어머니를 만나려 하지 않았지만 내가 전화하면 기다려주었다. 처음 간 것은 어머니에게 매달 잊지 말고 생활비를 보내달라고 부탁하기 위해서였다. 이전보다 상당히 적은 금액이었던 것 같지만, 어쨌든 비서 안도 씨가 매달 어머니에게 전해주었다. 그 여자, 완전히 아빠 편이 돼가지고는. 얼굴도 보기 싫어. 어머니는 그렇게 말하며 안도 씨가 와도 현관으로 나가지 않았다. 5월에는 좀더 중요한 볼일이 생겼다. 만 두 살이 못 되어 유행성 소아마비를 앓은 동생의 버드렁발이 악화되어 걷기마저 힘들어진 것이다. 당장 수술을 받지 않으면 앞으로 걷지 못할 수도 있다고 했다. 아직 거동이 불편한 어머니 대신 내가 아버지와 연락하며 의사를 찾고 병원에 입원시키는 절차를 밟았다. 수술이 무사히 끝나고 여름이 되자 혼이 다 빠져나간 기분이라 이번에는 내가 도쿄 집에서 몸져눕고 말았다.

아버지가 집을 나가고 이 년이 되자 어머니와 우리는 슬슬 한계에 달했다. 병상에서 일어난 뒤에도 어머니는 동네 사람들, 역 앞 술집 아저씨부터 정육점 아저씨까지 모두 우리 부부 이야기를 수군거린다며 외출을 꺼렸다. 어쩔 수 없이 외출해야 할 때는 역으로 가는 길에 있는 육교를 건너지 않고 뒤쪽으로 멀리 돌아갔다. 우리 남매도 어쩐지 떳떳하지 못한 기분에 친구가 놀러와도 혹시 아버지 일을 묻지 않을까 전전긍긍했다. 이런 상태로는 모두에게 좋을 것이 없었고, 대학생이 된 남동생도 전혀 공부에 마음을 두지 않았다. 아버지가 없으니 권위가 서지 않는다며 어머니는 곧잘 한탄했다.

그 무렵 나는 아자부의 집에서 대학원을 다니고 있었으므로 전보다 아버지를 만날 기회가 많아졌다. 아버지 기분이 좋아 보일 때를 노려서 언제 돌아갈 생각이냐고 물으면, 음, 조금만 더 기다려라, 하는 미덥지 못한 대답만 돌아왔다. 이야기를 전하면 어머니는 조금만 더라니 대체 언제까지냐, 하며 한숨을 내쉬었다.

두 사람을 직접 만나게 해주자. 결국 나는 결심했다. 서로 만나보고 해결이 안 되면 뭘 해도 소용이 없다, 일단 부딪쳐보자. 우선 어머니를 설득하기 시작했다.

"당치 않은 소리야." 어머니는 내 계획에 반대했다. "그쪽에서 만나기 싫다는데 어떻게 만나라는 거니?"

"내가 보기에 아빠는 진심이 아니야. 돌아올 계기가 필요한 거라고."

어머니는 깜짝 놀라 나를 보았다.

"네가 그걸 어떻게 아는데? 결혼도 안 해봤으면서."

"그래도 알아. 나를 낳아준 부모잖아." 그렇게 대답하면서도, 보통은 반대로 부모가 자식에게 이런 말을 해주지 않나 싶어 울적해졌다. 아버지가 없어진 뒤로 내게 부모란 응석을 부리는 대상이 아니라 받아주는 대상이 되어버렸다. 마음이 무거워지는 일이었다.

여동생에게도 도움을 청했다. 너도 엄마한테 부탁 좀 해봐. 여기서 밀어붙이지 않으면, 엄마 아빠는 앞으로도 상대가 굽히고 들어오기만 기다릴 거야.

나는 직접 어머니를 데리러 갔다. 우리가 도쿄로 온 날, 아버지가 교토에서 아자부로 온다는 정보가 들어왔다. 우리는 그날 밤 메구로에 있는 이모 집에 묵고, 다음날 아침 아버지가 집을 나서기 전에 어머니를 아자부로 데려갈 계획이었다.

이튿날 아침 메구로 역에서 택시를 탔다. 히요시자카우에에서 왼쪽으로 꺾어 산코자카를 내려가 다시 고린지 옆의 언덕을 오르는 동안, 나도 어머니도 아무 말이 없었다. 어릴 때 여동생과 함께 매일 아침 걸어서 등교하던 길이 가을 햇볕에 빛나는 모습을 차창 너머로 숨죽여 바라보았다. 옆자리에 앉은 어머니의 기모노가 선득하게 손에 닿았다.

집에 도착해 현관 앞에 서자 사다코 씨가 어머니를 보고 소리를 지를 뻔했다. 죄송해요. 아무 말도 하지 말아주세요. 나는 간절하게 부탁했다. 아빠 2층에 계시죠? 사다코 씨도 뭔가 사정이 있음을 알아챈 기색이었다. 눈짓으로 그렇다고 대답해주었다.

현관으로 들어서자마자 나오는 똑바른 계단을 앞장서서 올라갔다. 열두 단을 올라가는 사이, 어머니가 잘 따라오고 있는지 염려되어 두세 번 뒤를 돌아보았다. 실은 나야말로 모두 내팽개치고 도망치고픈 심정이었다.

아버지는 제일 앞쪽 서양식 방에 있을 터였다. 바람이 세긴 해도 환하고 전망이 좋고 이 집에서 가장 쾌적한 방이라 아버지 형제들이 항상 쟁탈전을 벌이곤 했다. 건축을 공부하는 숙부가 그 방을 쓰면서 벽을 연한 녹색으로 칠한 뒤 우리의 동경심은 더더욱 커졌다. 세피아색 문 앞에서 나는 다시 한번 어머니를 돌아보았다. 괜찮지? 그렇게 말하려 했는데 목소리가 나오지 않았다. 살며시 문을 두드리자 안에서 응, 하고 대답하는 아버지의 목소리가 들렸다.

오른손으로 문손잡이를 돌리고 30센티미터쯤 열자 여느 때처럼 파자마 위에 전통의상을 입고 신문을 읽고 있던 아버지가 내 얼굴을 보고 왔냐, 하고 말했다. 어머니는 아직 내 뒤에 있었다. 나는 왼손으로 어머니의 어깨를 감싸 방안으로 밀어넣었다. 아버지가 작게 외치며 자리에서 일어났다. 뭐야? 대체 이게, 어떻게 된 일이야?

아빠, 화내지 말아요. 나는 문손잡이를 잡은 채 말했다. 엄마와 둘이 이야기를 해보세요. 이건 엄마와 아빠의 문제니까.

뭐라도 집어던지지 않을까 경계하던 나를 아버지는 한순간 분한 듯이 쏘아보았으나 곧 체념한 듯 소파에 털썩 앉아버렸다. 문을 닫은 뒤에도 안은 쥐죽은듯 조용했다.

드디어 아빠가 돌아오셨다는 어머니의 편지가 온 것은 이듬해 1월이었다. 11월, 아자부의 집에서 어머니와 만나고 두 달쯤 지났을 때였다.

7일 낮에 비서를 통해 전화하더니, 그날 저녁 아무 일도 없었다는 듯이 태연하게 집에 오셨단다. 기가 막혀서. 그래도 이렇게라도 계시는 게 아예 없는 것보단 낫지 않겠니.

대성당까지

쥐라 지방의 산골짜기 마을 돌Dole을 출발한 것은 정오 가까운 시간이었다. 곧장 디종으로 내려가 점심을 먹자 벌써 세시가 지나고 말았다. 파리에 차를 몰고 가는 것은 처음이라 어두워지기 전 도착하고 싶은 마음에 서둘러 고속도로를 탔는데, 운전자들이 핸들을 꺾는 타이밍이나 추월 방식 등이 이탈리아와 미묘하게 달라서 제법 긴장했고, 파리에 진입했음을 알리는 표지판을 보고서야 안도했다. 그런데 어느 출구에서 시내로 들어가야 하는지를 생각해보지 않았다는 것이 뒤늦게 떠올랐다. 이제 와서 차를 세우고 알아보기도 귀찮아서 반쯤 어림짐작으로 '파리 남쪽'이라고 쓰인 출구로 나왔더니 곧 뤽상부르 공원을 따라 달리고 있음을 알 수 있었다. 엷은 청회색 공기가 흐르는 도시 분위기를 느끼고 아아, 파리에 왔구나 싶어 나도 모르게 마음이 들떴다. 이 정도면 그럭저럭 헤매지 않고 잘 도착한 편이다, 운이 좋았다고 기뻐하는데, 뤼데제콜 거리에 이가 빠진 듯 빼끔 비어 있는 주차 공간이 눈에 들어왔다. 학생 시절 살았던 곳이라 반가운 마음에 차를 세우고 둘러보니 맞은편에 캘리포니아 호텔이 있었다. 매일 학교까지 저 앞을 걸어다녔다. 특별할 것 없는 대학가의 저렴한 호텔이지만, 가난한 학생에게는 차가운 파리에서 하루하루를 보내던 중 캘리포니아라는 이름이 햇볕 넘치는 땅에 대한 향수를 불러일으켜 몇 번 저기서 묵고 싶다고 생각한 적이 있었다. 그래, 오늘밤 숙소는 여기로 하자. 너무 계획 없이 즉흥적인 것 같았지만 그렇게 마음을 정하고 들어가니 카운터에 앉아 있던 백발 아주머니가 장부를 뒤적이고는 웃음기 없는 얼굴로 말했다. 운이 좋네요, 마담. 방이 딱 하나 남았어요. 다락방이지만, 성수기라 어쩔 수 없네요. 이야기는 듣는 둥 마는 둥 하고 짐을 질질 끌어 무사히 꼭대기층에 이르렀다. 문을 열자 작은 침대 하나로도 꽉 차는 초미니 사이즈 싱글룸인데다, 방의 절반은 몸을 구부리지 않으면 머리가 들보에 부딪힐 정도로 천장이 낮았다. 그래도 작은 샤워실이 딸려 있고 무엇보다 시트가 깨끗해서 기뻤다. 어쨌든 여행자가 많은 이 계절에 순조롭게 숙소를 구했으니 카운터 아주머니의 말대로 무척 행운이라 할 수 있었다.

나는 기분이 좋아져서 신발도 벗지 않고 침대에 몸을 던지고서 그대로 눈을 감았다.

1971년 7월. 가을에는 드디어 일본에 돌아가기로 되어 있었다. 일단 돌아가면 언제 다시 유럽에 올 수 있을지 모르니 프랑스만이라도 한번 더 봐두고 싶었다. 그런 생각을 하던 참에 파리에 사는 친구가 놀러오지 않겠느냐고 해서 작정하고 밀라노를 떠난 것이다. 알프스와 쥐라라는 산맥 두 개를 넘어야 하지만 거리상으로는 800킬로미터 정도라 부담될 만큼 멀지도 않고, 지도를 보면서 운전하면 큰 문제는 없을 것이다.

그렇게 생각했으나 전날 밤은 온갖 걱정으로 거의 잠을 자지 못했고, 아침밥도 잘 넘어가지 않았다. 밀라노에서 아오스타 방향 고속도로에 진입한 뒤에도 혹시 길을 잘못 든 게 아닐까 싶어 몇 번이나 갓길에 차를 세우고 지도를 확인했다. 몽블랑의 긴 터널을 통과하고 샤모니에서 제네바로 빠져 무사히 프랑스에 들어오니 역시나 피곤이 몰려와서, 그날 안에 디종까지 가기로 한 계획은 포기하고 돌에서 하루 묵고 말았다.

깜박 잠이 든 모양이었다. 어느 방에서 들리는 물소리에 깨어 시계를 보니 여덟시가 지나 있었다. 처음으로 혼자 이틀이나 걸리는 여정을 끝내니 갑자기 긴장이 풀려버린 것이다. 산책을 나가기는 너무 피곤했지만 배도 고프고 해서 더 귀찮아지기 전에 뭐라도 먹으러 나가기로 했다. 생미셸 거리로 가면 여자 혼자 들어가도 괜찮은 식당이 있을 것이다. 샤워를 하고 옷을 갈아입자 다시 기운이 나는 것 같았다.

생맥주 한 잔과 스테이크, 감자튀김으로 간단히 저녁을 해치우고 여름철 관광객으로 들끓는 번화가로 나섰다. 바로 어제까지 밀라노에 있었다는 것이 거짓말처럼 느껴지는데 파리에 왔다는 실감도 잘 들지 않았다. 예전에 이 길을 잰걸음으로 지나가던 소르본 학생인 나와, 십삼 년에 걸친 이탈리아 생활을 마감하고 드디어 귀국을 앞둔 지금의 나, 그 사이에서 파리는 희미하게 변한 듯도 했다. 내일 십육 년 만에 만나는 친구는 어떤 얼굴로 맞아줄까.

호텔로 돌아오자 단숨에 마신 생맥주 탓인지 방의 공기가 이상하게 탁하고 무거웠다. 저녁에 올라와 잠깐 눈을 붙이고 샤워까지 했으면서 창문을 열어놓지 않은 탓에 답답하게 느껴진 것이다. 곧장 침대에 올라가 양손으로 기세 좋게 창문을 열어젖혔다.

호텔이 위치한 뤼데제콜 거리는 센 강 좌안 쪽의 모베르 광장에서 생주느비에브 언덕으로 올라가는 가파른 몇 갈래 언덕길과 거의 직각으로 교차하기 때문에 상당히 높은 지대를 가로지르고 있다. 그럼에도 호텔을 고를 때는 고지대니 전망이 좋겠다는 지극히 당연한 생각을 전혀 하지 못했다. 지쳐 있었던 탓이기도 할 것이다.

바로 앞이라고 해도 좋을 만큼 지척에서 노트르담대성당이 하얗게 빛나며, 한낮의 푸른빛이 남은 밤하늘을 배경으로 흘러넘치는 조명을 받고 두둥실 떠 있었다. 센 강가의 화려한 남쪽 면을 아낌없이 보여주면서. 트랜셉트 돌출부 한가운데 위치한 둥근 장미창 안쪽에는 섬세한 흰색 석재 틀을 두른 기하학적 무늬의 꽃잎이 얼어붙은 불꽃처럼 시커먼 유리 부분을 감싸안고 조용히 반짝였다. 우주를 향해 활짝 핀 신비한 흰 장미. 트랜셉트와 네이브의 지붕 능선이 십자로 교차하는 지점에 단단히 뿌리내리고 하늘을 찌를 듯 우뚝 솟은 가늘고 날카로운 첨탑. 정신의 균형과 도시적인 세련미가 극에 달한 파리의 대성당이 바로 눈앞에 있었다.

별것 없는 평범한 창문이라 생각하고 힘껏 열어젖힌 만큼 놀라움이 컸다. 방금 전까지 뉘엿뉘엿 해가 지던 하늘에 벌써 캄캄한 어둠이 가득 펼쳐졌고, 빛 속의 장미창은 신비함에 취해 더욱 눈부시게 반짝이고 있었다. 십육 년 만에 만난 노트르담은 혼자 보기 아까울 정도로 아름다웠다.

도쿄에서 대학을 다닐 무렵, 독일의 유명한 보이론 대수도원에서 온 힐데브란트 신부님의 '교회건축사' 강의를 무척 좋아했다. 슬라이드 사진 속 프랑스와 독일의 고딕 건축물에 강렬하게 이끌렸고, 유럽을 만들어낸 정신과 사고구조의 정교함에 매료되어 푹 빠져버렸다. 일본인인 내게 친숙하지 않은 돌이라는 소재를 마치 중량이 없는 물체처럼 종횡으로 사용해 조립해나간다. 층층이 쌓아올리며 밑바닥에 가로놓인 사색의 흐름을 조금씩 비켜가는 즐거움, 혹은 반복의 즐거움으로 이끄는 유혹. 위엄 가득한 왕들, 긴 머리를 발끝까지 늘어뜨린 성녀들, 나란히 슬픈 표정으로 그리스도의 강림을 애타게 기다리는 구약 성자들의 조각상 갤러리, 화려할 뿐 아니라 섬세한 주랑의 미니어처. 이 모든 것의 비밀을 하나하나 찾고 싶어서 나는 도서실에 틀어박혀 대성당의 파사드 사진을 며칠에 걸쳐 연필로 모사해보았다. 형태를 손으로 따라가보면 이것을 만든 사람들의 감각이 전해질지 모른다. 무엇이 이토록 나를 몰아붙이는지 확실히 인식하지 못한 채 나는 대성당의 시학을 내 나름의 방법으로 이해하려 애썼다. 선을 질감이 있는 것으로, 평면을 중량이 있는 입체로 바꾸는 일이란 대체 어떤 작업일까. 돌로 모양을 만드는 일이란. 이런 대성당을 지어올린 중세는 어떤 시대였고, 사람들은 무슨 생각을 하며 살았을까. 무엇을 믿고 이런 것을 만들었을까. 이 건축물을 직접 눈으로 보면 어떤 힘이 느껴질까. 손으로 만지면 어떤 질감이 전해질까. 언젠가 유럽에 가서 고딕 대성당을 꼭 찾아가보고 싶었다. 파사드를, 천장의 하중을 지탱하는 내벽을 바깥에서 지지하는 공중부벽을, 사람의 손에 잘리고 운반되고 쌓아 올려진 돌을, 기술이 전수되지 못하고 끊겨버렸다는 스테인드글라스의 푸른빛을 어떻게든 내 손으로 만져보고 내 눈으로 확인하기 전까지는 앞에 놓인 다른 일이 하나도 보이지 않으리라 믿을 정도로 대성당은 나를 사로잡았다.

뜻하지 않게 파리 유학의 꿈이 실현되어 센 강변의 대성당 앞에 선 것은 1953년 8월 말이었다. 프랑스에서도 이례적으로 추웠던 겨울의 전조였는지 내 상상 속에서는 10월까지, 적어도 9월까지는 무성한 녹색으로 흔들리고 있어야 할 마로니에 잎이 벌써 노란빛을 띠고 있었다. 파리에 도착하고 딱 이삼일 화창했다가 곧 가을의 도래를 알리는 찬비가 도로를 축축이 적셨다. 개강까지는 아직 두 달이나 남아서, 낮에도 대문을 닫아놓는 침침한 기숙사에 남아 있는 사람들은 여름방학에도 갈 곳 없는 외국인 유학생뿐이었다.

그러나 파리에서의 첫날 아침은 활짝 개어 학창 시절 몇 번 휴가를 보낸 일본의 고원이 떠오르는 금빛으로 가득했고, 나는 이른 시간 기숙사를 나와 대성당에 가려고 언덕을 내려가서 센 강변으로 향했다. 다리를 건너고, 여름날 이른 아침의 긴장된 공기 속에 대성당이 모습을 드러내기 시작한 순간, 어찌된 일인지 나는 불현듯 이 중세 건축물이 예전부터 쭉 나와 함께하며 일본에서 찾아온 것이 아닐까 하는 기묘한 착각에 휩싸였다. 그때까지 혼자서 키워온 환상 속의 대성당과 눈앞에 커다랗게 솟아 있는 현실의 대성당이, 반짝반짝 빛나는 아침 햇살 속에서 서로를 부르고 찾으며 내 안에서 하나로 겹쳐졌다. 팔에 소름이 돋았고 이는 분명 찬 공기 때문만은 아니었다.

그날부터 대체로 기쁜 일보다는 슬픈 일, 참을 수 없는 일이 점점 많아졌지만, 혼자 짊어지기에 벅찬 짐이 어깨를 내리누르면 나는 그 무게를 재러 다리를 건너 노트르담으로 향했다. 쉴새 없이 흔들리는 사람들 속에서 중세부터 이어진 시간을 드레지게 살아온 노트르담은 실로 믿음이 가는 측량자였다.

슬슬 파리의 대성당이 내 일상의 풍경이 되어가던 이듬해 6월 중순의 어느 수요일, 프랑스어로 페트 뒤라고 하는 축일 전날이었다. 늘 활기찬 라탱 구의 거리가 그날은 특히나 더 술렁거렸다. 고등학생과 대학생이 뒤섞인 삼만여 명의 파리 학생이 그날 밤 샤르트르로 순례를 떠날 준비에 여념이 없었기 때문이다. 등산을 가는 것처럼 차려입은 젊은이들이 다소 흥분한 기색으로 길모퉁이 여기저기에서 큰 소리로 떠들고 있었다. 대학 강의는 평소와 다름없이 진행되었지만 일찍 나간 학생이 많은 탓에 강의실이 휑뎅그렁했다. 저녁 여덟시 대성당 앞 광장에서 대주교가 주관하는 미사를 본 뒤 바로 출발할 예정이었다.

지성과 신비, 개인의 사랑과 사회적 사랑이 양립하는 교회를 추구하며 20세기 교회사에 큰 족적을 남긴 시인 샤를 페기가 제창한 샤르트르 순례를 본떠 파리의 학생들이 매년 남동쪽으로 80킬로미터쯤 떨어진 샤르트르대성당까지 걷는다는 이야기는 파리에 온 지 얼마 되지 않았을 때 일본 유학생들에게 들었다. 부활절이 지나자 학교 여기저기에 참가를 호소하는 포스터가 붙었다. 1950년대 전반에는 전쟁중 나치 저항운동의 영향으로 보다 보편적인 교회를 요구하는 목소리가 활발했고, 그중에서도 작가 프랑수아 모리아크를 위시한 가톨릭 지식인 그룹과 도미니크 수도회 학자 사제들이 앞장서서 추진한 '새로운 신학' 운동이 세계 각지의 젊은 가톨릭교도에게 공감을 사고 있었다. 특히 1954년은 이런 정신을 몸소 실천하며 생활한 프랑스 노동사제들이 로마 교황청의 혹독한 탄압을 받거나 가톨릭계의 지적인 중심인물 몇 명이 갑자기 좌천되는 통에 학교 내부까지 어수선한 분위기가 퍼졌다. 나아가 바티칸 정치에 예전부터 비판적인 입장을 취해온 프랑스 교회의 자율성이 위기를 맞았다고 인식되면서, 학생 중심으로 조직되는 샤르트르 순례는 예년과 달리 엄청난 활기를 띠었다.

내가 있던 기숙사에서도 매년 이 순례에 참가하기를 고대해온 친구 몇몇이 각자 학부나 동아리 단위로 그룹을 짜서 준비를 진행했다. 나는 법학을 전공하는 모니크의 권유로 그녀의 학부 친구들과 함께 참가했다. 아버지가 프랑스인, 어머니가 중국인이며 베트남에서 자란 모니크는 나보다 몇 살 어렸지만 남들을 잘 챙기는 성격이라 평소에도 기숙사 사정을 잘 모르는 나에게 이것저것 친절하게 알려주곤 했다. 그러면서도 뭔가를 강요하는 구석이 전혀 없는 고마운 친구였다. 이번 순례를 준비하면서도 참가 신청을 해주고 배낭과 워킹화, 카키색 침낭 같은 준비물 일체를 법학부 친구들을 통해 조달해주었다.

뒤이어 1962년 2차 바티칸공의회로 발전하는 교회 쇄신 운동의 모체가 된 것은 페기의 사상에서 싹튼 프랑스 가톨릭 좌파의 사상이었는데, 샤르트르대성당 순례는 그 운동을 한껏 고양시키려는 활동이었다. 장님 여럿이 코끼리를 만지듯 일본에서 학창시절 그 운동의 윤곽을 더듬어보았던 나는 이 순례에 참가함으로써 드디어 진짜 '코끼리'의 표정 정도는 알게 되지 않을까 내심 기대하고 있었다.

처음 해보는 유럽 생활은 일본에서 예상했던 것보다 훨씬 힘들었다. 물론 언어의 벽이 높았지만 그보다 근본적인 문제는 이 나라 사람들 사고방식의 문법을 도통 파악할 수 없다는 것이었다. 나와 비슷한 또래에 비슷한 지적 문제를 안고 있는 프랑스인

과의 대화가, 아니, 대화뿐 아니라 만남 자체가 여기 파리에서는 완전히 막혀 있는 것처럼 느껴져 초조했다. 학교에서 듣는 비교문학 강의는 즐거웠으나 그와 별개로 이것만은 내 손으로 알아내야 했기에 당시 샤르트르 순례는 일종의 탈출구가 되어줄지도 몰랐다.

저녁식사 후 대성당 앞 광장에 모이자 모니크가 친구들을 소개해주었지만 회중전등으로 얼굴을 비춰야 할 만큼 주위가 어두워 소개를 받아도 서로 알아볼 수는 없었다. 설령 얼굴이 보였다 해도, 그 무렵 파리의 대학생 중에는 일본인에게 흥미를 보이는 이가 극히 드물었으니 대화다운 대화를 나누는 단계까지는 가지 않으리라 짐작했다. 출발에서 해산까지 만 이틀간 나는 마치 모니크의 맹장이 된 기분으로, 최대한 방해되지 않도록 애쓰며 묵묵히 뒤따라 걷기만 했다.

광장은 순례 준비물이 담긴 커다란 배낭을 짊어진 학생들로 가득했다. 둘둘 만 침낭이 묶여 있는 배낭에는 이틀 치 먹을거리, 겉이 딱딱한 프랑스빵에 햄과 치즈를 끼운 샌드위치 정도와 음료수 병, 목마를 때 먹을 레몬 몇 알, 그리고 밤에 추워지면 입을 두꺼운 스웨터 등이 들어 있었다. 샌드위치를 만들기도 귀찮은 남학생들은 파리 특유의 기다란 빵 두세 개를 그대로 배낭에 찔러넣고 오기도 했다. 조용한 이웃 마을의 살림살이에 혼란을 주면 안 된다는 이유로 가는 길에는 식료품을 사먹지 못하게 되어 있었다. 평소 학교에서만 보던 친구들과 이런 시간에 이런 복장으로 만나 다들 마음이 술렁였고, 뒤늦게 나타난 친구를 부르는 목소리도 다소 들떴다. 광장을 둘러싼 창문들의 불빛 아래서 사람들이 저녁식사 후 조용한 시간을 보내며 평소와 다름없는 이야기를 나누고 있으리라는 사실이 믿어지지 않을 만큼, 광장에 있던 우리는 모든 것으로부터 자유로웠다.

순례를 떠나는 학생들을 위해 파리 대주교가 대성당 앞에서 미사를 집전하고, 이어서 저명한 도미니크수도회 사제가 설교를 했지만, 스피커도 나의 이해력도 상당히 허술했던 탓에 알아듣지 못한 부분이 많았다. 조금 전까지 그렇게 떠들썩하던 아이들은 미사가 시작된 순간부터 마치 수습 수도사라도 된 양 조용해졌다. 사제는 페기의 시극 『잔 다르크의 자애의 오의』에서 수없이 반복되는 시구를 인용했다. “그리스도여, 당신의 프랑스는 기독교의 나라인데도 굶주림으로 고통받는 사람이 많습니다.” 실로 페기다운 구절이었다. “참으로 부족한 것이 많습니다. 몸에 꼭 필요한 빵이 부족합니다. 정신에 꼭 필요한 빵이 부족합니다.” 그리고 나직한 목소리로 인용을 마쳤다. “그리스도여, 당신은 이 사람들을 위해 울지 않으십니까?”

전쟁이 끝나고 십 년이 지났지만 일본이나 프랑스나 아직 빈

곤에서의 해방이 커다란 사회적 과제였다. 사제는 말을 이었다. 여러분들에게 정신의 빵이란 무엇인지 순례길에 생각해보십시오. 페기는 왕과 주교들의 영광의 교회가 아니라 동료에게 배반당해 울고 있는 사람들의 교회, 홀로 형장으로 향하는 고독한 잔 다르크의 교회로 여러분을 부르고 있습니다. 샤르트르로 가는 길에 자기 자신과 공부가 사회와 어떤 관계를 맺고 있는지 곰곰이 생각해보기 바랍니다. 그리스도가 여러분들과 함께하시길.

파리 대주교의 축복을 받고 전용 열차가 기다리는 역으로 향했다. 학생들은 학부나 동아리별로 스무 명 안팎의 그룹으로 나뉘어 있었는데, 나와 모니크가 속한 그룹은 그날 밤 50킬로미터 떨어진 랑부예까지 열차로 이동하고 다음날 아침부터 샤르트르까지 남은 30킬로미터는 걸어갈 예정이었다. 열차가 파리를 떠난 것은 한밤중이었다. 덜커덩덜커덩 달리다보니 벌써 랑부예에 도착했다.

이튿날 아침, 아직 이른 시간에 랑부예 역에 멈춰 선 열차 안에서 우리는 밤새 떠드느라 자지 못한 것을 벌충하듯이 꾸벅꾸벅 졸았다. 열차에서 내려 플랫폼 수도꼭지에서 세수를 해버리면 일곱시 반 미사까지 시간을 때울 길이 없고, 무엇보다 추웠다. 우리가 탄 열차는 자정이 지나 몽파르나스 역을 출발했지만 리옹 역에서 열차를 탄 그룹도 있다고 했다. 어쨌거나 샤르트르를 약 30킬로미터 남겨둔 지점까지 열차로 이동하는 게 중요했다. 곧 역 앞 광장에서 미사가 열리고, 그 자리에서 아침식사를 마친 후 초여름 햇볕을 받으며 길을 떠났다.

걸으면서 한 시간마다 주제를 정하고 토론한다. 기독교도이자 사회주의자였던 페기에 대해, 대학생인 우리는 어떤 선택을 해 여기에 있는지, 기독교는 우리에게 어떤 의미인지에 대해. 얼마 지나지 않아 나는 소설이나 철학 책을 읽고 배운 내 프랑스어로는 도저히 토론을 따라갈 수 없다는 사실을 깨달았다. 다들 무슨 이야기를 하는지 전혀 알 수 없을 때도 있었다. 그런대로 이해는 해도 반론할 수 없었다. 게다가 어쩌면 이리도 추상적인 단어들만 나열하는지. 관념적인 표현을 꺼린 페기가 들으면 뭐라고 했을까. 더군다나 익히 알던 대로 학생들 특유의 은어는 정말이지 못 알아들을 정도라 혀를 내둘렀다. 내가 살던 기숙사에는 대부분이 외국인이었고 교실에서 말을 걸어오는 프랑스인도 일부러 표준어를 써주었기 때문에 순전히 학생들끼리 사용하는 말투를 들은 것은 그때가 처음이었다. 지금껏 그런대로 프랑스어를 알아듣는다고 생각한 것이 어처구니없을 정도였고, 일단 아이들이 그런 말투를 쓰기 시작하자 나는 집에 갇히는 벌을 받은 아이처럼 외톨이가 되었다. 이런 말은 어떤 도랑을 타고 퍼져나가는 것일까. 프랑스에서 태어나지 않았다면, 적어도 어릴 때부터 이 나라 말에 익숙하지 않다면 영원히 이해할 수 없지 않을까. 어느새 나는 토론의 쟁점과 상관없는 생각을 하며 걷고 있었다.

도쿄에서 대학원을 다니던 무렵, 두 명의 여자 친구와 셋이서 매일같이 만나 이야기를 했다. 한 사람은 경제학을, 또 한 사람은 철학을 전공했는데 우리의 화제는 공부를 제외하면 거의 매일 똑같았다. 여자가 여자다움이나 인간의 존엄을 희생하지 않고 학문을 계속하려면, 혹은 결혼만을 목표로 두지 않고 사회에서 살아나가려면 어떻게 해야 하는가. 우리 셋 다 가톨릭 신자였고, 가족의 강한 반대를 무릅쓰고 대학에 진학하고 또 대학원까지 간 탓에 대상이 분명하지 않은 부채의식을 느끼는 때가 잦았다. 꾸물거리지 말고 어서 시집이나 가. 싫으면 수도원에 들어가든가. 한 선배가 그런 말을 했을 때도 반발심이 들었다. 스스로 길을 만들어가지 않으면 아무것도 할 수 없다. 당시 읽었던 생텍쥐페리의 문장이 나를 동요시켰다. "스스로 대성당을 짓지 않으면 의미가 없다. 완성된 대성당에서 편하게 자신의 자리를 얻으려는 사람이 되어서는 안 된다." 샤르트르 대성당으로 가는 길에서 나는 내 안의 대성당을 떠올리며, 도쿄의 두 친구는 지금쯤 어떻게 지내고 있을까 생각했다.

점심시간 학교 녹나무 그늘에서 끝없이 이어지던 우리 이야기도 순례중인 프랑스 학생들 못지않게 추상적이었으나, 그래도 이 나라 여학생들은 스스로 인생행로를 선택하는 데 거부감이 우리보다 훨씬 덜한 것 같았다.

프라 안젤리코의 그림에서 본 듯한 검정 수도복을 걸친 도미니크수도회의 젊은 신부가 그룹의 토론을 지도했다. 그 역시 법학부에 적을 둔 학생인지도 몰랐다. 존재론적으로 말해 당신에게 종교란 무엇인가. 몸의 빵과 정신의 빵. 마르크시스트와 기독교도는 서로 어디까지 이해할 수 있는가. 프랑스인의 종교란 이렇게 이론적인가 싶다가, 어쩌면 그래서 일각에서는 신비주의가 횡행하는지도 모르겠다고 생각했다. 지난밤은 그렇게 춥더니 한낮의 태양은 무척 뜨거워 살갗이 타들어가는 듯했다. 한 시간 토론하면 목이 마르고, 뒤쪽에서는 끊임없이 대열 간격을 좁히라는 전언이 오고, 때로 이제 낙오돼도 상관없으니 주저앉고 싶어졌다. 마치 맨발로 걷는 것처럼 발바닥이 아팠다. 우리는 왜 이 순례에 참가했을까 하는 질문이 여기저기서 거듭 나왔다. 대부분 뻔한 대답밖에 돌아오지 않았지만 그래도 대화의 꼴은 갖추었다. 프랑스어가 서툰 외국인은 말없이 걸어도 된다는 전언은 오지 않으려나.

한 시간 동안 토론을 하며 걷다가 녹초가 되면 잠깐 휴식을 취했다. 물이나 레몬으로 목을 축이면서 다 함께 지난 토론을 정리했다. 이 주변에는 숲이라 할 만한 곳이 없고 고작해야 아까시나

무가 우거진 정도였지만 그런 나무 그늘도 얼마나 고마운지 몰랐다. 배낭을 베개 삼아 바닥에 누우면 조그만 연두색 이파리 사이로 빛이 가득한 하늘이 보였다. 누군가가 "종달새여, 종달새여, 네 날개를 뽑아버리겠다"라는 노래를 부르자 그룹에서 그룹으로, 나무에서 나무로 환한 파도처럼 돌림노래가 퍼져갔다. 등에 느껴지는 울퉁불퉁한 땅, 바스락거리는 낙엽에 덮인 지면의 감촉에 몸속에서 뜨거운 것이 내달렸다. 샤르트르 주변 지방은 보스라고 하는데, 이렇게 글로 써버리면 별 감흥이 없지만 프랑스어 'Beauce'는 'beau(아름답다)'라는 말과 발음이 유사한데다가 'ce'의 어감이 꽤 상쾌해서 무척 아름다운 지명처럼 들린다. 아닌 게 아니라 이 주변을, 그것도 지금 같은 6월 아침에 걷다보면 끝없이 펼쳐진 밀밭에서 창조주의 축복과 동시에 풍요로움이 고스란히 전해진다. 페기도 이 지명의 아름다운 울림을 염두에 두고 시에 쓰곤 했다.

행렬을 인도하는 이는 미리 코스를 걸어보고 지형 등을 자세히 조사한 듯 누가 힘들다고 말하면 조금만 더 가면 되니 참으라며 격려해주었다. 이번 고개를 올라가면 잠시 쉴 거라고. 말이 고개지 밭과 밭 사이에서 느슨한 곡선을 그리는 언덕의 완만한 경사면이고, 사방은 온통 밀밭이다. 무거운 배낭만 없다면, 발이 이렇게 아프지만 않으면 훨씬 즐거울 텐데 싶었다. 눈앞 가득 펼쳐진 밀 이삭이 초여름 햇볕에 파도치는 길 곳곳에는 손수레 바큇자국이 보이고 철 지난 빨간 개양귀비나 하늘색 수레국화가 무리지어 피어 있었다. 수레국화를 프랑스어로 블뢰라고 한다고 누가 가르쳐주었다. 파랗다는 말에서 나온 것이리라. 그러고 보니 물총새도 이 블뢰와 똑같은 철자다. 비취翡翠라는 한자가 문득 떠오르고, 그 시원함에 구원받은 심정이었다. 이런 건 어디나 널려 있는 평범한 들꽃이야. 옆에서 그렇게 말했지만 나는 그 신비한 파란색을 유심히 보았다. 평범하다니, 이거야말로 '샤르트르의 파랑'으로 불리는 예의 스테인드글라스 색이 아닌가.

한참 걸으니 정오가 되었다. 듬성듬성한 수풀로 들어가 식사를 했다. 기숙사에서 만들어준 간단한 치즈샌드위치만 가져온 모니크와 나는 아침에 이어 같은 것을 먹었다. 이거 먹을래? 모니크의 친구가 그렇게 말하며 토끼고기 페이스트를 병째로 건네주었다. 고마워. 리예트라는 종류의 맛있는 페이스트였다. 콘비프와 약간 비슷한, 세로로 칼집을 넣고 소금 간을 한 고기라고 설명하면 될까. 집에서 통학하는 학생, 지방에서 올라온 아이들, 그리고 나처럼 먼 나라에서 온 유학생에 따라 가져온 음식의 종류도 세 단계로 나뉘었다. 집이 시골인 학생은 놀랄 만큼 맛있는 치즈를 가져오기도 했다. 파리에서 챙겨온 음료수는 이미 다 마셔버린 지 오래였으므로 우리는 휴식 때마다 근처 우물이나 샘을 찾아나섰다. 줄서서 순서를 기다리던 중 출발하자는 소리가 들려 포기한 때도 있었다. 아쉽지만 레몬을 씹으며 다음 우물이 나올 때까지 참아야 했다. 배고픔보다 갈증 때문에 더 힘들었다.

밤에는 농가 헛간에서 잔다는 이야기를 며칠 전부터 들었지만, 그곳이 어떤 장소인지 나는 짐작도 할 수 없었다. 몸이 피곤하니 은어는 고사하고 프랑스어 자체가 귀에 들어오지 않았다. 더군다나 모니크도 나를 위해 통역하는 데 지친 듯 아무 얘기도 해주지 않아서 이다음에 뭘 하는지 통 짐작되지 않았다. 정신을 차리고 보니 헛간에서 자리싸움을 하고 있었다. 파리를 출발한 뒤로 나는 무슨 일에든 다른 아이들보다 뒤떨어지는 스스로에게 정나미가 떨어진 상태였다. 일본에서는, 아니, 파리의 기숙사에서도 이런 일은 없었는데, 중요한 대목에서 결정적으로 뒤처졌다. 열차에 탈 때도, 낮은 플랫폼으로 뛰어내릴 때도, 프랑스인 학생은 훨씬 민첩했다. 그 바람에 자리싸움의 결과는 참혹했다.

왁 소리를 지르며 헛간으로 들어간 학생들은 앞다투어 건초더미로 뛰어들었다. 그러나 나는 아, 이게 건초더미라는 거구나 하며 대상을 관찰하느라 정신이 팔렸고 슬슬 자리를 확보하려 주위를 둘러보았을 때는 모니크가 이미 천장 중간 높이까지 쌓인 건초더미 위에서 손을 흔들며 웃고 있었다. 남은 자리는 거대한 경운기의 포크 모양 날 아래뿐이었다. 하는 수 없이 나처럼 자리다툼에서 밀려 옆자리로 온 여학생과 몇 마디 나누고 바로 자려고 했는데, 빌려온 침낭이 변변치 않아서인지 배가 고파서인지, 아마도 둘 다겠지만, 6월인데도 추워서 좀처럼 잠이 오지 않았다. 눈을 뜨면 농기구의 날이 머리 바로 위에서 번쩍였다. 저게 어쩌다가 빙글 돌아서 날 찌르는 게 아닐까 하는 이상한 생각만 들었다. 왜 이런 데까지 와버렸을까. 하지만 파리에 남아 있을걸 그랬다는 생각은 들지 않았다. 잠이 오는 대신 시험이나 체류 연장 신청 같은 성가신 일들만 떠올라 눈이 더 말똥말똥해졌다. 겨우 잠이 들었나 싶었는데 벌써 날이 밝아버렸다. 가난한 자의 빵도, 정신의 빵도, 페기의 순례도, 샤르트르대성당도 잠을 청하느라 애먹은 것에 비하면 모두 흐릿하고 중요하지 않게 느껴졌다.

이틀째가 되자 역시 다들 피로한 기색이 역력하고 토론도 활기를 잃었다. 무엇보다 빵이 바닥나기 시작해서 사기가 눈에 띄게 떨어졌다. 한낮에 들른 이름 모를 마을은 조용하고 쓸쓸했다. 황량한 연병장처럼 휑뎅그렁한 광장에서 말도 안 나올 만큼 지친 우리는 발을 땅바닥에 내던지고 인상을 써가며 마지막 점심으로 딱딱한 빵을 씹고 있었다. 그때 광장 한구석에서 드문드문 박수 소리가 일더니 점점 힘차졌다. 한 사람, 두 사람, 이어서 모두가 뭐라고 외치면서 일어섰다. 살뤼, 아비뇽, 살뤼, 라 프로방스. 떠들썩한 환영을 받으며 나타난 것은 이제 막 합류한 아비뇽의 학생 그룹이었다. 어중이떠중이가 모인 파리 학생들과 달리 누가 봐도 '남부' 얼굴인 그들은 박수에 환성으로 답하며 힘차게 우리 사이를 빠져나갔다. 어머! 내 옆에 있던 여학생이 갑자기 얼빠진 소리를 질렀다. 저기 봐, 저 빵.

그들이 짊어진 꾀죄죄한 배낭 바깥쪽에 동그란 방석 모양 빵이 십자로 걸쳐진 끈에 매달려 있었다. 저애들은 아직 빵이 있어! 누군가가 외쳤다. 우리는 얼굴을 마주보았다. 우리가 벌써 먹어버린 파리의 막대기 모양 금색 빵이 아니라 먹음직스러운 갈색의 남부 빵이었다. 빵, 빵, 프로방스의 빵. 파리 학생이 가락을 붙여 외치면서 손뼉을 치자 그들은 등에 매단 빵을 여봐란듯이 보여주며 과장된 몸짓으로 박자에 맞춰 걸었다. 저렇게 속이 꽉 차 보이는 빵은 어떤 맛일까. 생각만 해도 입안에 군침이 돌았다. 왜 아직도 저렇게 남아 있는 걸까, 자기들 빵을 일찌감치 먹어치운 파리 학생들은 억울한 듯이, 부러운 듯이 남부의 빵을 바라보았다. 그래도 말과 문화가 다른 지방에서 온 학생들을 만난 덕에 몰라보게 힘을 얻은 우리는 얼마 남지 않은 샤르트르대성당으로 다시 걸음을 재촉했다. 다음 네거리에서는 노르망디의 캉에서 온 그룹과 마주쳤다. 순례자 대열은 눈에 띄게 불어나 있었다.

세시가 조금 지났을 무렵 작은 외침에 이어 샤르트르라는 말이 들리고, 다시 한번 박수 소리가 터져나왔다. 저멀리 완만한 지평선에 바늘 같은 첨탑 끄트머리가 하나둘 보이기 시작했다. 대성당이었다. 샤르트르의 성모를 기리는 찬가가 흘러나왔다. 아베 아베 아베마리아라는 후렴구로 끝나는 마리아 찬가에서 가사만 바꾼 노래였다.

더 걸어가자 점차 두 탑의 형태가 분명해졌다. 처음에는 어디? 하며 이리저리 두리번거릴 정도였는데 점차 확실하게 보였다. 드디어 여기까지 왔구나, 안도의 한숨을 내쉬자마자 새끼손톱만하던 두 개의 첨탑이 갑자기 시야에서 사라졌다. 길이 낮아지면 탑이 모습을 감추고, 살짝 높아지면 다시 나타났다. 그렇게 한 시간쯤 이어졌을까. 우리는 신기루 같은 탑의 모습을 고스란히 보존하고 싶은, 단단히 하늘 높이 세우고 싶은 일념으로 계속 걸었다. 그리고 어느 순간 마치 우리의 기도에 응답하듯 이번에는 탑뿐 아니라 비할 데 없이 아름다운 대성당의 전체 모습이 조용히 지평선으로 떠오르자 무심결에 얼굴이 달아올랐다. 양손을 모아 샘물을 나르듯이 파리에서, 프로방스의 마을에서, 노르망디에서, 그리고 베트남에서, 일본에서 다 같이 옮겨온 각자의 희망을 늦은 오후 햇볕에 빛나는 대성당이 하나로 받아주었다. 페기도, 그리고 더 오랜 옛날의 순례자들도 이렇게 한 발 한 발 샤르트르대성당에 다가갔을까. 진심 어린 소원을 담아서, 또는 그저 다들 가니까 함께하려는 마음으로.

놀랍게도 우리 그룹이 간신히 샤르트르에 도착했을 때는 이미 미사가 시작된 뒤였다. 대성당은 초만원이라 문밖에 있어야 했다. 스피커를 통해 흘러나오는 성가며 기도를 들으면서 나는 예상치 못한 사태에 멍해졌다. 뭣 때문에 이틀이나 걸었을까. 기대에 떠밀리듯 가까스로 샤르트르까지 왔는데 대성당에 들어가지 못하다니 대체 무슨 일인가. 천상의 음악처럼 아름답다는 스테인드글라스가 수레국화나 양귀비 색으로 물드는 것도 볼 수 없단 말인가. 이미 해가 진 뒤라 설령 안으로 들어간다 해도 유리색은 보기 힘들다는 사실을 깨닫지 못할 정도로 나는 낙담했다.

우리 심정과 상관없이 미사는 진행되었고, 이윽고 끝났다. 안에 있는 사람은 나중에 도착한 그룹에 자리를 양보해달라는 방송이 스피커에서 거듭 울려퍼졌지만, 빈틈없이 한데 모인 사람들의 무리를 헤치고 들어갈 엄두가 나지 않았다. 얼마간 거리를 두고 광장에서 성당을 올려다보는 것이 고작이었다. 외부라도 잘 봐두자고 마음을 고쳐먹은 나는 모니크를 끌고 그룹을 벗어나 문 위쪽 반달 모양 돌에 부조된 아름다운 그리스도나 기둥처럼 줄지은 성자의 석상을 둘러보려고 했지만, 이마저도 인파에 이리저리 밀리는 통에 포기해야 할 듯했다. 그룹을 벗어나버리면 돌아가는 열차를 타지 못할지도 몰랐다.

역으로 가기로 마음먹었을 때, 아까부터 나를 등지고 문 옆 벽에 줄지은 성자들의 상을 열심히 살펴보던 모니크가 갑자기 나직이 소리쳤다.

"저기 좀 봐, 저 사람."

모니크의 시선을 따라가자 성자상 사이 우묵한 곳에 세례요한이 긴 수염을 파도처럼 나부끼며 입을 살짝 벌린 채 난처한 표정으로 서 있었다. 겨우 이곳까지 왔는데. 낙담한 나머지 말할 힘도 못 내는 내 기운을 북돋울 셈으로 모니크는 밝은 목소리로 말했다.

"어쩜 저렇게 난처한 표정일까. 하지만 지금 우리 상황에 딱 맞지 않니?"

정말 그랬다. 그리스도의 오심을 세상에 널리 알린 세례요한은 성인이 되자 홀로 황야로 떠나 고행하면서 그리스도를 애타게 기다렸는데, 그리스도처럼 화려하게 제자들을 거느리지도 못하고 이렇다 할 일화도 남기지 못한 채 헤롯 왕의 진노를 사 처형당하는 것으로 고독한 생애를 마쳤다. 어찌 생각하면 그는 삶의 열매가 아니라 과정에만 정열을 불태운 사람이었다.

이틀이나 걸어놓고 정작 대성당에 들어가지 못한 친구들과 함께 역으로 향하는 어두운 언덕길을 내려가면서, 나는 평생 기다리기만 한 성자의 삶도 나쁘지 않겠다고 생각했다.

레니 거리의 집

그해 여름은 마감이 잡힌 일도 없고 여느 때보다 여유로운 휴가를 보내고 싶어서 피렌체에 가기로 했다. 도쿄로 돌아와 십오 년 동안 계속 일만 하다가 드디어 주위를 둘러볼 여유가 생긴 스스로에게 선물을 주고픈 마음도 이런 결정을 거들었다. 다행히 지인의 소개로 시내에 나 혼자 쓰기에는 너무 큰 아파트를 8월 말까지 빌릴 수 있었다. 지금껏 보통 일주일, 기껏해야 이 주 정도밖에 머문 적 없는 피렌체의 풍물에 둘러싸여 그림과 조각, 건축물 등을 좀더 체계적으로 둘러보는 것도 나쁘지 않겠다 싶어 가기 전까지 이런저런 계획을 머릿속에 떠올리며 즐거워했다. 그런데 막상 피렌체에서 머물 곳까지 얻고 나니 관광객의 물결에 이리저리 밀리며 미술관이나 성당을 둘러보는 것보다, 어수선한 도쿄의 일상에서 벗어나 둥실 떠오른 공중정원 같은 시공간을 즐기며 숙소에서 책을 읽거나 정처 없이 거리를 산책하거나 마음이 내키면 친구에게 전화해 식사에 초대하거나 초대받는 생활이 훨씬 유쾌하겠다는 생각이 들어서, 시간을 잊다시피 하고 마음 가는 대로 생활하고 있었다.

그러던 어느 날, 십 년 가까이 친분을 쌓아온 여자 친구 라우레타와 함께 쇼핑을 가기로 하고 대성당 앞에서 만나기로 했다. 이미 일흔이 넘은 그녀는 피렌체에 몇 대째 살고 있는 명문가 출신으로 그다지 크지 않은 이 지역의 구석구석, 길은 물론 사람이나 가게까지 훤히 꿰고 있었다. 게다가 나처럼 혼자 살고 있으니 언제 귀가해도 상관없는 편한 처지인데다 수다떨기를 무척 좋아해, 다섯 언니에게 이끌려 왕립여자학원을 다녔던 소녀 시절의 우습기도 하고 꿈같기도 한 갖가지 에피소드, 집안 대대로 내려오는, 방이 마흔 개나 된다는 토스카나 북부 협곡의 성에서 보낸 유년 시절 이야기를 들려주었고, 그것이 재미있어서 나는 기회가 될 때마다 그녀를 만날 핑계를 만들었다. 그날은 내가 예전부터 찾던, 손으로 수를 놓은 리넨 손수건이 사고 싶었다. 베네치아의 유명한 자수점 쇼윈도에서 보고 쭉 갖고 싶었는데 이제야 약간 금전적 여유가 생겨서 사볼 요량으로 여기저기 찾아다니던 참이었다. 이탈리아 사람들이 일 비안코라고 부르는 시트와 수

건, 테이블보 등을 전문으로 취급하는 가게를 두세 군데 돌아본 결과 자수로 유명한 피렌체니 그런 물건도 쉽게 구할 수 있으리라던 믿음이 큰 착각이었음을 깨달았다. 내 이탈리아어가 갑자기 형편없어졌나 싶은 생각이 들 정도로 어느 가게에서도 내가 뭘 찾는지 도통 알아듣지 못했다.

어디 가면 살 수 있을지 라우레타에게 전화를 걸어 물어보니, 난 또 뭐라고, 그런 게 필요하면 왜 진작 말하지 않았어, 내가 좋은 가게로 안내해줄게, 하며 흔쾌히 나서준 덕에 그날 오후 바로 만난 것이었다. 가게를 두세 군데 둘러보았으나 그렇게 피렌체에 정통한 사람과 동행했는데도 내가 찾는 물건을 쉽게 구할 수 없었다. 저희는 몇 년 전부터 그런 상품을 취급하지 않고 있습니다. 라우레타의 할머니가 결혼할 때 리넨 종류를 장만했다는 대성당 근처의 커다란 가게에서 나이 지긋하고 야윈 점원이 나와 정중하게 알려주었다.

베네치아에는 분명히 있었다며 안타까워하는 내게 라우레타는 한 군데만 더 둘러보자고 위로하듯이 말했다. 거기에도 없으면 그냥 포기하는 거야.

그 가게는 대성당에서 동네 사람들이 산타마리아노벨라라고 부르는 중앙역으로 이어지는 번화가의 왼쪽으로 들어간 자리에 있었다. 마치 은신술사처럼 척척 인파를 헤치고 나아가는 라우레타를 놓칠세라 종종걸음으로 뒤따라갔다. 8월도 20일이 지나서 피렌체 특유의 숨막히는 더위와 햇살도 상당히 누그러져 있었다.

길모퉁이에 조금 못 미쳤을 때, 나는 바로 옆에서 맑고 조금은 새된 목소리로 내 이름이 들려온 듯해 순간 걸음을 멈췄다. 그러나 아는 사람이 많은 밀라노라면 모를까 피렌체에서 누가 나를 부를까 싶어서 다시 걷기 시작했다. 두세 걸음 나아가자 다시 한번, 이번에는 확실히 내 이름이 들려 소리나는 방향으로 고개를 돌렸다가 깜짝 놀랐다. 십오 년도 더 전에, 밀라노에 있을 무렵 가깝게 지냈던 친구 카롤라 디 피디오가 지나가는 사람들 어깨 너머로 나를 보고 있었다. 예전과 전혀 다르지 않은, 따뜻하면서도 어딘가 흐릿해 보이는 표정에 약간 수줍어하는 미소를 띠고서. 1971년 일본으로 돌아온 뒤로 몇 번 밀라노에 갔었지만 그녀를 만나지는 못했다. 주변을 가득 메운 일본인 관광객들 속에서 용케 나를 알아봤다는 것이 우선 기뻤다.

그래도 너무나 갑작스러운 만남에 순간 말이 막혔다. 카롤라도 마찬가지인지, 자기가 먼저 날 불렀다는 사실에 깜짝 놀란 것처럼 회색빛이 도는 푸른 눈을 크게 뜨고 물끄러미 내 얼굴을 바라보다가 겨우 정신을 차린 듯 길고 큰 손으로 내 양어깨를 사뿐히 감싸안듯이 포옹했다. 손끝만으로 어깨를 살짝 쥐는 감촉에

아, 옛날에도 이랬지, 라는 생각이 들었다. 베네치아 블론드라 불리는 불그스름한 금빛의 곧은 머리카락을 아무렇게나 뒤로 묶은 카롤라의 얼굴을 올려다보자 그 뒤로 탁 트인 피렌체의 푸른 하늘이 빛나고 있었다. 그녀와 자주 왕래했던 때는 내가 남편을 잃고 눈앞에 어둠만 가득하던 시기였다.

도심을 벗어난 레니 거리, 마치 세상이나 현대에서 망각된 듯한 그녀의 집, 신경질적인 남편 귀도와 어린 두 딸. 오래된 기억이 확 밀려듦과 거의 동시에 라우레타를 불러세워야 한다는 것을 깨달았다. 앞쪽을 보니 내가 옛 친구와 극적으로 재회한 줄은 꿈에도 모르는 그녀는 벌써 길모퉁이에 다다라 여행자 무리 너머로 점점 시야에서 멀어지고 있었다. 지금 이름을 부른다 해도 도저히 들릴 것 같지 않았다. 어떻게 해야 하나 망설이는데 카롤라가 알아채고 물었다.

"누구랑 같이 온 거 아니야?"

"응, 하지만 괜찮아. 아마 돌아올 거야."

라우레타에게는 미안하지만 지금이 아니면 또 언제 카롤라와 만날 수 있을지 모른다. 이왕 이렇게 된 거 어쩔 수 없다.

"나도 지금 좀 바빠."

마치 장단을 맞추듯이 카롤라가 말하며 살짝 미간을 찌푸렸다.

"지금 애 레슨 가야 하거든."

서둘러 뭔가를 결정해야 할 때 카롤라는 이렇게 미간을 찌푸린다.

"루이자, 기억나지? 지금은 밀라노 음악원에 다니고 있어."

빠른 말투로 말하더니 카롤라는 슬쩍 뒤를 돌아보고는 코맹맹이 소리로 하하하 웃었다. 멋쩍음을 감추려고 일부러 크게 웃는 버릇도 옛날과 똑같았다. 그 말을 듣고서야 알았는데, 카롤라 뒤에는 검은 곱슬머리를 어깨까지 늘어뜨린, 흰 피부에 가냘픈 몸집의 예쁘장한 소녀가 꼭 화가 난 듯 날카로운 눈빛으로 나를 보고 있었다. 카롤라가 뒤를 보고 루이자, 하고 불렀지만 바이올린 케이스를 든 아이는 검은 눈으로 가만히 나를 노려볼 뿐 인사는 커녕 웃을 생각도 하지 않았다. 벌써 스무 살 가까이 되었을 텐데 아직 열네다섯 정도로 보이는 작은 체구의 아이는 마치 어머니도, 어머니의 친구도 자기 세계에 절대 들이지 않겠다는 듯이 무표정의 성채를 쌓은 채 완강하게 버티고 있었다.

"루이자!"

카롤라가 다시 한번 불렀다.

"생각 안 나? 예전에 자주 놀아줬잖아."

그래도 루이자는 언짢다는 듯이 입을 다물고 시선을 피했다. 뭐 기분이 상한 일이라도 있는 걸까. 그런 구석은 아버지인 귀도와 판박이였다.

카롤라와 이야기를 나누는 사이에도 여행자 무리가 계속해서 주위를 오가는 통에 우리는 얕은 강바닥의 조약돌처럼 붙었다 떨어졌다 하며 끊임없이 위치를 바꿔야 했다.

"카롤라, 지금 여기 살아?"

밀라노에 사는 줄로만 알았던 카롤라와 루이자가 왜 피렌체 거리를 걷고 있는 걸까. 의아한 마음을 누르지 못하고 나는 물었다.

"설마."

카롤라는 노래하는 듯한 억양으로 부정하더니, 말도 안 되는 소리라는 양 목을 움츠렸다.

"내가 피렌체에? 설마."

여전히 우는 듯 웃는 듯한 표정으로 카롤라는 왜 피렌체에 와 있는지 사정을 이야기해주었다. 딸 루이자가 곧 현악기 콩쿠르에 나갈 예정인데, 심사위원에게 영향력이 있는 바이올린 선생님이 역 뒤편에 살아서 매달 레슨을 받으러 밀라노에서 오가고 있다는 것이다. 지금은 대성당 앞 카페에서 커피를 마시고 레슨을 받으러 가는 길이라고 카롤라는 말했다.

"만나서 반가워. 밀라노에는 이제 안 오니?"

그 질문에 약간 켕기는 기분이 들었다. 그토록 나에게 잘해준 카롤라에게, 밀라노를 떠난 뒤로 편지 한 통 보내지 않았었다.

"거의 안 가."

나는 말을 얼버무렸다.

"가도 주로 여름철에 가니까 친구들을 만날 일이 없어."

그 시절을 떠올리고 싶지 않아서, 라는 설명까지는 하지 않았다.

"그렇구나." 카롤라는 알겠다는 듯이 다시 한번 반쯤 울상을 지으며 웃었다. 이렇게 내 말을 순순히 받아들이고 더이상 캐묻지 않는 것은 호기심이 없어서일까, 예의를 차려서일까. 아마 둘 다겠지만 나는 그런 카롤라가 좋았다.

그때 루이자가 바싹 다가와서 이제 그만 가자는 듯이 카롤라의 어깨에 손을 얹었다. 아직 내게는 한마디도 하지 않았다. 어깨를 잡히자 카롤라는 "아!" 하고 작게 소리지르고는 내게 재빨리 사정을 설명했다.

"이제 가야 해. 네시 레슨이거든. 밀라노에 오면 꼭 연락해."

루이자를 신경쓰는 모습에, 옛날 남편 귀도의 심기를 거스르지 않으려고 늘 눈치보던 카롤라가 떠올랐다.

"응, 그럴게. 그런데 키아라는 잘 지내니?"

루이자보다 다섯 살 정도 많은 큰딸의 안부를 묻자 몇 걸음 떨어진 곳에서 카롤라는 마치 익숙한 선율을 흥얼거리듯이, 지극히 아무렇지도 않은 목소리로 말했다.

"아, 키아라는 죽었어."

"뭐?"

"키아라는 죽었어."

나는 카롤라 쪽으로 인파를 헤치고 나아갔다.

"카롤라."

아직 미소짓고 있는 카롤라의 시선을 더듬으며 다시 옆으로 다가가 그렇게 이름만 부르고 그녀를 바라보았다.

"죽었어. 벌써 육칠 년쯤 되었나."

카롤라는 다시 웃으려고 했지만 입가가 일그러졌다. 그래도 눈은 필사적으로 웃으려 했다.

"몰랐어……"

"그래."

"사고였니?"

"병이었어. 그리고 나, 귀도와도 헤어졌어."

이번에는 그녀의 얼굴이 정말로 일그러졌다.

"지금도 옛날 그 집에 사니?"

그것 말고는 달리 할말이 없었다. 휑뎅그렁한 레니 거리의 집에서 루이자와 단둘이 살고 있는 카롤라를 상상하자 가슴에 구멍이 뚫린 기분이었다.

"그래, 다음에 오면 꼭 연락해."

카롤라는 다시 아까처럼 웃고 있었다.

"미안. 늦었으니까 이만 갈게. 안녕."

그뿐이었다. 황급히 포옹하자 그녀의 귀밑머리 감촉이 뺨에 남았다. 루이자의 재촉에 카롤라가 바로 앞 건널목을 건너간 뒤 깊은 꿈에서 깨어난 사람처럼 주위를 둘러보니 내가 따라오지 않는 것을 알아채고 이쪽으로 돌아오는 라우레타가 보였다.

자수 손수건은 다른 가게에도 없었다. 저녁에 볼일이 있어 성당에 가야 한다는 라우레타와 중앙우체국 앞에서 헤어지고 오랜만에 산타크로체 성당 주변을 걸어보기로 했다. 예전에 연구 자료를 찾으러 며칠간 국립도서관을 오가면서 눈이 피로해지면 밖으로 나와 뒷골목을 산책하곤 했다. 마구馬具를 만들어 파는 가게, 이런 걸 누가 살까 싶을 정도로 고풍스럽고 묵직하며 마감도 그다지 좋지 않은 가죽구두를 내놓은 가게가 몇 군데 늘어선 이 길은 관광지의 요란함이 느껴지지 않아 마음이 편해진다.

일단 아르노 근처로 나가 트리니타 다리에서 도서관 앞까지 실로 고급스러운 호텔과 부티크, 퇴락한 보석상 몇 집이 뒤섞여 있는 강변길을 천천히 걸었다. 물위에는 늦은 오후의 공기가 짙은 오렌지빛으로 깔려 있었다.

마치 무슨 문제가 있어 벼랑 끝에 세워진 집처럼 어딘가 위태로워 보이던 카롤라와 귀도의 결혼 생활이 키아라의 죽음 뒤에 파탄난 것은 극히 자연스러운 결과 같기도 했다.

화가인 카롤라와 조각가인 귀도는 미술학교 동창이었다. "우리는 '자메이카'의 단골이었어"라고 카롤라가 말한 적이 있다. 귀도는 옆에서 뭐 그런 옛날 얘기를 하느냐는 듯이 웃었다. '자메이카'란 통칭 '브레라'로 불리는 밀라노 국립미술학교 바로 앞, 언제부터인가 급진적인 무리가 모이는 곳으로 유명해진 카페 이름이다. 1960년대 수많은 커플이 이 아지트에서 태어났다가 총총히 파경을 맞았다.

레니 거리에 있는 카롤라 부부의 집은 밀라노에서 보기 드문 단독주택으로, 우리 부부의 집에서 그리 멀지 않은 대학가 근처였다. 똑같이 생긴 집이 열 채 정도 늘어선 조용한 동네였는데, 경사지에 지은 모양으로 현관문을 열면 바로 계단이었고 그곳을 내려가면 그다지 넓지 않은 부엌과 식사 공간이 나왔다. 거기서 바로 이어지는, 상록수가 담장을 따라 진녹색 가지를 뻗은 작은 정원에는 귀도가 만든 그네가 있고 파랑, 빨강, 노랑의 어린이 놀이기구가 언제나 환한 꽃처럼 바닥 여기저기 흩어져 있었다. 최대한 수를 줄인 가구는 시골풍으로 얼핏 소박한 인상이지만 자세히 보면 하나같이 연륜이 느껴졌다. 부엌 벽에 나란히 걸린, 가족 수에 비해 너무 크지만 잘 닦인 냄비 같은 물건이 특유의 편안한 분위기를 자아냈다.

남편과 함께 처음 카롤라의 집에 초대받은 것은 추운 겨울밤이었다. 미리 지도로 살펴보았을 때는 금세 찾을 것 같았는데 막상 가보니 길을 헤매는 바람에 약속 시간보다 상당히 늦게 도착했다. 그런데도 카롤로와 귀도는 전혀 신경쓰지 않아서 진땀을 흘리며 벨을 누른 우리가 오히려 맥이 빠질 정도였다. 당시 키아라는 일곱 살, 루이자는 두세 살쯤이었다. 나는 처음부터 새끼양 인형처럼 폭신해 보이는 키아라에게 끌렸는데, 아직 공갈 젖꼭지를 물고 사는, 막 울음을 그친 듯 검은 눈이 항상 젖어 있는 어린 루이자는 그런 분위기를 재빨리 감지했는지 어른 여자처럼 질투를 하며 칭얼댔다.

귀도는 남쪽 풀리아 지방 출신의 재능 있는 조각가였는데, 아직 돈을 받고 작품을 팔 정도는 아니어서 여러모로 고생하고 있었다. 남편이 일하는 서점에서 화랑을 소개하는 등 뒤를 봐준 적이 있어 그날 밤 사례를 겸해 우리를 초대한 것이었다. 남편이나 나나 귀도의 고향에는 가본 적이 없지만, 서점 잔심부름을 하는 로코도 그곳 출신이라는 얘기로 대화의 물꼬가 트였다. 서점에 오는 조각가나 화가 등 남편과 함께 아는 친구가 꽤 있는 모양이라 대화가 점차 활기를 띠었지만 나는 으레 그러듯 아이들을 상대해야 했다. 어두운 얼굴로 정치적인 표현을 섞어 말하는 귀도가 카롤라는 나 몰라라 하고 식탁에서 으스대는 느낌, 둘은 그런 상태였다. 뭐가 마음에 안 들었는지 루이자가 앙칼진 소리를 내지르자 귀도는 카롤라를 노려보며 애 좀 어떻게 하라고 나지막하게 힐책했다.

식사가 끝나고 우리는 부엌 안쪽에 있는 아틀리에로 안내받았다. 친구와 함께 외부에 다른 작업장을 빌려 쓰고 있어서 집에서는 작은 작품만 만든다고 했다. 철사 뼈대에 검고 매끄러운 밀랍을 주걱으로 발라가며 작업하는 그의 작품은 대부분 올리브 고목에 올라가 가지를 치거나 따낸 열매로 가득찬 커다란 등나무 바구니를 나르는 농부를 소재로 한 것이었다. 몸부림치는 커다란 뱀처럼 구부러진 올리브나무 위에서 애처롭게 등을 구부리고 일하는 늙은 농부의 모습이, 젊은 예술가의 작품치고는 놀랄 만큼 사실적이었다. 아버님인가? 남편이 묻자 귀도는 겸연쩍은 얼굴로 응, 하고 중얼거렸다. 우리는 보통 이렇게 늙어가. 자네 같은 북쪽 사람들은 모르겠지. 그 말에 담긴 씁쓸함이, 아틀리에를 어렴풋이 밝히는 알전구 아래 귀도의 검은 눈과 검은 머리를 한층 짙게 비추었다.

지금도 방에 소중히 장식해둔 데생을 귀도가 우리집으로 가져온 것은 남편이 아프기 며칠 전, 화창한 일요일 오후였다. 페피노에게 신세를 졌으니 사례를 해야 한다면서 둘둘 만 화선지를 옆구리에 끼고 찾아왔다. 네오리얼리즘의 세계에 집착하며 이데올로기를 과다하게 노출한 조각 작품보다 억세고 조각가다운 입체성을 지닌 귀도의 데생을 나는 좋아했다. 당신 마음에 드는 것으로 골라. 남편의 말에 나는 주저하지 않고 그의 조각과 동떨어진 주제의 작품 하나를 골랐다. 큼직한 화선지에 파란색 초크로 거칠게 그린 데생이었는데 심해 같은 초크의 빛깔과 도안 모두 훌륭했다. 두 아이가 한쪽 무릎을 세우고 쭈그려 앉아 나무막대기 같은 것으로 땅바닥에 뭔가를 열심히 그리고 있다. 한 아이는 검은 머리, 또 한 아이는 금발일 것이다. 그 아이의 작고 동그란 머리를 덮은 짧은 단발이 마치 천사의 고리처럼 보였다. 키아라와 루이자야? 내 물음에 귀도는 사실 둘 다 키아라인데, 하며 말끝을 흐리다가 시선을 피했다. 그는 무심코 진심을 말해버리거나 뭔가 지적받으면 곧잘 그렇게 황급히 시선을 돌리곤 했는데, 그때는 남몰래 좋아하던 상대가 누군지 들켜 당황하는 소년 같아서 우스웠다.

두 딸 중 카롤라를 닮은 아이는 키아라였다. 17세기까지 거슬러올라가는 베네치아의 명문가에서 태어난 금발의 장신 카롤라와, 이탈리아 남부의 가난한 농가 출신으로 머리도 눈썹도 검고 몸집이 왜소하지만 똑바로 바라보면 눈이 부시는, 마치 그리스 조각상 같은 얼굴의 귀도는 여러 면에서 대조적이었다. 성격이 예민해 거무칙칙한 바위처럼 가만히 제 안에 틀어박혀 있는 미남 귀도. 무슨 일에든 여유 있고 식사 때도 한두 시간쯤 늦는 것이 예사일 만큼 태평스러운 카롤라. 둘의 어린 딸 중 금발의 키아라는 어머니를 닮아 느긋했고, 검은 곱슬머리의 루이자는 신경질적이고 까다롭고 질투심이 많은 것까지 귀도를 쏙 빼닮았다. 내가 카롤라나 키아라를 상대로 이야기하고 있으면 루이자는 조그만 손으로 내 입을 막거나, 때로는 날카롭고 하얀 이로 물어버리기도 했다.

남편이 죽은 후 나는 번역 일을 하는 틈틈이 자주 레니 거리의 디 피디오가를 찾았다. 오늘 저녁을 먹으러 오지 않겠느냐고 카롤라가 전화하기도 하고, 저녁에 갈 테니까 파스타를 1인분 더 삶아달라고 내가 연락하기도 했다. 어린 딸을 돌보느라 카롤라는 밤이면 거의 집에 있었고, 마침 산책하는 기분으로 갈 만한 거리라 자주 찾아가게 되었다. 무엇보다 그 집에 가면 마음이 편했다. 뭔가를 따지는 법이 없고 말수가 적은 카롤라의 느긋한 성격이 남편을 잃은 상실감에 황폐해진 내 마음을 달래주어서일 것이다.

어느 날 여느 때처럼 저녁 먹으러 오라는 전화를 받고 시간에 맞춰 갔더니 아이들만 나오고 카롤라가 보이지 않았다. 키아라가 재촉해 부엌으로 내려가보니 가스불에 올려놓은 커다란 찜통에서 무럭무럭 김이 피어오를 뿐 카롤라는 없었다. 키아라가 학교에서 칭찬받았다는 작문을 소리 높여 읽어주는 것을 들으며 나는 혹시 통화하면서 날짜를 잘못 들었나 걱정했다. 엄마는? 겨우 용기를 내어 묻자, 응? 안 들려요? 지금 피아노 치고 있잖아요, 라고 키아라가 대답했다.

"피아노라니?"

무슨 말인지 몰라 순간적으로 어안이 벙벙했다.

"몰라요?"

키아라는 으스대듯 가슴을 폈다.

"엄마는 피아노 엄청 잘 쳐요. 어릴 때는 피아니스트가 되려고 했대요."

어린아이답게 숨도 쉬지 않고 엄마 자랑을 늘어놓는 키아라의 말에 나는 깜짝 놀랐다.

그러고 보니 집에 들어올 때부터 피아노 소리가 들렸지만 설마 카롤라가 치는 줄은 몰랐다.

"엄마는 지금도 속상한 일이 있으면 피아노를 쳐요."

조금 전까지 반짝반짝 생기 넘치던 목소리를 한껏 죽이고서 키아라가 중얼거렸다.

"하지만 곧 내려올 거예요."

아무리 친한 사이라지만 사람을 집에 불러놓고 피아노를 치다니, 의아하기도 했으나 한편 속상한 일이 무엇일까 궁금했고 마음에 걸렸다. 그러나 더 깊이 생각하지 않고, 식사가 늦어진 것은 그저 카롤라의 태평한 성격 탓으로 돌렸다.

1968년을 경계로 젊은 층의 정치 항쟁이 남편의 서점에도 여파를 미쳐 친구들을 고통스러운 대립으로 몰아넣었지만, 생활이 빠듯하던 나는 물질적으로나 정신적으로나 투쟁에 관여할 여유가 없었던데다 근본적으로 이탈리아의 정치 문제에 내가 어디까지 관여할 수 있을지, 과연 관여해야 하는지조차 도무지 알 수 없었다. 그런 시류 속에서 나는 자유롭다고 해야 할까 분방하다고 해야 할까, 다른 사람이나 일에 구애받지 않는 카롤라에게서 깊은 평온을 느꼈다. 젊은이들이 이야기하는 높이 치켜든 봉화가 아니라 어두운 풀숲에서 깜빡이는 미덥지 못한 반딧불 같은 이 집의 분위기에 위로받는 기분이었다. 가까운 사람의 죽음을 통해 흑백이 너무 분명한 답이 얼마나 무서운지 깨달았기 때문인지도 몰랐다.

그날 밤 다 함께 식탁에 앉은 것은 전화로 얘기했던 시간에서 족히 두 시간은 지난 후였다. 카롤라가 피아노 연주를 멈추지 않아서가 아니라 내가 키아라와 부엌으로 내려갔을 때 이미 찜통 안에서 부글부글 끓고 있던 커다란 닭이 좀처럼 익지 않았기 때문이다. 카롤라가 몇 번이나 큼직한 포크로 찔러보고는 아직 멀었다며 근심스러운 표정을 지을 때마다 나는 불안한 나머지 그냥 집으로 돌아가고 싶었다. 배가 고픈 루이자는 떼를 쓰고 키아라는 나에게 민망한지 한껏 인상을 쓰고 있는데도 카롤라는 아하하, 이렇게 안 익는 닭은 또 처음 보네, 하며 웃을 뿐 조금도 신경쓰는 기색이 없었다. 드디어 닭이 다 익고, 수프에 쌀을 넣어 만든 리소토도 완성되었다. 그때까지 걱정한 것이 멋쩍을 정도로 둘 다 무척 맛있어서 나는 안도의 한숨을 내쉬었다. 조그만 양손으로 빵조각을 꼭 쥐고서 빨다가 검은 곱슬머리를 식탁에 박고 잠들어버린 루이자를 카롤라가 깨웠다. 루이자는 뺨에 눈물자국이 그대로 남은 채 자기한테 너무 커 보이는 숟가락을 입으로 날랐다.

딱 하나, 끼니때인데도 귀도가 집에 오지 않았고 아무도 그 얘기를 꺼내지 않아 마음에 걸렸다. 아빠가 왜 안 들어오는지 묻지 않는 키아라가 애처롭기도 했다. 그 무렵부터 정치운동에 휩쓸려 밖으로 나돌던 귀도는 밤에도 집에 돌아오지 않는 날이 잦았다. 카롤라는 괜찮아, 어차피 그 사람은 아틀리에에서 자니까, 하며 포기했다는 표정을 지었다.

산타크로체 성당 앞의 좁고 기다란 광장이 보일 무렵에는 역시나 발이 아파왔다. 천천히 걸었다지만 8월 오후의 거리를 두 시간 넘게 돌아다녔으니 무리도 아니었다. 가까운 카페에서 커다란 컵 가득 미네랄워터를 마시고, 광장 여기저기 보이는 벤치에 앉아 도중에 산 신문을 읽으며 잠시 쉬기로 했다. 프릴이 잔

뜩 달린, 눈에 확 들어오는 분홍색 나들이옷을 입은 두 살배기 검은 머리 여자아이가 마치 눈을 받으려는 듯 양 손바닥을 위로 펼치고서 포석 사이에 떨어진 먹이를 쪼아먹는 비둘기 떼를 쫓아다니고 있었다. 아장아장 걸어가다가 놀란 비둘기가 일제히 날아오르면 겁을 먹고서 광장 구석 벤치에 앉아 있는 엄마를 보고 울상 짓기를 반복했다. 검은색 면 치마에 색이 바랜 티셔츠를 입은 여자의 표정은 지쳐 보였다. 벤치 옆에는 물건이 가득한 종이봉투를 세 개쯤 실은 쇼핑카트가 세워져 있다. 누군가를 기다리는 모양인지, 이따금씩 광장으로 통하는 골목길에 눈길을 주었다.

너무 당황한 탓에 카롤라에게 키아라가 어떻게 죽었는지 좀더 자세히 묻지 못한 것이 후회되었다. 예전부터 앓던 당뇨병이 악화된 것일까. 나는 혼자서도 주사 놓을 줄 알아요. 태연하게 자랑하던 키아라의 목소리가 들리는 것 같았다. 이거 보세요, 혹시 밖에서 발작을 일으킬지도 몰라서 붙이고 있는 거예요. 희미하게 복숭앗빛으로 물든 가느다란 팔을 걷고 보여준, 이름과 병명, 인슐린 필요량을 새겨넣은 조그만 금팔찌가 기억 속에서 어둡게 빛났다. 어쩌면 이 딸에게서 카페 '자메이카'에서 처음 만난 무렵의 카롤라를 보는 것이 아닐까 싶을 정도로 귀도는 키아라를 예뻐했다. 키아라가 죽은 지금 귀도와 카롤라가 헤어진 것은 두 사람의 위태로운 결혼 생활의 당연한 결과라는 생각도 들었고, 카롤라가 조금만 더 참았으면 좋았을 거라는 생각도 들었다. 사이가 좋지 못한 부부가 각각 상대를 닮은 딸을 사랑한다는 것도 생각해보면 아이러니했다. 귀도는 어디서 뭘 하고 있을까. 지금도 털북숭이 손으로 강렬한 데생을 하고, 가는 손끝으로 밀랍 모형을 만들고 있을까. 외로움을 잘 타는 그가 카롤라와 헤어져서 혼자 살고 있으리라는 생각은 도저히 들지 않았다. 어쩌면 자기 같은 검은 머리의 남부 여자와 재혼했을까.

비둘기를 쫓는 데 싫증난 여자아이가 엄마에게 돌아가 어리광을 부리는 것처럼 뭐라고 말했다. 여자는 처음에는 안 된다는 듯이 고개를 가로저었지만, 이내 카트 옆에 둔 천가방에서 컵을 꺼내고 귀찮다는 기색으로 일어나서는 옆에 있는 수도꼭지에서 물을 떠와 한 손으로 아이의 뒷머리를 받치고 단숨에 마시게 했다. 그러는 중에도 여자는 도로 쪽에 신경을 쓰는 눈치였다.

해가 기울어 광장에 직사광선이 사라졌을 무렵, 거무스름한 피부에 마르고 키 큰 남자가 열두세 살로 보이는 반바지 차림의 남자아이를 데리고 나타났다. 여자는 일어나 두 사람을 맞았는데, 그동안 기다린 것치고는 딱히 기뻐하는 기색도 없이 곧 원래의 멍한 표정으로 돌아와 다시 벤치에 앉았다. 놀랍게도 남자아이 역시 물건이 가득한 종이봉투를 들었고, 아버지로 보이는 남자도 한 손에는 천으로 된 커다란 여행가방을, 다른 손에는 끈으로 꽉 묶은 묵직한 종이상자 하나를 들고 있었다. 두 사람이 가져온 산더미 같은 짐을 여자의 카트 옆에 내려놓자 벤치 주위는 가난한 집의 세간을 고스란히 옮겨온 듯 보였다. 햇볕에 그은 남자의 얼굴이나 검은 머리를 보면 남부에서 일거리를 찾아 올라온 사람들 같기도 했다. 모든 살림을 챙겨들고서 밤이 오기를 기다리고 있다. 점점 어두워지는 산타크로체 광장에서 여자아이의 분홍색 나들이옷만이 팔랑팔랑 나부끼고 있었다.

하얀 방장

교토의 다케노 요시코라는 낯선 이의 편지가 온 때는 슬슬 밀라노 생활에 익숙해진 1960년대 중반이었다. 편지를 쓴 이는 내가 몇 년 전 로마에서 아르바이트를 하며 알게 된 도쿄의 한 회사원 K씨를 통해 내 주소를 알았다며 양해를 구했다. 어느 정도 나이가 있으리라 짐작되는 능숙한 펜글씨였는데 항공우편 봉투 뒷면의 알파벳은 영 서툴러 보여서 평소 영어에 그다지 익숙지 않은 사람임을 알 수 있었다. 부모님이 전쟁 전 후시미에서 제법 유명한 양조장을 했었고 그때 대학생이었던 K씨가 하숙을 한 덕에 지금도 가족이나 다름없는 사이라고 설명한 다음 이렇게 끝을 맺었다.

'사실 제가 일간 그쪽으로 가게 될지 몰라 마음이 불안하던 차에, 당신 같은 분이 밀라노에 계신다는 이야기를 듣고 여러 가지 여쭤보고 또 부탁드리고 싶습니다. 혹여 근일중 일본에 돌아오실 계획은 없으신지요. 그렇다면 부디 저에게 알려주시기 바랍니다.'

간사이풍의 아취가 느껴지는 문장이었고, 아직 학생 기분을 버리지 못한 채 지식인과 예술가의 꾸밈없는 세계에 익숙해진 내게는 어딘가 고풍스럽고 사연이 있을 법하게 느껴지는 편지였다. 어린 시절을 보낸 간사이 지방의 사투리가 정겹기도 하고 마치 다니자키 준이치로의 소설에서 튀어나온 듯한 분위기라 편지를 보낸 다케노 부인이라는 사람에게 호기심이 일었다.

다니자키의 소설을 떠올린 것은 아주 뜬금없는 생각은 아니었다. 다케노 부인의 편지를 뒤따르듯이 도쿄에 있는 K씨에게서도 서신이 왔다. 다케노 요시코라는 사람한테서 연락이 갈 테니 잘 부탁한다는 내용이었다. 우연한 기회에 당신 이야기를 했더니 꼭 편지를 보내고 싶다고 해서 허락도 없이 주소를 알려주었습니다. 죄송합니다. 이렇게 사과한 뒤 K씨는 다케노 부인에 대한 간단한 소개를 덧붙였다. 후시미에서는 꽤 유명한 양조장의 상속녀로 귀하게 자라 막 스물이 되었을 때 부모가 정해준 대로 사가 지방의 전통 있는 집안 삼남과 결혼했습니다. 남편은 성격은 온순하지만 특별히 장사 수완이 뛰어나지도, 이렇다 할 취미가 있지도 않은 아주 평범한 사람이고 아이는 없습니다. 오냐오냐해주는 양친이 살아 계실 때는 몰랐는데 전쟁이 끝나고 얼마 안 되어 잇달아 돌아가시자 새삼스레 자기 생활이 허무하게 느껴지고 마음 둘 곳이 없는 모양입니다. 너무 마음쓰지 말고 적당히 상대해주십시오. 가본 적 없는 밀라노라는 미지의 도시에 있는 당신을 여러모로 상상하며 아이처럼 즐거워하고 있거든요.

마침 그해 가을 남편을 두고 혼자 일본에 한 달쯤 다녀올 계획을 세우고 있었던 터라 곧바로 다케노 부인에게 알려주자, 꼭 교토로 안내하고 싶으니 자신을 위해 하루만 시간을 비워달라는 답장이 왔다. 나는 귀국일이 정해지는 대로 알려드리겠다는 편지를 보내고, 일본에 돌아가는 즐거움이 하나 더 늘었음을 기뻐했다.

귀국한 지 얼마 지나지 않아 다케노 부인이 전화를 걸어와 한 이틀쯤 머물다 가면 안 되겠느냐고 물었다. 어느 날 밤 회사에서 돌아온 아버지에게 그 이야기를 했더니, 간소한 근대식이 자유롭고 좋다고 잘난 척하던 평소 태도에서 일변해서는 자기 차와 기사를 내줄 테니 천천히 초대에 응하고 오라며 마음대로 일정을 정해버렸다. 창피해서 싫다고 거절했지만 아버지는 아랑곳않고 거긴 교토다, 절대 빈손으로 가는 게 아니야, 하며 센바에 있는 본점에서 사온 쓰루야하치만 과자상자까지 억지로 들려주었다.

되도록 아침 일찍 와달라고 했기에 열시도 안 되어 다케노 부인의 집에 도착했다. 후시미 오테스지에서 남쪽으로 내려간 옛거리, 유독 눈에 띄는 검은색 대문 옆의 쪽문을 열고 들어가니 정원이라기보다 농가 앞마당에 가까운, 아무것도 없이 하얀 모래만 깔아놓은 공간이 나왔다. 건너편 왼쪽 절반은 창문이 높게 난 술 창고였다. 창고의 판자벽에는 커다란 빈 술통 몇 개가 걸려 있고 그 밑바닥까지 가을 햇살이 비치고 있었다. 판자 울타리로 막아둔 오른쪽이 주거 공간인 듯 2층 복도 유리문에 흰색 면 커튼이 보였다. 탄탄한 인상이지만 이렇다 할 특징은 없는 일본식 목조 건물이 보이고, 잘 손질된 정원의 소나무와 백일홍이 담장 너머로 가지를 뻗고 있었다.

근사한 외관에 비해 비좁아 보이는 현관 입구에서 안내를 청하자 백발을 짧게 자르고 굽은 허리에 수건을 찬, 하인인 듯한 노인이 봉당 칸막이문을 열고 나왔다. 이름을 말했더니 아, 기다리고 계십니다, 라고만 하고 내 얼굴은 보지도 않고 안으로 들어가버렸다. 쥐죽은듯이 조용해서 혹시 빈집이 아닐까 싶을 정도였다. 현관문 뒤에서 인기척이 난 것은 상당한 시간이 흐른 뒤였다. 고개를 내밀고 들여다보니 중년 여자가 서 있었다. 다케노 부인이었다. 편지의 글씨를 보고 짐작했던 대로 나보다 열 살쯤 많은 사십대 중반, 상당히 낡은 기모노를 입었고 발에 신은 버선도 만듦새는 훌륭하지만 오래되어 보였다. 뒤로 묶은 머리가 여학교 출신 인텔리 같은 인상이었고, 얼굴이 갸름하고 이목구비가 또렷하지만 한쪽 눈이 심한 사시라서 표정이 어두워 보였다. 나는 전쟁중 결핵으로 죽은 아버지의 여동생을 떠올렸다. 불운한 사람으로, 자존심이 강한 탓에 혼기를 놓친 뒤로 무슨 이유인지 왼쪽 눈의 사시가 점점 심해졌다. 해가 지나면서 성격이 고약해진 이유도 아마 그 때문일 거라며 아버지는 고모를 싫어했다.

봉당에서 마루로 올라가 인사를 나누자 부인은 복잡하고 어둑어둑한 복도를 걸어갔다. 모퉁이를 돌 때마다 나를 돌아보고 미끄러지지 않게 조심하라고 말하며 아마도 평소에는 사용하지 않는 듯한 큰방으로 안내했다. 동쪽과 남쪽에 툇마루가 있어 직접 해가 들지 않는 탓에 전체적으로 싸늘했지만 구석에 놓인 풍로의 솥에서 물이 끓으며 무럭무럭 김이 피어올라 이미 차를 내놓을 준비가 되어 있었다. 참 성가시게 됐다는 생각과 함께 아무리 배워도 전혀 즐겁지 않았던 처녀 시절의 다도 수업이 떠올라 마음이 무거웠지만, 머릿속 어딘가에서는 이 다케노 부인과 밀라노라는 상당히 엉뚱한 조합이 대체 어떤 과정을 거쳐 성립되었는지 알고 싶어 좀이 쑤셨다. 생각하기에 따라서는 어딘가 연극 같기도 한 다케노 부인의 대접에 얄팍한 여행자의 기분이 더해져, 이왕 이리된 거 즐기자는 마음이 앞서기 시작했다.

"밀라노에 사신다고 K씨에게서 들었습니다."

밀라노라는 지명을 다케노 부인은 마치 중국이나 인도를 말하듯이 막연한 느낌으로 발음했는데, 사시를 신경쓰느라 생긴 버릇인지 시선을 가만히 내리깔고 무릎 위에 놓은 양손을 부지런히 비비곤 했다. 뼈대가 굵고 긴 손가락은 물일을 많이 한 탓인지 거칠었고, 그렇게 비빌 때마다 붉은빛이 팔목에서 손등으로 희미하게 번져나갔다.

그러나 곧 풍로 앞에 무릎을 꿇고 앉자 마치 딴사람이 된 것처럼 침착함을 되찾고, 능숙하게 차를 우리는 틈틈이 손을 멈춰 느긋한 어조로 자신이 밀라노 얘기를 하게 된 경위를 말해주었다.

"실은 K씨가 몇 해 전 로마에서 알게 된 아가씨가, 저도 편지를 통해 알게 된 밀라노의 젊은이인데, 그쪽에서 선禪 강의를 열기 원하셔서요."

"네?" 나도 모르게 부인의 얼굴을 바라보았다.

"선 강의를 하세요?"

내가 묻자 이번에는 다케노 부인이 놀란 듯 아, 하고는 고쳐 말했다.

"아뇨, 제가 하는 게 아닙니다. 우리 절의 노스님께 부탁하셨죠." 부인은 뒤이어 유명한 선종 사원 이름을 댔다.

"그 절에서요?"

"네. 그 아가씨가 선 강의를 하러 이탈리아로 와줄 사람을 찾고 있다고, 도쿄의 K씨가 저에게 알려주셨어요. 누구 생각나는 사람 없느냐고요."

그래도 내가 선뜻 이해를 못하는 눈치를 보이자 다케노 부인은 살짝 입을 삐죽이고 웃으며 말했다.

"그 선사와 저희 집안은 대대로 돈독한 관계였지요. 지금은 왕래가 끊기고 말았지만 저도 어렸을 때부터 스님과 친하게 지내왔습니다. 아버지가 한여름에 돌아가셨을 때도 노스님이 쉰 명이나 되는 젊은 스님을 데리고 장례식에 와주셨어요."

검은 대문 안쪽, 한여름의 태양이 빛나는 하얀 모래땅에 검은 옷을 입은 스님 쉰 명이 나란히 늘어서서 독경을 하는 광경은 상당한 장관이었으리라. 언제쯤이었을지는 몰라도, 그 절도 수많은 수행승을 두고 활기찬 승방 생활이 펼쳐지던 시절이었을 것이다.

그건 그렇고 이렇게 희한한 계획의 주모자가 되고 싶어하는 밀라노의 젊은 아가씨란 대체 누구일까? 대학에서 일본학 분야를 연구하는 사람이라면 나도 대강 짐작이 갈 만한데 영 떠오르는 이름이 없었다. 게다가 그렇게 격식 있는 선사의 노승을 다케노 부인과 함께 초대하려면 상당한 재력이 있어야 할 것이다. 내

의문을 알아차렸는지 다케노 부인이 넌지시 답해주었다.

"틸데, 그 아가씨 이름은 틸데 도넬리라고 합니다. 무슨 성 근처에 집을 가지고 있는데 우리를 위해 비워두고 있으니 마음껏 머물다 가라고 하시더군요."

그 이름을 듣고 나는 깜짝 놀라 부인의 얼굴을 보았다. 틸데 도넬리는 내가 로마에 머물 무렵 대사관 리셉션 등에서 몇 번 만난 적이 있었다. 내가 일본문학을 이탈리아어로 번역한다는 것을 알고 공적인 자리인데도 아랑곳없이 전문용어나 작품의 의미 등을 자세하게 질문했기 때문에 기억하고 있었다. 젊은 아가씨라고 하지만 나이는 다케노 부인과 거의 비슷하니 아마 K씨의 착각일 것이다. 독신에 키가 크고 늘씬하며 얼굴이 갸름한 미인이었는데, 왠지 안색이 창백해 보이고 뭘 한번 생각하면 절대 양보하지 않는 완고한 구석이 있어서 결코 사람들이 좋아할 만한 성격은 아니었다. 말씨와 태도에서도, 몸에 걸친 것들에서도 상류층 출신다운 품위가 엿보였던 그녀는 일본 남자, 특히 외교관이라면 가리지 않고 호감을 표하는데다가 굉장히 신경질적이라 거슬리는 것이 있으면 남들 앞에서도 상관 않고 울부짖는다는 소문이 있어서 대사관 사람들은 은근히 멀리하는 분위기였다. 독신의 중년 참사관 N씨가 한때 그녀와 사귀었는데 그동안 항상 얼굴에 긁힌 상처를 감추고 출근했다는 이야기를, 가십거리 좋아하는 현지 직원에게서 들은 적이 있다. 북부 출신이라는 사실은 알았지만 밀라노 사람인 줄은 여태껏 모르고 있었다.

틸데라는 이름에 순간적으로 흠칫한 나를 보고 냉큼 부인이 물었다.

"아시는 분인가요?"

"네, 조금요. 일본어를 할 줄 아는 이탈리아 사람은 그리 많지 않으니까요. 대부분 얼굴 정도는 알고 있습니다."

"어떤 분인가요?"

"미인이에요. 로마의 일본 대사관에서 몇 번 만난 적 있습니다. 일본어를 잘하고 일본에도 가끔 오는 모양이에요. 부자지만 좀 특이한 면도 있는 것 같고요."

그 이상은 말할 수 없었다. 개인적으로 잘 아는 사이도 아니고, 처음 만난 다케노 부인에게 무책임한 소문을 전할 수는 없다.

"그래서, 부인께서 노스님과 동행하시나요?"

관여하지 않는 편이 좋을 거라고 말하고 싶었다. 지금껏 틸데라는 사람에 대해 보거나 들은 바를 종합하면 도저히 다케노 부인이나 노스님의 생각처럼 다른 사람을 배려하고 행동하는 부류로는 보이지 않았다. 그때만 해도 틸데가 속한 귀족과 부르주아 사회에서는 서민, 하물며 외국인의 기분 따위는 헤아릴 필요가 없다는 풍조가 남아 있었다. 전액을 부담해 초대한다는 조건도 영 수상쩍었다. 오랫동안 이탈리아 사람들과 부대껴본 경험이 머릿속에서 이건 현실성 있는 이야기가 아니라고 속삭였지만, 지금 설명한들 부인은 귀기울이지 않을 것이다.

"네, 저는 그냥 따라가는 거지만요." 부인은 말했다. "나중에 절을 안내해드리겠지만, 노스님은 이미 여든이 넘으신지라 혼자서는 도저히……"

이 사람에게 중요한 것은 이 얘기를 근본적으로 신뢰할 수 있느냐가 아니라 자신이 정한 바를 무리해서라도 실현하는 것이다. 다케노 부인의 이야기를 들으며 나는 문득 그런 생각이 들었다. 즉 내게서 틸데에 관한 정보를 얻기 위해서가 아니라, 일단 이야기의 얼개를 세우기 위해 의논하고 있는 것뿐이다. 묘하게도 다케노 부인과 일본광인 틸데 도넬리는 상대의 말을 잘 들으려 하지 않고 자기 생각만 무턱대고 밀어붙이는 구석이 어딘가 서로 닮았다.

다도 예법을 얼추 마치고 안도의 한숨을 내쉬고 있자니 다케노 부인이 화제를 바꾸어서, 오늘은 도노의 조루리지로 가보는 게 어떻겠느냐고 유달리 밝은 목소리로 제안했다. 아버님 차도 갖고 오셨으니 조금 멀리 나가보면 어떨까요. 한참 남쪽이지만, 이런 기회가 아니면 좀처럼 갈 수 없거든요.

조루리지는 행정구역상 교토 부에 속하지만 실제로는 아주 남쪽, 나라 현에 더 가까운 산골짜기에 있어서 좀처럼 가기 힘든 곳이라며 부인이 지도를 가져와 설명해주었다. 외진 곳이라는 얘기를 듣자 한층 가보고 싶어졌다. 단풍놀이 계절이 지났으니 인적도 드물 것이다. 그날 일정은 부인에게 일임하기로 했다.

"잠깐 준비하고 올 테니 기다려주시겠어요?"

그렇게 말하고 다케노 부인은 방에서 나갔다. 혼자 남자 연못 밑바닥을 연상시키는 이 집의 고요함이 새삼스럽게 마음에 걸렸다. 그녀가 말한 '준비'에는 옷을 갈아입는 것뿐 아니라 남편에게 외출을 알리는 일도 포함될 것이다. '점심은 차려두었으니 미안하지만 혼자서 드세요'라는 대화가 이 집 어딘가에서 오가고 있으리라. 아무 소리도 나지 않는 방안에서 이런 대화를 상상하며 밀라노에 두고 온 남편을 생각했다.

"많이 기다리셨죠." 다시 모습을 드러낸 부인은 나의 예상과 달리 아까와 똑같은 기모노 차림에 버선도 그대로였다. 그녀를 따라 또 복도를 이리저리 돌아서 현관으로 나가 신발을 신고 해가 드는 정원으로 나갔다. 그녀는 창고를 가리키며 다음주 단바에서 공장장이 오기로 했다, 술을 빚을 때는 잔걱정이 끊이지 않는다며 가슴을 가볍게 두드렸다. 차에 오르자 운전기사가 짐은 말씀대로 트렁크에 넣어두었습니다, 라고 말해 별생각 없이 흘려들었는데, 설마 그 '짐'이 색다른 점심식사로 이어지리라고는 생각도 못했다.

마치 시간의 흐름에 잊힌 듯한 조루리지의 연못가에서 다케노 부인은 한동안 이리저리 둘러보더니 이윽고 곶처럼 물가로 둥글게 튀어나온 장소를 골라서 재빨리 히나마쓰리* 때처럼 붉은 융단을 깔고 나를 앉히고는 자기도 따라 앉았다. 한창때가 지난 단풍나무의 듬성듬성한 가지 사이를 올려다보자 엷은 푸른색 하늘에 흰 구름이 띄엄띄엄 흘러갔다. 나무뿌리 때문에 바닥이 울퉁불퉁하고 연못을 향해 완만하게 기울어진 탓에 앉은 자리가 편하지는 않았지만, 그 감각이 유일하게 나를 현실에 머물도록 붙잡아주었는지도 모른다. 산골짜기의 공기는 이미 겨울의 날카로운 가시를 머금고 있어서 나는 가벼운 모직 재킷 아래로 어깨를 움츠렸다. 나라나 교토 시내의 명소와 달리 이 깊은 산속까지 발길을 옮기는 사람은 거의 없는지 주위는 쥐죽은듯이 괴괴했다. 가지각색의 단풍잎이 떠 있는 탁한 녹청색 수면에 이따금씩 떠오른 거품이 톡 터지는 소리까지 들려올 것 같았다. 붉은 융단 위로 두 사람분에 딱 맞는 크기의, 칠공예가 훌륭한 삼단 찬합이 펼쳐졌다. 눈에 확 들어오는 붉은색의 교토 당근이며 작은 토란,

* 3월 3일 여자아이의 행복을 기원하는 명절. 제단에 기모노를 입힌 작은 인형들을 진열하고 여러 음식과 꽃 등을 차려놓는다.

표고버섯, 두부 등의 조림, 미림을 둘러 색을 내고 매실초로 절인 생강을 곁들여 교토 된장에 절인 옥돔, 연한 레몬색으로 구워낸 계란말이 등이 색깔도 보기 좋게 한 단 한 단 정성껏 담겨 있었다. 마지막 단에는 간사이식으로 검은깨를 뿌린, 손가락 마디만한 작은 가마니 모양의 주먹밥이 있었는데, 그 흰색이 한낮을 막 지난 가을 햇살을 받아 반짝반짝 빛났다.

"이런 거 드실지 모르겠네요. 우리집 창고에 있는 것을 조금 가져와봤습니다."

다케노 부인이 붉은 비단 보자기에서 작은 뚜껑이 단단히 잠긴 주석 술병을 꺼내는 모습을 나는 꿈을 꾸듯 멍하니 보았다.

"계속 외국에 계셨으니 교토식도 괜찮을 것 같아서요."

이렇게 말하며 부인은 납작한 은잔을 내 손에 쥐여주고 살짝 떨리는 손끝으로 병을 기울여 투명하고 차가운 술을 따랐다. 부드러운 술 향기가 11월 말을 앞둔 산 공기 속으로 흩어졌다.

식사를 마친 뒤 유명한 구타이부쓰를 보고 연못을 한 바퀴 돌고 탑을 둘러본 뒤 차로 돌아와 조루리지를 뒤로했다. 여기 길상천 입상이 무척 아름다운데요, 다케노 부인은 그렇게 말하며 무슨 이유인지 그날따라 불상이 '자리를 비워' 보지 못한 것을 안타까워했다. 차는 노스님이 있는 선사를 향해 다시 북쪽으로 올라갔다.

내부 사정을 훤히 아는 듯 안내도 받지 않고 총총히 절 부엌으로 들어가는 다케노 부인을 조금 긴장하며 뒤따랐다. 이런 본당에 거처가 있다면 노스님의 지위가 상당히 높다는 뜻일 것이다. 검게 빛나는 차가운 복도를 몇 번이나 돌고 다른 건물과 이어진 복도를 지나서 점차 사람 사는 집 같은 분위기가 느껴질 즈음, 다케노 부인은 나란히 늘어선 장지문 중 하나에 멈춰 섰다.

복도에 무릎을 꿇은 부인이 뭐라고 말하자 안에서 짧은 대답이 들려왔다. 내가 그때까지 생각하던, 선승이라는 말에서 풍기는 엄격한 울림과 반대로 편안하고 평범한 목소리였다.

부인이 천천히 장지문을 열자 다다미 여섯 장 넓이쯤 되는, 일본식답지 않게 옆으로 긴 방안에 장지 너머에서 비쳐드는 하얀 햇살이 홍수처럼 흘러넘쳤다. 그 안쪽에 활활 타는 잉걸불처럼 잘 움직이는 노인의 검은 눈이 흰색 비단 이불을 씌운 고타쓰 너머에서 탐색하듯 이쪽을 보고 있었다. 작은 몸집을 감싼 옷도 흰 비단이라서 마치 때아닌 눈밭을 헤매는 기분이었다. 소맷부리 아래로 쑥 튀어나온, 동그란 손목뼈가 불거진 하얀 손이 고타쓰 위에 가지런히 올려져 있었다.

처음 뵙는다고 인사하는 나를 보고 노스님은 소리내어 웃듯이 이가 없는 입을 벌리는가 싶더니, 오랜 친구를 대하는 것처럼 격의 없는 목소리로 말했다.

"자네인가."

"네."

나도 따라 웃으면서 대답하자 노스님은 유쾌한 듯이 나를 보고는 고타쓰 위로 꾸벅 머리를 숙였다.

"뭔가 신세를 지게 될 것 같구먼."

"아직은 잘 모릅니다."

하하하, 유쾌한 듯 다시 한번 웃는 노스님의 목소리를 들으면서 나는 과연 무사히 밀라노로 가게 될지 어떨지도 모르는데 참 태평한 사람들이다 싶어 약간 약오르는 기분까지 들었다.

"이분이 틸데 씨를 안대요."

우리가 계속 실없이 웃기만 하자 다케노 부인이 걱정스러운 듯 끼어들었다.

"아아, 그런가."

노스님은 여전히 웃으면서 크게 고개를 끄덕였지만 틸데가 어떤 사람인지, 어디서 알게 되었는지도 묻지 않았다. 스님에게는 그야 어떻든 상관없는 일인지도 몰랐다.

또 무슨 이야기를 했는지는 잘 기억나지 않는다. 여든이 넘은 노스님의 작은 몸에서 터져나오는 정력적인 웃음소리에 압도된 채, 나는 다케노 부인과 함께 하얀 햇살이 흘러넘치는 방에서 물러났다. 신세를 지게 될 것 같다는 인사는 받았지만 내가 뭔가

도움을 준 느낌은 들지 않았다.

다시 밀라노로 돌아와 일 년이 지났지만 다케노 부인에게서도, 물론 노스님에게서도 아무 소식이 없었다. 주위 친구나 지인 중 강연회나 민간단체 세미나 등의 정보에 훤한 사람에게 일본에서 이런 노스님이 선 강연을 온다는 얘기를 들은 적 없느냐고 물어보았지만 다들 어리둥절해하면서 고개를 저었다. 어느 가을날 조루리지 연못가에서 보낸 기묘할 정도로 고요한 시간과 공간도, 눈밭 같던 방도 어쩌면 꿈이 아니었을까 싶을 만큼 아득하게 여겨지던 어느 날 장을 보러 갔다가 돌아오는데 우편함 유리 너머로 몇 통의 항공우편 봉투가 보였다. 아, 일본에서 편지가 왔구나, 하고 서둘러 열쇠로 열어보니 그중 한 통은 다케노 부인이 보낸 것이었다. 드디어 두 사람이 밀라노에 오게 되었나 조금 두근거리는 마음으로 뜯어보니 일본인들이 잘 쓰는 나풀나풀한 반투명 항공우편용 종이에 여전히 달필로 쓴 편지가 나왔다.

오랫동안 편지를 보내지 못해 죄송하다며 양해를 구하고, 다케노 부인은 이렇게 썼다.

'틸데 씨 말인데, 그쪽에서 뭔가 들은 얘기는 없으신지요. 실은 저도 좀처럼 확답을 받지 못해 어떻게 된 일인지 걱정하던 참에 지난주 갑자기 편지를 받았습니다. 노스님의 밀라노 강의 계획은 일단 백지화하면 좋겠다는 내용이었습니다. 그쪽에서 먼저 말을 꺼냈으면서 왜 갑자기 중지하게 되었는지, 게다가 편지에 적혀 있던 이유가 잘 이해되지 않아 의견을 여쭙고자 이렇게 펜을 들었습니다.'

역시, 하고 생각하며 나는 계속 읽어나갔다. 편지에 따르면 틸데는 젊은 일본 유학생과 사랑에 빠져 결혼까지 생각했는데 가족의 맹렬한 반대에 부딪혔다. 동양인, 그것도 연하와 결혼하다니 말도 안 되는 일이라며 다들 무시할뿐더러 그대로 강행하면 유산도 받지 못할 거라고 을렀다. 결국 늙은 부모는 틸데가 사랑을 잊을 수 있도록 독일의 수녀원에 이삼년간 가두어두기로 했다는 것이다.

'독일로 가면 선은커녕 이탈리아어도 쓸 수 없는 나날을 보내야 한다는 절망적인 내용이었는데, 중세도 아닌 지금 이런 일이 이탈리아에서는 일어날 수 있는 건지요. 어떻게 생각하십니까.'

이야기는 아무래도 내가 상상하던 것보다 복잡해 보였다. 갸름한 얼굴의 미녀지만 젊다고는 할 수 없는 틸데 도넬리가 어두운 독일 숲속의 수녀원, 아마도 창문에 쇠창살이 달려 있을 작은 방에 갇혀 울면서 세월을 보낸다는 것은 마치 케케묵은 오페라의 한 장면 같았고, 아무리 날조한 이야기라지만 너무 치졸했다. 이왕 변명하려면 좀더 그럴듯한 스토리를 생각해낼 것이지. 다케노 부인의 편지를 전하며 남편에게 의견을 묻자 그도 동의하며 어이없어했다.

나는 곧 틸데의 이야기는 도저히 사실 같지 않다는 내용의 답장을 썼다. 편지 쓰기를 귀찮아해서 바로 답장을 보내는 일은 거의 없었지만, 이탈리아에서 아직도 이런 어처구니없는 일이 실제로 일어나고 있다고 일본 사람들이 생각하게 되는 것은 아무래도 싫었던 것이다.

'아무리 약속을 지키지 못해 멋쩍어졌다 해도, 단지 변명을 위해 이런 거짓말을 하다니 정말 믿기지 않습니다. 그 사람은 원래 좀 별난 데가 있고 상식적으로 생각하기 힘든 일을 종종 저지른다는 이야기를 들은 적이 있습니다. 게다가 설령 독일에서 이삼년 살게 됐다 하더라도 아마 다른 이유가 있는 게 아닐까요. 수도원에 갇힌다는 건 오늘날 밀라노에서 도저히 생각할 수 없는 일입니다. 심지어 어린애도 아니니 법에 호소해 막을 수 있습니다.'

내가 생각해도 장황해 보였는데, 틸데의 정신상태가 정상이 아니라는 말까지 써가면서 이탈리아를 옹호하려는 나 자신이 우스꽝스럽기도 했다. 모든 이탈리아인이 그녀 같지는 않다, 이건 예외적인 일이라고 말하고 싶었던 것이다. 그뒤로도 다케노 부인은 몇 번 편지를 보내왔다. 노스님도 웃으셨어요. 지나치게 솔깃한 제안이었다고 하시면서요. 그런 편지를 읽으니 스님의 소탈한 웃음소리가 들려오는 것 같았다. 속았다고 화를 내진 않았지만, 부인은 여전히 틸데의 상황이 바뀌어 다시 초청받기를 내심 기다리는 듯했다.

남편이 죽고 두 달 후, 이번에는 어머니가 중병이 들어서 나는 잠깐 일본으로 돌아왔다. 몇 주째 위독한 상태가 이어져 가족 모두 지쳐 있었다. 어느 날 밤 저녁식사를 마치고 오랜만에 아버지와 거실에서 쉬고 있는데 전화벨이 울려서 내가 받았다.

여보세요, 여보세요. 낯선 목소리가 연신 말했다. 누구냐고 물어도 여보세요만 반복되는 통에 수화기를 내려놓으려는 순간 상대의 목소리가 들렸다.

"저는 후시미의 다케노라고 합니다."

분명히 다케노 부인의 목소리였다. 곧 그간 격조했다는 인사를 하려 했지만 부인이 틈을 주지 않고 말을 이어서 가만히 듣는 수밖에 없었다.

"오늘 아침 신문에서 아쓰코 씨가 일본문학 번역에 대해 쓴 에세이를 읽고 남편 되는 분이 돌아가셨단 것을 알았는데, 그게 사실인가요?"

"네."

대답하고 나서 서둘러 덧붙였다.

"사실입니다. 제가 본인인데요."

"아." 작은 외침이 수화기 너머로 들려오는가 싶더니 전화가 뚝 끊겼다. 다시 걸고 싶어도 나에게는 다케노 부인의 전화번호가 없었다. 한참 기다려보았지만 그날도, 다음날도 끝내 전화는 다시 오지 않았다.

내 목소리임을 알고 다케노 부인은 왜 아무 말 없이 전화를 끊어버렸을까. 시간이 꽤 흐른 뒤에도 내내 이해되지 않아 어쩐지 우울해지곤 했다.

어쩌면 전화를 받고 본인이라고 대답한 순간까지 나는 부인의 공상 속에만 살아온, 생시를 떠난 존재였던 것이 아닐까. 먼 외국의 도시에 사는 나라는 사람의 이미지에서 움이 트고 잎이 자라고 봉오리를 맺은 몇 가지 이야기가 머릿속에서 차례로 꽃을 피웠을 것이다. 예를 들어 그 꿈같은 조루리지 소풍. 게다가 아버지가 건네준 선물과 번쩍번쩍한 메르세데스 벤츠, 전속 운전기사라는 시대와 동떨어진 소도구에 둘러싸여 등장한 나를 보고 다케노 부인은 완전히 현실로부터 유리되어버렸으리라. 어린 시절 부모를 따라가서 본 미나미 극장 연극의 한 장면을, 또는 부모와 함께했던 행복 가득한 단풍놀이의 한 장면을 나를 포함시켜 재현해본 것이 아니었을까. 연못의 푸른 물빛을 되비치며 묵묵히 조림 요리를 입으로 나르던 부인의 얼굴이 떠올랐다.

그리고 밀라노의 미녀, 틸데 도넬리. 다케노 부인이 그녀를 계속 밀라노의 젊은 '아가씨'라고 칭했던 것을 나는 떠올렸다. 도심지도 아닌 스포르체스코 성 근처에 산다는 이야기가 부인의 꿈을 더욱 자극했을 것이다. 그러나 멍한 나와 달리 틸데는 시종 소극적인 자세를 고수하지는 않았다. 그녀는 부인이 보내온 신호를 민감하고 적극적으로 받아들여 선 강좌며 밀라노 초대 등으로 활기차게 응하고 분위기를 고조시켰다. 그러나 틸데의 이야기 자체가 언제인가부터 다케노 부인의 기괴한 허구에 삼켜지고 만 것은 아닐까. 예컨대 결혼에 반대한 가족이 그녀를 독일 수녀원에 가둔다는 중세에나 어울리는 이야기는 틸데가 한 말이라기보다 왠지 교토에서 만들어진 느낌이 강했다.

공상과 거짓말, 허구가 박쥐처럼 날개를 달고 이리저리 날아다니며 뒤섞인 끝에, 다케노 부인은 신문을 통해 내 남편이 죽었음을 알고 곧바로 애도의 전화를 걸기로 했다. 물론 나는 밀라노에 있으니 우리 가족 누군가에게 애도의 뜻을 전할 생각이었다. 그런데 수화기 너머에서 본인이라는 사람이 불쑥 튀어나온 것이다. 가볍게 흘러가던 다케노 부인의 게임에서 죽음이란 너무나 무거운 현실이었다. 그때까지 순조롭게 부풀어오르던 상상의 풍선이, 내 진짜 목소리를 듣는 순간 팡, 작은 소리를 내며 터져버렸다.

"하하하."

하얀 방장*에 울려퍼지는 노스님의 웃음소리가 먼 복도 저편에서 들려올 것 같았다.

* 方丈, 고승이 거처하는 곳.

카티아가 걷던 길

학교에서 돌아와 방 열쇠를 가지러 현관 옆 사무실로 갔더니 기숙사에서 학생들을 관리해주는 쉬잔이 무슨 좋은 뉴스라도 전하려는 듯 기분좋게 말을 걸어왔다.

"아쓰코, 오늘부터 새로운 룸메이트가 왔어요. 이번에는 독일 사람이에요."

부활절이 끝나고 마치 북극을 연상케 하던 기록적인 추위도 물러간 후 4월 말이 가까워지자 거의 볕이 들지 않는 베르나르댕 거리 이쪽도 오후 햇살에 제법 봄기운이 완연했다. 한 달쯤 비어 있던 내 방 옆 침대에 드디어 누군가가 들어오게 된 것이다.

작년 여름 일본에서 이 기숙사에 들어온 이래 칠 개월여 동안 내 룸메이트는 쉴새없이 바뀌었다. 처음 한 달은 벨기에 유학 도중 여름방학 동안 파리에 와 있던 일본인 유키, 크리스마스를 앞둔 찌무룩한 시기는 제멋대로인 성격의 알제리계 프랑스인 카트린과 보냈고, 혹독한 겨울 두 달 동안은 그리스인 의대생 엘렌과 추위에 떨며 보냈다. 그리고 이번에는 독일인이다.

물론 국적이 문제는 아니다. 약 1미터 틈을 두고 놓인 침대 두 개, 칸막이로 막아놓은 세면대와 수건걸이, 창가에 마주보고 있는, 폭이 50센티미터가 될까 말까 한 책상 두 개. 이렇게 비좁고 혼잡한 방에서 생활하다보면 일단 공간만 따져도 룸메이트는 성가신 존재일 수밖에 없다.

애써 밝은 목소리로 알려준 쉬잔에게 제대로 대꾸도 하지 않고 책과 노트를 넣은 가방을 옆구리에 끼고서 천천히 4층까지 계단을 올라갔다. 문 앞에 서서 크게 심호흡을 하고 노크를 했다. 응답이 없다. 살짝 손잡이를 잡자 그대로 열려서 머리만 안으로 넣고 들여다보니 창가 커튼이 쳐져 있어 방안이 어슴푸레했다. 기분은 그래도 활기차게 첫 인사를 하리라 다짐하면서 올라온 탓에 맥이 풀렸지만, 오늘 아침까지 비어 있던 옆 침대 쪽을 보고서 응답이 없었던 이유를 알았다. 색이 바래 원래의 꽃무늬를 거의 알아볼 수 없게 된 침대 커버를 벗기지도 않은 채 새로운 룸메이트는 깊은 잠에 빠져 있었다. 어슴푸레한 와중에도 확실히 금발임을 알아볼 수 있는 긴 머리카락이 시트 위에 홍수처럼 펼쳐져 있고, 여기저기 바대를 댄 와인레드색 카펫에까지 흘러넘쳤다.

그냥 나갈까, 말까. 잠시 망설이다가 어차피 내 방이기도 하니 거리낄 것 없다는 생각에 방안을 가로질러 창가 책상에 앉았지만 역시 왠지 모르게 불편했다. 다시 일어나 커튼 틈으로 바깥을 내다보고 있는데 뒤에서 졸음이 가시지 않은 잠긴 목소리가 들려왔다.

"커튼 걷어도 괜찮아요."

정중하지만 독일 억양이 강한 프랑스어였다. 돌아보자 금빛 홍수 같은 머리카락은 이미 시트 아래로 정리되어 있고, 멀리서 달려온 어린아이처럼 붉게 달아오른, 아랫볼이 볼록한 동그란 얼굴이 나를 보며 웃고 있었다.

미안해요, 깨워서. 내가 사과하자 그녀는 윗몸을 일으키고 다시 한번 생긋 웃었다. 거즈처럼 부드러운 흰색 면 네글리제는 손으로 만든 것처럼 보였고, 통통한 어깨 한쪽이 드러나 있었다. 학생보다는 혈기왕성한 빵집 아줌마 같은 느낌이 들어 일단 마음이 놓였다.

"내가 미안하죠." 그녀는 정중하게 사과했다. "대낮부터 잠이나 자고, 미안해요. 엑스라샤펠에서 야간 기차를 타고 왔거든요."

"엑스라샤펠?"

어디서 들어본 듯한 지명이었으나 생각나지 않았다.

"네. 독일어로는 아헨이에요."

"아헨? 샤를마뉴요?"

"네, 맞아요." 참 잘했어요, 라고 칭찬하듯이 그녀는 크게 고개를 끄덕이고 덧붙였다. "프랑스어로는 엑스라샤펠이라고 해요. 지금은 독일 도시지만."

나의 새로운 룸메이트는 거기까지 말하고, 잊고 있었다는 듯이 서둘러 침대에서 한 손을 내밀었다.

"카티아 뮐러라고 해요. 아마 가을까지는 파리에 있을 거예요."

여유롭게 책을 읽거나 인생에 대해 진지하게 생각할 시간이 필요해서 일을 그만두고 프랑스에 왔다고 그녀는 단숨에 이야기했다. 첫 만남이라고 생각되지 않을 정도로 솔직했다. 전쟁이 끝나자마자 바로 아헨의 공립 중학교에서 선생님으로 일했는데 여기 오기 위해 그만두었다고 한다. 한동안 파리에 머물면서 종교나 철학 등에 어떻게 접근해야 할지 알아보고 싶어요. 지금 여기서 천천히 생각하지 않으면 인생을 아무렇게나 흘려보낼까봐 무서워졌거든요.

갑자기 본격적으로 인생 상담을 청하는 듯한 카티아의 이야기를 어떻게 받아들여야 할지 망설이고 있는데 그녀는 개의치 않고 말을 이었다. 자기 자신에게 하는 소리 같았다.

그러려면 내 나라를 떠나는 것이 좋을 듯해 파리에 온 거예요. 그 전쟁을 치른 우리 나라 사람들의 사고방식에는 동조할 수 없는 부분이 너무 많아서요.

이야기를 듣자 하니 카티아는 나보다 열두세 살쯤 많은, 마흔이 가까운 나이였다. 전쟁통에 성장하며 '정부'가 만든 '당국의 방침'이라는 인생 프로그램에 저도 모르게 편입되어 있던 내 세대에 비해 그녀는 얼마간 전쟁에 대한 자기 의견이나 선택의 여지가 있었을 테고 그만큼 괴로움도 컸을지 모른다. 전쟁의 나날을 이 사람은 과연 어디서 보냈을까. 독일을 뒤덮었던 광기에는 어떻게 대결했을까. 아니면 우리 대부분이 그랬던 것처럼 무력하게 침묵만 강요당하고 있었을까.

맞은편의 낮은 침대에 걸터앉은 채 입에 문 핀을 하나하나 손가락으로 뽑아 재빠르게 긴 머리카락을 목 뒤로 정리하며 띄엄띄엄 이어가는 그녀의 이야기를 나는 잠자코 듣고 있었다. 들에서 일하는 사람처럼 그을리고 깊은 주름이 진 얼굴. 표정이 풍부한 편은 아니었지만 눈빛은 맑고 푸르렀다.

같은 방에서 생활하다보니 예전 룸메이트였던 유키나 카트린, 엘렌과 달리 카티아는 꽤 존재감이 느껴지는 동거인이었다. 독일 스타일이라서 그랬을 수도 있고, 오랫동안 혼자 살아온 여자에게 저도 모르는 사이 스며든 완고함 때문이기도 했다. 무엇보다 자신만의 인생을 찾아 고국을 떠나서 한 발 한 발 행로를 더듬어가는 그녀에게 나는 깊이 공감했다. 카티아도 비슷한 감개를 느꼈음을 어렴풋이 알 수 있었다. 날이 지날수록 나는 카티아가 도착한 날 쉬잔이 현관에서 유달리 들뜬 표정으로 새로운 룸메이트가 왔다고 알려준 이유를 이해할 수 있을 것 같았다. 우리가 좋은 친구가 될 수 있음을 알았기에 그렇게 웃는 얼굴이었던 것이리라.

다음날 아침 눈을 뜨자 침대 아래쪽 정리함 위에 커다란 워커 한 켤레가 가지런히 올려져 있었다. 뭔가 싶어 침대에서 바라보고 있는데 벌써 일어나 나갈 준비를 마친 카티아가 내 시선을 알아채고 물었다.

"내 걷기 신발 보는 거예요?"

걷기 신발. chaussures pour marcher. 아마 카티아가 독일어를 직역해 만들어낸 말 같았다. 어쨌든 내가 넋을 잃고 바라본 것도 무리가 아닐 만큼 그 신발은 탄탄하고 근사해 보였다. 어릴 때 아버지의 동생인 젊은 삼촌들이 스키를 타러 간다며 윗방 앞에 쭈그리고 앉아서 저렇게 바닥이 두껍고 묵직해 보이는 가죽 워커를 닦곤 했다. 바다표범인지 물개인지 하는 짐승의 기름을 묻혀서.

"아녜요, 아녜요."

내가 그 이야기를 하자 카티아는 단호히 부정했다. "이건 스키화랑 달라요. 걷는 용도로만 만들어진 거예요."

카티아는 뺨을 부풀려가며 한때 중학교 선생님이었던 사람다운 자신감과 인내심으로 설명했다. 그녀 집에서는 어릴 때부터 여름방학마다 온 가족이 도보여행을 했다고 한다. 라인 지방이나 바이에른 주의 도시를 넘나들고, 어떤 때는 브렌네르 고개를 넘어 이탈리아까지 걷기도 했다. 독일인은 걷기를 좋아해요, 하고 그녀는 의기양양하게 말했다. 정리함 위에 놓인 카티아의 '걷기 신발'이 왠지 눈부셨다. 걷기를 통해 아이들에게 각 지역이 어떻게 연결돼 있는지 몸소 느끼게 해주려는, 유럽 사람들이 몇 세기에 걸쳐 소중히 간직해온 문화적 전통의 일단을 역력히 상징하는 듯했기 때문이다.

그 무렵 나는 자주 파리 거리를 걸었다. 완전히 이질적인 이 도시의 사상과 역사가 걷기를 통해 서서히 몸에 스며들 수 있도록, 공부하는 틈틈이 지도를 한 손에 들고 여기저기 걸어다녔다. 센 강변 헌책방에서 파는 시집의 노란색 표지에서 베를렌이나 랭보의 이름을 발견하면 무슨 진기한 광경이라도 목격한 양 숨을 죽이고 멈춰 서기도 했다. 정육점을 지날 때 가게 안에서 새나오는 피 냄새에서는, 뭐든 깨끗한 것으로 덮어버리는 일본에서 맡아본 적 없는 적나라한 생생함이 느껴졌다. 한 친구가 살던 무프타르 거리의 일요 시장 인파 속에서 쥘리앵 뒤비비에의 영화에서 튀어나온 듯한 흰옷 입은 거구의 수도사가 격렬하게 손을 휘두르며 치즈 가게 아저씨와 뭐라고 큰 소리로 대화하는 광경을 맞닥뜨렸을 때, 토론이나 교섭의 풍습이 없는 나라에서 온 나는 눈을 휘둥그레 뜨고 바라보기만 했다. 뭘 저렇게 열심히 주장하는지 궁금해서 살짝 다가가 귀를 기울였더니 그저 그해 포도주의 품질에 대한 의견을 나누고 있을 뿐이었다.

걷다보면 좋아하는 작가나 시인, 성자와 관련있는 집이며 성당, 거리를 뜻하지 않게 발견하기도 했다. 찬비가 내리던 어느 날 밤, 음악회가 끝나고 돌아가는 길에 생자크 탑 옆을 지나치는데 친구가 시인 네르발이 목을 매 자살한 곳이 이 근처라고 알려주었다. 성당도 없는 곳에 후기 고딕풍의 네모난 탑이 어두운 하늘을 배경으로 기괴한 윤곽을 하얗게 드러내고 있었다. 사실 네르발이 죽은 곳은 탑 뒤쪽 어둑한 골목이었다는데, 그날 밤 친구의 이야기를 들은 뒤로 내 머릿속에서는 시인의 죽음과 생자크 탑이 고스란히 겹쳐버려서 그 주변을 지날 때면 어둠 속에서 시인의 마지막 외침이 들려오거나 탑 위쪽에서 아침 햇살을 받으며 천천히 흔들리는 섬뜩한 시체가 보이는 듯한 기분이 들었다.

내가 학교나 도서관에 가 있는 동안 카티아는 거의 방안 책상 앞에 앉아 있는 모양이었다. 여름까지 에디트 슈타인의 책 다섯

권을 독파하겠다며, 보기만 해도 아찔할 만큼 두꺼운 철학책을 빨려들어갈 기세로 읽고 있었다.

1891년 독일 동부 유대인 가정에서 태어난 슈타인은 괴팅겐 대학과 프라이부르크 대학에서 철학을 배우고 현상학파를 창시한 후설의 조수로 일하는 등 학문 분야에서 두각을 나타냈는데, 서른 살에 가톨릭 세례를 받고 사립 고등학교 교사가 되었다. 이윽고 나치의 유대인 박해가 시작되자 동포의 구원을 기도하기 위해 카르멜회 수녀로 일생을 신에게 바치기로 결심한다. 박해가 수도원까지 미칠 것을 알고 네덜란드 수도원에 몸을 숨겨 일단 위기를 넘겼으나, 곧 독일군이 네덜란드를 침공하며 비밀경찰에 체포되었고, 1942년 아우슈비츠 강제수용소의 가스실에서 죽음을 맞았다.

독일이 괴멸 상황에서 가까스로 일어서기 시작한 1950년대 초 뮌헨의 헤르더 서점에서 슈타인 저작집이 간행되자, 국내외 기독교도들은 높은 학식과 깊은 사색이 뒷받침된 다소 색다르고 불운한 이 여자의 극적인 생애에서 지금은 생각할 수도 없을 만큼 감동을 받았다. 가톨릭 신학을 현상학의 시각에서 해석하려 한 철학자로 평가받기보다, 유대인이면서 기독교를 선택했지만 결국 유대인의 피를 물려받았다는 이유로 죽음을 맞은 비극성에 의해 그녀의 명성이 더욱더 높아졌다는 사실은 부정할 수 없다.

마찬가지로 유대인이면서 기독교를 따르고 전쟁중 병사한 프랑스의 사상가 시몬 베유의 선동성에는 미치지 못할지 모르지만, 비기독교 세계를 향해 교회의 문이 열리기를 절실히 바랐던 일부 기독교도들에게는 슈타인 역시 시대의 흐름을 상징하는 중요한 존재였다.

카티아 뮐러가 에디트 슈타인에게 흥미를 느낀 것은 아헨에서 만난 한 여자의 영향인 듯했다.

그 사람은 구두 수선으로 생계를 꾸리고 있었다고 카티아는 말했다. 몸집이 작은 자신을 제외하면 수선을 맡기러 오는 손님만 간신히 들어가는 코딱지만한 가게에서 하루종일 구두 밑창을 갈거나 닳은 뒤축을 박아주는 일을 했다. 원래 같은 수도원에 있었던 에디트 슈타인이 그렇게 죽은 후 높은 담장 안에 갇혀 사는 생활이 몹시 무력하게 느껴진 그녀는 일반인처럼 살면서도 깊은 정신수양을 할 수 있지 않겠느냐고 동료들을 설득해 수도원을 나왔다고 한다.

"친구한테서 이야기를 듣고 찾아가봤어요. 아주 작은 사람이더라고요. 아마 당신보다 작을 거예요. 그런데도 평온한 표정 속에 강인함이 느껴져서 끌리더군요."

그 사람은 카티아에게 슈타인의 책을 추천하고, 프랑스 남부에서 자신처럼 생활하는 그룹의 사람들을 소개해주었다. 하지만 나는 곧장 남부로 가는 대신, 여기서 한동안 책을 읽으면서 내 인생을 찬찬히 생각해보고 싶었어요.

오늘은 몇번째 책을 다 읽을 예정이라며 생글생글 웃는 카티아의 얼굴을 보니 나도 뭐라도 해야 하는 게 아닐까 싶어 초조해졌다. 단지 문학 공부를 위해 유럽에 온 것은 아닐 터였다. 전쟁 후의 혼란 속에서 부모님의 반대를 무릅쓰고 선택한 기독교를 앞으로의 내 인생에서 어떤 위치에 놓을지, 유럽의 여성은 사회에 어떻게 관여하며 살아가는지, 학문 외에도 알고 싶은 것이 산더미 같았다.

포브르생자크 거리의 도미니크회 수도원에서 매주 금요일 밤 노동사제가 미사를 열고, 끝난 뒤 같은 장소에서 구약성서 공부 모임을 한다고 가르쳐준 이는 쉬잔이었다. 한번 가보면 어떠냐는 것이었다. 당신이 찾는 것을 발견할 수도 있고, 이야기가 통하는 누군가를 만날지도 모르니까요.

낮에는 일반인처럼 공장 등에서 일하고 여가 시간에 사제의 책무를 다하는 노동사제 운동은 원래 전시 대독 레지스탕스 활동에서 생겨났다가 전후 프랑스의 성당에서 서구 각국으로 확산되었는데, 마침 그 무렵에는 로마 교황청의 비판을 받아 전면적으로 금지되어 있었다. 이 운동을 이론적으로 뒷받침한 도미니크회 주요 신학자들은 좌천되거나 출판 활동을 금지당했다. 그래도 굴하지 않고, 이미 이 활동을 하고 있는 사람들은 그대로 두는, 로마 교황청 입장에서는 반항적으로 느껴질 만한 입장을 고수했다. 그런 상황에서 노동사제가 집전하는 미사에 나간다는 것은 종교적 의미를 넘어 교회의 방침을 비판하는 행위였기에, 참석을 결심하면서 나는 마치 비합법적인 정치 집회에 참여하는 것처럼 정신적으로 고양되었을 뿐만 아니라 긴장을 느꼈다.

노트르담대성당을 기점으로 센 강 좌안에서 소르본 대학 옆을 지나 남쪽으로 내려가는 생자크 거리라는 길이 있다. 이름에서 알 수 있듯이 옛날 파리에서 스페인의 산티아고(생자크) 데 콤포스텔라로 떠나는 순례자들이 거쳐간 길이다. 미사가 열리는 생자크 수도원은 교외로 넘어가는 길목에 있었다.

기숙사 근처 모베르 뮈티알리테 역에서 지하철을 갈아타면 삼십 분 정도밖에 걸리지 않는데, 무슨 생각이었는지 나는 기숙사에서 목적지까지 걸어가기로 했다. 발 드 그라스, 또는 코샹으로 불리는, 마치 중세 피난소처럼 불길한 느낌을 주는 커다란 시립 병원과 어디선가 본 듯한 돔형 천문대 등이 늘어선 어두운 생자크 거리는 해가 저물면 지나다니는 사람이 거의 없었다. 나는 몇 번이나 거리 이름을 가로등 불빛으로 확인하고 딱딱한 포석에 부딪혀 튀어오르는 내 발소리를 들으며 수도원을 향해 걸었다. 여덟시에 기숙사를 출발했는데 예상보다 훨씬 멀어서 아홉시가 넘어서야 도착했다.

기름얼룩으로 지저분해진 셔츠를 입은 노동사제가 별다른 장식 없이 역 대합실처럼 살풍경한 방에서 조용히 미사를 올리고 있었다. 내 쪽을 향할 때 마주보니 기도서 글자를 간신히 알아볼 만큼 어두침침한 전등에 비친 짙은 눈썹 아래 검은 눈동자가 예리하게 빛났다. 같은 운동에 투신하는 사람들인 듯한 참석자 네다섯 명이 돌바닥에 무릎 꿇고 기도를 하고 있었다. 나 말고 여자는 한 사람뿐이었다. 머리를 뒤로 묶고 노란 기가 도는 흰색 블라우스에 거무스름한 스커트를 입은 중년 여자였다. 학생으로 보이는, 핏기 없는 얼굴에 피로의 빛이 역력한 한 청년은 긴장한 탓인지 표정이 딱딱했다. 미사 도중 짧은 설교에서 사제는 최대한 수사를 생략한 화법으로 오늘날 공장노동자를 갈릴리의 예수 아래 모인 군중에 비유하며 그들 편에 서는 것이 어떤 의미가 있는지 설파했다. 사회구조가 다른 미국에서는 노동사제의 활동이 이해받지 못한다던 뉴욕 친구의 편지가 뇌리를 스쳤다. 그리고 장미창과 스테인드글라스가 화려한 대성당을 지음으로써 환희에 가득찬 그들 시대의 신앙을 아름답게 표현하려 한 중세 장인들이 아무런 맥락 없이 떠올랐다.

미사가 끝나자 교실 같은 곳에서 성서 강의가 열렸다. 슬픔 속에서도 신앙을 저버리지 않은 욥의 탄식이 그날의 주제였다. 강사를 맡은 덩치 큰 사제는 중동 지방에 이런 유의 이야기가 몇 가지 퍼져 있다는 사실을 여러 문헌을 들어 증명했다. 당시 예루살렘의 연구소에서 새롭게 펴내 호평받고 있던 성서의 프랑스어 번역판에 따라 과학적이고 역사적인 방법론을 도입한 강의는 기존의 맹목적 믿음으로 흐르지 않는 객관성이 뒷받침되어 신뢰가 갔다. 한편 기숙사에서 먼 길을 걸어오는 동안 거리에 깔린 으스스한 어둠이 고스란히 인생의 기쁨에서 버림받은 욥의 슬픔으로 느껴져 나는 열심히 노트에 필기하는 사람들을 멍하니 바라보았다.

강의가 끝나고 대충 인사를 나누고 밖으로 나왔을 때 가로등 빛이 아까보다 더 환하게 보인 것은 수도원의 어둠이 눈에 익은 탓이었을까. 돌아갈 때는 지하철을 탔는데, 생자크라는 역 이름을 보고서야 조금 전 미사가 열렸던 장소가 13세기의 천재적인 신학자 토마스 아퀴나스가 나폴리에서 파리로 건너와서 소르본에 머무를 당시 몸담았던 수도원이라는 사실을 알았다. 아리스토텔레스 철학에 기반을 둔 신학 이론을 전개해 위험인물로 여겨진 토마스가, 같은 이탈리아인이자 플라톤 철학 계열 신학자였던 보나벤투라와 생자크 거리를 밤새도록 오가며 논쟁을 벌였다는 이야기를 어디서 읽은 적 있었다. 오늘밤 만난 노동사제들과 달리 두 사람은 생기 가득한 토론을 벌였으리라. 미사는 그후 두세 번 더 나가다가 그만두었다.

일 년 가까운 시간을 파리에서 보낸 나는 대학의 경직된 아카데미즘 탓에 막다른 골목에 이른 심정이었다. 성당에서 좀더 새로운 흐름을 접할 수 있지 않을까 기대했는데, 기껏해야 생자크 거리의 미사가 다였다. 손톱을 세워 바위를 오르려 하지만 상처만 날 뿐 항상 제자리다. 카티아는 그런 나의 초조함을 알면서도 아무 말 하지 않았다.

평소보다 일찍 일어난 날이면, 기숙사에서 나오는 아침을 먹지 않는 카티아가 작은 책상 위에 흰 냅킨을 깔고 나이프와 포크를 달각거리며 식사하는 광경을 보곤 했다. 일주일에 세 번, 홀숫날 모베르 광장에 서는 시장에서 사온 작은 토마토와 크림치즈, 흑빵. 카티아의 아침 메뉴는 봄이 지나고 초여름이 와도 철도 노선처럼 변할 줄 몰랐다.

도마 대신 판자 조각에 올려놓은 딱딱한 빵을 톱날처럼 자잘한 이가 달린 나이프로 5밀리미터도 안 되게 자르고, 크림치즈를 잔뜩 바르고 얇게 자른 토마토를 곁들여 소금과 후추를 가볍게 뿌린다. 내가 늦잠을 자면 어서 일어나서 같이 먹자고 재촉하며 내 책상에도 흰 냅킨을 깔고 같은 식단을 차려주기도 했다. 빵은 놀랍게도 카티아가 '걷기 신발'과 함께 독일에서 가져온 것으로, 항상 오래된 신문지에 싸여 옷장 위에 놓여 있었다. 몇 개 더 먹겠느냐고 약간 아까워하는 듯한 표정으로 물으면서 귀중한 빵을 나눠주었다. 갈 길을 정하지 못하고 헤매는 내게 베푸는 카티아의 배려였다.

여름방학에는 이탈리아에 가보자. 나는 그런 생각에 이르렀다. 내 안에서 자라길 바라는 싹이 대체 무엇인지 확인하기 위해 화석 같은 아카데미즘에 얽매여 막막해하기보다 좀더 자연에 가까운 상태에 나 자신을 풀어놓고 싶었다. 새로이 날개를 펴기 위해선 강력한 기폭제가 필요했다. 이탈리아어를 배워보면 무언가가 움직일지도 모른다.

"독일어는 싫어요?"

카티아가 물었다. 이제 막 군국주의에서 빠져나온 나는 아직 나치즘의 기억이 생생한 그녀의 나라에는 도저히 가고 싶지 않았지만 차마 입 밖에 내지 못하고 말끝을 흐렸다. 일본에서 건너오며 제노바에서 며칠 지냈을 때를 떠올리면 나와 이탈리아가 어딘가 깊이 호응하는 듯한 기분이 들었다.

나도 페루자의 외국인대학에서 이탈리아어를 배운 적이 있어요, 하고 카티아는 뜻밖의 말을 했다. 이탈리아 중부 도시 페루자에는 전 세계 학생들이 모여 이탈리아어를 배우는 국립'대학'이 있었다. 독일 사람들은 평생에 한 번은 이탈리아의 태양을 봐야 한다고 생각하거든요. 페루자에는 일단 대학이라는 이름이 붙어 있으니 설령 놀러간다 해도 명분이 서고요. 카티아는 이렇게 말하며 내게 페루자로 가라고 권했다. 출발 전까지 내가 기초 이탈리아어를 가르쳐줄게요. 그 말도 진심인 듯했다.

5월에 들어서자 카티아는 이탈리아어 수업을 시작했다. 일주일에 세 번, 아침식사 뒤 한 시간, 당신이 학교에 가기 전으로 합시다. 그녀는 지체 없이 시간까지 정해버렸다. 수업료는 우리가 아침으로 먹는 토마토나 치즈, 요구르트로 하고요. 모베르 광장 시장에서 사오면 돼요. 큰돈은 쓰지 말고.

아주 기초적인 이탈리아어만 배우자고 그녀는 말했다. 페루자역에 도착해서 길을 잃지 않고 학교까지 찾아갈 수 있을 만큼만. 그러고는 제일 먼저 모든 것의 기본이 되는 동사 essere와 avere의 활용을 꼼꼼히 가르쳐주었다.

카티아에게 배운 동사 덕분에 나는 페루자에서 초급을 건너뛰고 곧바로 중급반에 들어가는 행운을 얻었는데, 여름방학이 끝나고 파리로 돌아오니 카티아는 행선지도 알리지 않고 여행을 떠난 뒤였다. 상당한 시간이 지난 후 프랑스 남부의 한 도시에서 세피아색 엽서가 날아들었다. 평범한 풍경사진 뒷면에 페루자는 어땠는지, 이탈리아어는 많이 늘었는지 묻고, 자기는 잘 지낸다고 알리는 내용이 읽기 힘든 독일식 글자로 이어지고, 마지막에는 언젠가 얘기했던 구두 수선을 하는 여자에게 소개받은 그룹에 들어갈 생각이라는 말이 적혀 있었다. 그것으로 카티아의 소식은 끊겼다.

"설마 했는데, 혹시 선생님 얘기인지도 모르겠다 싶어서요." 학교 복도에서 우연히 스친 젊은 동료 I가 말했다. 그는 얼마 전 필리핀에서 돌아온 참이었다. "독일 여자분인데, 이름은 카티아 뮐러예요. 제가 있던 산골 마을의 학교 교장선생님이고요."

미스 뮐러로 불리며 근처 주민들에게 대단히 존경받고 있는 독일인 교장선생님은 프랑스 남부에 본부가 있는 선교회에서 필리핀으로 파송되었다고 했다. 파리에서 룸메이트였던 일본인 '아쓰코'에게 이탈리아어를 가르쳐줬다는 얘기를 듣고, 혹시 그 사람이 내가 아닐까 생각했다는 것이다.

다음주 수요일 뮐러 씨가 나리타에 도착합니다. I의 메시지가 연구실 문에 붙어 있었다. 신학기 직전이라 나는 이런저런 일로 바빴다. 어느 국제기관의 초대로 일본을 방문하는 카티아도 회의나 견학, 초대 등의 일정이 빽빽해서 둘 다 비는 시간을 좀처럼 잡기 힘들었다. 카디아를 수행하기로 한 I와 몇 번이나 연락을 주고받은 끝에 그녀가 일본에서 보내는 마지막날 저녁, 호텔에서 리셉션이 열리기 전 한 시간을 비워서 단둘이 만나기로 했다.

벚꽃이 지기 시작한 즈음이니 우선 이치가야 제방에 갔다가 모임이 열리는 호텔까지 걸어서 카티아를 데려다줄 뿐 다른 일정은 없었다. 그 시간만이라도 카티아가 도쿄의 봄을 만끽하게 해주고 싶었다.

투명한 꿀이 흐르는 듯한 4월 저녁이었다. 처음 파리에서 만났던 날 4층 방 침대 커버에 물결치던 카티아의 머리는 은발이 되었고, 틀어올린 머리숱도 조금 적어졌다. 이제 일흔이 넘었을 터였다. 몇 년 전 필리핀에서 사고를 당해 후유증이 있다며 지팡이를 짚은 모습이 애처로웠지만, 어떻게 읽어야 할지도 모를 상표가 붙은 흰색 운동화를 보니 정리함에 가지런히 올려져 있던 '걷기 신발'이 기억 밑바닥에서 어른거렸다.

"벚꽃은 정말 어디서 봐도 좋은 것 같아요." 카티아가 나직하게 말했다. "당신을 만난 것만으로 난 만족해요."

카티아는 지팡이를 짚지 않은 쪽 손을 내 어깨에 둘렀다. 예전처럼 솜털로 덮인, 둥글고 부드럽고 묵직한 손이었다.

요쓰야 근처 여자고등학교의 돌담길에 이르자 담장 너머로 붉고 커다란 태양이 서서히 지기 시작했다.

"계속 필리핀에 있을 생각이에요?"

내가 묻자 카티아는 후후 웃고는 조용하게 말했다.

"그야 하느님의 뜻이지요."

조잡한 와인색 카펫이 깔린 좁은 방의 작은 책상에서 철학책을 탐닉하던 카티아의 모습이 떠올랐다. 만나기 전에는 할말도 많고 물어볼 것도 많았는데, 막상 만나니 베르나르댕 거리의 방에서 마주앉아 아침을 먹던 시절처럼 아무것도 할 이야기가 없었다. 카티아는 그녀 나름의 길을 선택해 평온하게 살고 있었다.

길이 꺾이는 곳에서 제방을 오르자 깊은 숲속에 들어온 것처럼 나무들이 빽빽해졌다. 땅바닥이 축축해서 사람들이 피해가는 탓인지 이쪽은 꽃구경을 나온 인파도, 홍백의 천막도 없었다. 엷은 어둠이 깔린 인적 드문 길을 걷다보니 공기가 벚꽃색으로 물들고, 소리 없는 음악 속을 더듬거리며 헤매는 기분이었다. 바닥에 흩어진 꽃잎이 주위를 아련하게 비추었다.

"이제 갈 시간인 것 같네요."

살짝 잠긴 카티아의 목소리에 정신을 차려보니 꽃에 넋을 놓은 내가 이상해 보였는지 그녀는 눈초리에 주름을 만들며 웃고 있었다. 하나도 안 변했군요. 자상한 할머니가 된 그녀는 그렇게 말하며 자못 재미있다는 듯이 쿡쿡 소리내어 웃었다.

여행의 저편

아직 봄이라고는 하기 힘든 2월 말의 희읍스름한 경치를 즐기며 기차는 아소 고원을 향해 천천히 언덕길을 오르고 있었다. 아까부터 노선을 따라 보였다 말았다 하는 오솔길은 아마도 예전에 산줄기를 횡단하던 도로일 것이다. 시든 풀 색의 개 한 마리가 귀를 쫑긋 세운 채 지나가는 기차를 바라보는 조그만 건널목을 지나, 깊은 협곡에 놓인 철교를 건너고 긴 터널을 빠져나가자 그 역이 나왔다. 잠시 정차한 사이 인적 없는 플랫폼에 승객들이 띄엄띄엄 내리자 기차는 삐걱거리며 다시 움직였다. 역 주변의 번화가는 거치지도 않고 또 금세 터널로 들어가는 바람에 오후의 선로를 뒤덮듯이 흔들리던 대나무숲의 푸름만 눈에 깊이 스며들었다. 기분 탓인지 몰라도 사람들이 직접 키우는 교토 쪽 대나무에 비해 선사先史적이라는 표현을 써도 될 법한, 꼭 살아 있는 듯한 푸름이 물씬 풍겼다.

"방금 지난 데가 엄마의 진짜 고향이야."

고향이라는 말에서 연상하기에는 너무나 평범한, 어디에나 있을 법한 역이었지만, 창가 자리에 앉은 남편에게 그렇게 속삭이자 그는 잠자코 고개를 끄덕였다.

"외갓집은 메이지 시대에 이 마을에서 오사카로 나왔대. 엄마는 오사카에서 태어났으니 여기는 한 번도 와보지 않았지만."

분고타케타. 나와 여동생은 이 지명을 꿈속에서 들은 음악처럼 어렴풋이 귓가에 머금고서 자랐다. 말 자체에는 정겨움이 가득했지만 정작 어머니조차 그 마을에 가본 적 없으니 아무런 모습도 떠오르지 않는 환상 속의 고향이었다.

엄마네는 말이야, 봉록은 미미했어도 다케타 영주의 무사 집안이었단다.

상인 집안으로 시집와 모든 것이 낯설어 어리둥절한 상황에서도 자신을 신경써주지 않는 남편과 시어머니 앞에서는 불평 한마디 할 수 없던 심약한 어머니는, 2층 방으로 올라와 우리 자매 앞에서만 속마음을 털어놓고 마치 마법의 구절을 외며 궁지에서 벗어나려는 소녀처럼 저 말을 반복했다. 이것만은 누구도 빼앗을 수 없다는 듯이.

이탈리아 북부의 작은 도시에서 11월에 식을 올리고 이듬해 2월 남편과 함께 일본에 오자, 석 달 전만 해도 연을 끊겠다는 말까지 하면서 우리 결혼을 한사코 반대하던 아버지는 남편의 얼굴을 본 순간 마음이 놓인 모양인지 지난 일은 까맣게 잊은 것처럼 환대해주었다. 그뿐 아니라 모처럼 일본에 왔으니 규슈 여행이라도 가라며 숙소부터 표까지 전부 준비해주었다.

벳푸. 우리 의견도 묻지 않고 정해준 여행지를 듣고 나는 아버지의 얼굴을 보았다. 어머니와 어머니의 오빠들을 막무가내로 설득해 결혼한 아버지가 하늘을 날 듯한 심정으로 선택했던 신혼여행지 역시 벳푸였기 때문이다. 스냅사진 속에서 어두운색 롱코트를 입고 귀가 가려지도록 머리를 묶은 어머니가 장갑을 끼고 있다. 배경은 산이다. 갑자기 사진을 찍히는 통에 부끄러움과 약간의 애교가 섞인 웃음을 머금은 입가가 순수하기 그지없는 인상이다. 오래된 앨범을 들추다 그 사진이 나오면 우리는 늘 같은 말을 했다. 엄마, 참 예쁘다. 그러면 어머니는 그리운 듯 실눈을 만들며 웃었다.

"부끄럽게. 이건 신혼여행 때 사진이야. 아빠가 벳푸에서 찍어줬어."

배로 세토 내해를 건너가 벳푸에서 하루 묵고, 호히 선 열차로 아소를 출발해 구마모토로 갔다가 페리를 타고 나가사키까지 다녀오너라. 규슈 지방 지리나 여행 코스에 밝지 않은 나는 마치 명령 같은 아버지의 말투에 구체적인 근거를 들어 반론할 수 없었다. 비행기보다 조금이나마 일본의 풍경을 볼 수 있는 열차를 타고 싶다고 부탁했을 뿐 뭐든 아버지의 말을 따랐지만, 지도를 들고 설명하는 아버지에게 나는 딱 한 가지 확인했다. 호히 선 열차가 분고타케타를 지나는지.

기차는 아직 봄기운이 느껴지지 않는 아소의 구릉지대를 우회해 느릿느릿 올라갔다. 돌아가면 어머니에게 알려줘야지. 엄마의 고향에는 대나무가 많았어. 터널과 터널 사이에 역이 있고. 그게 다더라.

내 고향이라니…… 가본 적도 없는걸. 어머니는 그렇게 말하면서도 기쁜 듯이 웃을 것이다. 어차피 산골짜기의 손바닥만한 읍성이겠지. 그래도 대나무숲밖에 없다니, 너도 말이 심하구나.

단 몇 분, 아니, 어쩌면 몇 초 사이 눈앞을 지나간 대나무숲은 어두운 터널 벽에 가로막히자 순식간에 젊은 어머니의 기억으로 이어져 술렁거렸고, 옆자리에서 몸을 내밀어 창밖 경치를 뚫어져라 바라보는 남편이 순간 굉장히 낯선 사람처럼 느껴졌다.

아무도 지켜주지 않았던 시집살이의 고생을 잠시라도 잊어버리려는 듯 어머니는 마치 뜨개바늘 끝에서 갑자기 미끄러진 그

물코를 줍듯이, 혹은 얼마 안 가 스스로를 가두어버릴 고치를 만들려고 실을 토해내는 누에처럼 이제는 투명해진 시간에 대한 추억을 자식들에게 이야기해주며 당신도 빠져들었다. 추억을 떠올릴 때만은 어머니도 기운차 보였고, 우리는 어머니의 추억을 먹고 자랐다.

어머니는 아주 어렸을 때 세 번의 슬픔을 겪었다. 먼저 막 마흔이 된 아버지가 돌아가셨다. 초등학교 1학년 때 선생님에게 불려가 소식을 듣고는 집으로 돌아가니 이미 세상을 떠나 자리에 누워 계셨다고 한다. 정말 슬펐어. 어머니는 그렇게 말했다. 신분 낮은 관리일지언정 무가 출신에 읽고 쓰기가 능했으니 나름대로 주위의 존경과 대접을 받았으리라. 한 학교의 부탁으로 강연을 갔다가 석상에서 뇌내출혈로 쓰러져 돌아가셨던 것이다.

어머니의 머릿속에서는 아버지의 죽음과 천황의 죽음이 기묘하게 뒤섞여 있었다. 어머니는 1903년생이니 메이지 천황이 죽은 1912년에는 이미 아홉 살이었는데, 아버지를 여읜 여섯 살 때와 같은 모습으로 집안의 문양이 들어간 검은 옷에 하카마를 입고 학교에 갔다고 이야기했다.

"할머니가 밤새워 지어준 검은 옷을 입고 학교에 갔어." 어머니는 말했다. "슬펐어. 너희처럼 쇼와 시대에 태어난 사람은 그 슬픔을 모를 거야. 아버지에 이어 천황까지 돌아가시다니. 학교에서도 다들 울었지."

오사카 상가의 전통에 따라 살아가는 친가에서는 천황의 죽음에 대해 아무런 이야기도 하지 않았다.

메이지 천황의 죽음은 세번째이고, 그전에 어머니가 가슴이 찢어지는 것 같았다고 거듭 회상했던 또하나의 커다란 슬픔이 있었다. 예전부터 살아온 강가(이름은 모르겠지만 오사카였으리라)의 관사를 떠나, 언젠가 아버지가 어머니와 말다툼을 하며 아이들 앞에서 '변두리'라고 칭했던 외진 마을의 작은 집으로 이사를 가게 된 일이다. 오랫동안 함께한 스에라는 하녀도 해고당해 증기기관차를 타고 떠나가버렸다.

"외할아버지가 죽고 나서 형편이 기우는 바람에 스에를 내보내야 했어." 어머니는 말했다. "끊어져라 손을 떨면서 울었지. 나랑 언니들도 슬퍼서 엉엉 울었어."

마치 자신이 우는 모습을 어딘가에서 지켜본 것처럼 그런 이야기를 했다. 아마 나중에 언니들이나 어머니에게 들은 이야기가 뒤섞여 각색된 것이리라.

어머니는 아홉 남매 중 끝에서 두번째로, 오빠 넷, 언니 셋, 그리고 여동생 하나가 있었다. 추억담에 등장하는 어머니의 오빠들과는 거의 교유가 없던 나와 여동생은 만난 적 없는 외삼촌들에 대한 환상을 품고 있었다. 무사의 자손답게 읽기 어려운 한자로 된 개성적인 이름을 지닌 외삼촌들 주변에는 데이코쿠 대학의 은시계며 전국육상선수권 등, 늘 언짢은 기색으로 우리 일상을 불길하게 위협하던 아버지에게서는 들을 수 없던 반짝거리는 '공훈담'이 몇 개씩 따라다녔고, 한 번도 들어보지 못한 그들의 호쾌한 웃음소리가 공상을 자극했다.

네 명의 외삼촌 중 셋은 대학을 나와 월급쟁이가 되었지만, 어머니가 작은오빠라고 부르며 그리워한 둘째 외삼촌만은 부모의 반대를 무릅쓰고 화가가 되었다. 일찍이 부모의 뜻을 거역한 길을 선택해서인지, 혹은 화가라는 직업 때문인지, 아니면 '대졸'인 다른 형제보다 사회에 나가 고생했기 때문인지 그 외삼촌은 어머니의 결혼을 가장 옹호해주었다고 한다.

오빠들 중 가장 그리워하면서도 어머니는, 작은오빠는 장난꾸러기라 만날 농담만 하니까 믿을 수가 없어, 라고 말했다. 그러면서도 '농담을 아는 사람'과 '농담 하나 할 줄 모르는 사람'을 엄밀하게 구별하며 농담을 모르는 인종을 은근히 경멸했다. 그리고 그 재미없는 종족의 대표가 바로 시댁 사람들이었다.

이 집 사람들은 어찌나 농담을 모르는지. 막 결혼했을 무렵에는 너무 재미가 없어서 하루하루 어떻게 보내야 할지 모르겠더라. 어머니는 그렇게 말하며 탄식했다. 어머니에게 농담이란 맛있는 음식을 먹는 일만큼이나 중요했다. 어머니의 형제들은 하나같이 먹보였다고 한다. 계절마다 외할머니가 만들던 야채절임이나 규슈 사람이라면 누구나 좋아한다는 명란젓, 집이 지저분해진다고 외할머니가 싫어해서 삼촌들이 마당에서 삶았다는 멧돼지 이야기 등을 할 때면 어머니의 목소리는 무척 들떴다. 이야기를 마치면 아차 싶은 듯 고개를 움츠리고 할머니한테는 얘기하면 안 된다며, 음식 이야기를 싫어하는 시어머니에게 우리가 말을 옮기는 것을 경계하며 주의를 주었다.

어머니의 작은오빠가 농담과 장난을 대표한다면 장남인 큰오빠는 권력의 화신이었다. 어머니와 스무 살 가까이 나이 차이가 난 이 외삼촌은 외할아버지가 돌아가시자마자 대학 공학부를 중퇴하고 방적 회사에 취직해서 어린 동생들이 결혼할 때까지 내내 뒷바라지를 했기에 어머니와 이모, 함께 살던 외할머니도 항상 미안한 마음을 품고 있었다.

비록 대학 중퇴 학력이었으나 메이지 시대였고 재능도 있어서 회사의 인정을 받은 듯, 공장 일이긴 해도 차례차례 꽤 높은 자리까지 올랐다. 그런데 늦은 결혼을 하고 머지않아 기후 현에서 중국 산둥성의 칭다오로 전근하게 되었다. 아직 결혼 전이던 어머니는 가사를 돕는다는 명목으로 칭다오로 큰오빠 부부를 따라가 일 년 가까이 생활했는데, 그때 보고 들은 '외국'의 실상이 마음속에 확실히 자리잡았다.

나와 여동생에게 매우 가까운 '외국'이었던 그곳 이야기는 일본어에 없는 '칭다오'라는 색다른 발음과 함께 우리의 세계를 이국적인 정서로 물들였다. 어머니에게 '외국'이란 무엇보다도 낭만적인 장소였다. 초여름 저녁이면 어머니는 옛날에 본 그림을 묘사하듯이 희미한 복숭앗빛 꽃이 피는 자귀나무 가로수길 이야기를 들려주었다.

"자귀나무 아래를 걸을 때 바람이 불면 솜털 같은 자잘한 잎이 사락사락 흔들려. 그 잎을 손으로 만지면 순식간에 오므라들지. 그리고 날이 저물 무렵이면 분홍색 꽃이 연기처럼 아련하게 피어난단다."

무언가를 암시하는 듯한 '네무'*라는 말의 울림이 여름날 저녁과 연기처럼 아련하게 피는 분홍색 꽃의 이미지와 겹쳐졌다. 그 꽃이 피는 시간이면 기다란 막대를 든 점등부가 나타나 나무 사이의 가스등을 밝혔다.

"장대 끝을 쭉쭉 뻗어서 갖다대면 확 하고 작은 소리가 나면서 가스등에 불이 붙지."

어머니의 이야기를 들으면 가스등의 위태로운 불꽃과 자귀나무 꽃의 엷은 색이 우리 머릿속에서 하늘하늘 흔들렸다.

---

* 자귀나무는 일본어로 '네무노키'다.

"엄마, 칭다오는 외국이야?"

우리가 말하는 외국이란 물론 서양을 뜻했다.

"글쎄, 중국이니까 뭐 외국이겠지."

어머니의 대답은 애매모호했다. 식민지라는 말도 어머니의 칭다오 이야기에서 처음 들었는데, 그 시절에는 '훌륭한 나라'일수록 식민지가 많다는 식의 표현이 쓰이곤 했다. 일본은 1차 세계대전에서 패한 독일로부터 칭다오를 받아와 '훌륭한 나라' 반열에 들었다, 하는 식으로.

"칭다오는 중국이지만 그곳 사람들은 보통 산둥 말을 써." 어머니는 말했다. 큰외삼촌에게 들은 것을 그대로 옮겼겠지만, 어머니 말에 따르면 칭다오에서는 교양 수준이 높은 사람들만 베이징 말을 쓰고 가난한 사람들은 '지저분한' 산둥 말밖에 할 줄 모른다는 것이다.

"베이징 말은 프랑스어 다음갈 정도로 아름답다는구나."

어머니의 그런 말에 나는 놀랐다. 아버지 형제들의 애독서이자 내가 보고서 글자를 익힌 『소년 구락부』의 「노라쿠로」*에서는 중국어를 우스꽝스럽고 허술한 언어처럼 묘사했기 때문이다.

---

* 월간지 『소년 구락부』에 연재되어 1930년대 큰 인기를 얻은 다가와 스이호의 만화.

그런데 어머니는 더욱 놀라운 소리를 했다. 중국어, 특히 베이징 말은 일본어보다 훨씬 아름답다고. 프랑스어도 일본어보다 아름다워? 내가 묻자 어머니는 물론, 하고 자신 있게 대답했다. '어느 나라 말이 제일 아름다운가'란 문제를 그때까지 생각해본 적도 없던 나는, 당시 '뭐든지 세계 제일'이라고 배워온 일본의 우리가 쓰는 말보다 훨씬 아름다운 것이 이 세상에 있다는 이야기에 혼란과 충격을 느꼈지만, 실은 언어가 아름답다는 말이 어떤 뜻인지조차 이해하기 힘들었다.

"어른이 되면 프랑스어를 배워볼까?"

내가 말하자 어머니는 한 가지에 빠지면 물불 가리지 않는 나를 불안한 듯이 보며 말했다.

"꼭 프랑스어가 아니어도 돼. 베이징 말도 멋지니까 뭐라도 배우면 좋지."

어른이 된 내가 프랑스어나 베이징 말을 하면서 가스등이 켜진 칭다오의 자귀나무 가로수길을, 슬릿이 들어간 깃 높은 비단 옷을 입고 걷는다. 그런 풍경을 상상하면 나 자신이 이야기의 주인공이 된 기분이라 신이 났다.

어머니를 칭다오로 데려갔던 큰외삼촌은 동물을 좋아해 그곳에서도 얀이라는 북유럽식 이름을 지어준 독일셰퍼드를 키웠다.

"아주 영리한 녀석이었어. 밤에 혼자 문손잡이를 발로 열고서 일을 보러 나가곤 했지." 어머니는 말했다. 확실히 영리하긴 했지만 아주 곤란한 버릇이 있었다고 한다.

"문을 열 줄은 알아도 역시 짐승의 한계인지 닫을 생각은 못하는 거야. 바람이 솔솔 들어오면 아아, 또 그 녀석 짓이구나, 하고 알 수 있었지."

개뿐 아니라 옛날에 예뻐했던, 혹은 지금 예뻐하는 동물 이야기를 할 때 어머니는 약간 하등한 가족의 일원을 가리키듯이 '그 놈'이나 '그 녀석'처럼 보통 여자들은 잘 쓰지 않는 호칭에 일종의 애정을 담아 말했다. 그 말에는 이 '약간 하등한' 것들은 '가족의 일원'이긴 해도 똑바로 교육하지 않으면 감당할 수 없어지니까 방심해선 안 된다는 뉘앙스가 늘 담겨 있었고, 우리가 동물을 무조건 귀여워하기만 하면 어머니는 따끔하게 혼냈다.

기후에 살던 시절 큰외삼촌은 휘파람새를 키웠는데, 점심시간이면 공장에서 돌아와 새장 구석구석까지 볕이 들도록 위치를 바꿔주었다. "게다가 자기가 나간 뒤에는 외할머니랑 나한테 모이를 만들라고 시키는 거야."

개는 괜찮지만 무표정한 새들을 돌보기는 지긋지긋했다고 어머니는 말했다. 모이를 만드는 것도, 매일 물을 뿌리고 새장 바닥의 신문지를 가는 것도 상당히 성가신 일이었지만 무엇보다 개와 달리 새는 표정이 없어 싫었단다. 몰개성이라고 할까, 표정이 풍부하지 않은 존재는 동물이고 사람이고 어머니의 인정을 받지 못했다. 전쟁이 한창이던 시절 앞마당의 닭장에서 키우던 닭과 내가 고베의 사촌에게 부탁해서 받아온 벨기에종 회색 토끼는 물론이고, 일본 개도 서양종에 비해 표정이 부족하다는 이유로 싫어했다. 같은 이유로 내가 일본 옷을 입는 것도 그다지 좋아하지 않았다. 나다운 표정이 없어진다고 어머니는 말했다. 난 너무 딱 맞게 어울리는 건 싫어. 딴사람으로 바꿔도 상관없을 것 같거든.

누가 내 사진을 찍어줄 때도 어머니가 옆에 있으면 반드시 주의를 받았다.

"웃지 말고, 입을 꼭 다물어."

생글거리며 잘 보이려 들거나 '여자다움'에 의존하려는 것보다 진지한 표정이 더 나답다고 생각한 모양이었다. 나는 심약하고 숫기 없는 어머니가 어떻게 이렇듯 일반적인 사고방식과 다른 생각을 중시하는지 오랫동안 이해할 수 없었다. 방송국에서 일할 때 동료가 일심불란 독서에 빠져 있는 내 모습을 몰래 찍어 보내준 적 있었다. 남자처럼 짧은 머리에 잘난 척 턱을 괴고 있는 모습이 부끄러워서 오랫동안 책상 서랍에 넣어두고 아무한테도 보여주지 않았다. 어느 날 우연히 그 사진을 본 어머니가 말했다.

"이 사진이 제일 너다워서 좋구나."

전쟁이 끝난 뒤 내가 전문학교에 가고, 그것으로 부족해 대학이다 대학원이다 하며 집에 붙어 있지를 않자 어머니는 넌 점점 내게서 멀어지는구나, 하며 슬퍼했다.

아버지와의 관계도 갈수록 꼬여갔고, 대학을 졸업할 무렵 어머니는 자주 아파서 누워 있곤 했다. 내가 가톨릭 신자가 되자 전도부인이 찾아와 어머니에게도 성당에 올 것을 권했다. 베레모를 비스듬히 쓰고 자신감 있는 얼굴로 씩씩하게 걷는 이 부인을 어머니는 성실한 사람이라고 평하면서도 처음부터 별로 신뢰하지는 못하는 것 같았다.

"세례를 받으면 고민이 사라진다니, 믿을 수가 있어야지."

어머니는 그렇게 말하며 그 사람이 집에 오면 달갑지 않은 표정을 지었다.

어느 날 전도부인은 천사의 존재를 믿지 못하면 세례를 받을 수 없다고 어머니에게 말했다.

"그렇다면 부인은 어쩔 수 없겠네요, 하더라니까. 비아냥거리는 것도 아니고 진심으로 안타깝다는 표정이어서 무심결에 웃고 말았지."

그로부터 오랜 시간이 지난 뒤 예의 전도부인은 나에게 털어놓았다.

"자기는 이렇게 이상한 것을 도저히 믿을 수 없으니까 이만 돌아가달라고 하셨어요. 다른 사람한테 그런 말을 들으면 화가 났을 텐데 어머님께는 아무 말도 할 수 없어서 그날은 그냥 돌아와버렸죠."

전도부인의 이야기를 도저히 믿을 수 없다던 어머니는 결국 세례를 받았다. 그럼으로써 멀리 떠나버린 딸과의 거리를 조금이나마 좁히려 했는지, 아니면 상대의 끈기에 지고 말았는지. 영어머니답지 않은 프랑스 성녀의 이름을 세례명으로 받고 일요일마다 성당에 다니게 된 후에도 가끔, 저기, 너희는 정말로 하느님이 있다고 믿는 거니? 하고 물어서 우리를 당혹스럽게 했다.

"아무것도 믿지 않는 것보단 나을 듯해서 세례를 받았어."

어머니는 자신의 신앙을 그런 식으로 표현했지만, 어른이 되어 신자가 된 사람들에게서 흔히 보이는 굳은 표정, 새된 목소리, 방약무인하게 자기 신앙에 대해 설명하는 태도는 전혀 비치지 않아 나는 안심했다.

"종점에 아무도 없는 것보다 하느님이 있는 편이 나을 것도 같아."

그 말을 듣고 보니 결국 신앙이란 그런 걸까 하고 마음에 와닿는 무언가가 있어서 온화한 어머니의 신앙이 부러웠다.

유럽에 가고 싶다, 프랑스 문학을 공부하고 싶다. 어느 날 밤 함께 목욕하던 중 말하자 어머니는 불쾌한 소리를 들었다는 듯이 욕조 안에서 힐끗 나를 바라보았다. 그후 몸을 씻으면서도 어머니는 내내 잠자코 있다가 재빨리 더운물을 끼얹고는 아빠한테 물어봐, 라고만 말하고 수건을 짜고 나가버렸다. 반대하는 말 한마디 듣지 못하자 오히려 맥이 빠져서 나는 욕조 안에 멍하니 앉아 있었다.

난관을 예상했는데 뜻밖에도 아버지는 나의 프랑스행을 찬성해주었다. 막 태풍이 지나간 7월 아침, 나는 고베 항에서 유럽행 배에 올랐다. 그 무렵 아버지와 어머니는 어찌어찌 겉으로는 부부 사이를 유지하고 있었지만 마음은 이미 떠난 상태였다. 특히 어머니는 태연하게 두 집을 오가는 아버지에게 학을 뗀 지 오래였고, 우울감이 건강을 좀먹고 있었다.

이 년 후 내가 파리에서 돌아오자 집안 분위기가 밝아졌다며 반색한 아버지는 매일 퇴근하면 나에게 유럽 이야기를 청하고 당신이 갔던 무렵과 비교하면서 그래, 전쟁으로 모두 바뀌었구나, 하며 한숨을 쉬거나, 그렇겠지, 유럽은 원래 그런 곳이야, 하며 큰 소리로 맞장구를 쳤다. 동등한 어른으로 아버지와 대화할 수 있다는 사실이 기뻤고, 유학중 궁핍하게 생활한 탓인지 부모님과 집에서 보내는 나날이 너무 즐거워서 한참을 노는 데 정신이 팔려 있었다.

한 달쯤 지나서 어머니가 나를 불렀다. 2층 방으로 가자 옷장 앞에 앉아 있던 어머니가 앉으라고 말하고는 나직하게 물었다.

"프랑스까지 갔다 온 것은 네게 어떤 의미가 있니?"

"글쎄, 어떤 의미이긴."

평소와 달리 예리한 어머니의 창끝을 농담으로 피하려 했지만 어머니는 웃지도 않고 말을 이었다.

"요즘 영 게으름을 피우는 너를 보면 한심한 생각이 든다." 어머니는 말했다. "그러라고 프랑스까지 보낸 것 같지는 않거든."

그리고 못을 박듯이 이렇게 덧붙였다.

"하루라도 빨리 도쿄로 가든가 해서, 네가 생각하던 일을 찾으면 좋겠구나."

그때 느꼈던 두려움에 가까운 감정은, 이 사람은 도저히 당해낼 수 없구나란 표현이 딱 어울렸다. 유학이라는 큰일 하나를 해냈다고 은근히 혼자 자부하며 풀어져 있었는데, 갑작스러운 어머니의 지적에 아차 싶은 생각과 함께 온몸의 긴장이 다시 돌아왔다. 예전부터 아버지보다 어머니가 나약하다고 믿어왔으니 어머니의 이런 면은 참으로 뜻밖이었다.

아버지는 내 취직에 반대했지만, 정 일을 하고 싶다면 그전에 온 가족이 여행을 가자고 제안했다. 온 가족이라지만 여동생은 내가 프랑스에 있는 동안 결혼했고 남동생은 친구들과 이미 여행 약속이 있어서 결국 부모님과 나, 왠지 부조화스러운 조합으로 가게 되었다. 여느 때처럼 아버지가 척척 일정을 짜면 우리는 따를 뿐이었고, 자동차로 히다다카야마까지 갔다가 가미코치를 거쳐 다시 나카센도를 경유해 오사카로 돌아온다는 계획이었다.

물론 어머니는 떨떠름한 기색이었다. 그렇게 먼 데까지 여행한다는 생각만 해도 우울해진다는 것이었다. 이제 와서 사이좋은 부부 행세를 해봐야 무슨 소용이 있겠니.

원래 돌아다니는 것을 싫어하던 어머니는 아버지와 불화를 빚은 이후 외출을 극단적으로 피하게 되었다. 게다가 어차피 그 사람은 자기밖에 생각하지 않으니 잠시도 쉬지 못할 게 뻔해, 라며 아버지의 계획에 반대했다. 다리도 안 좋은데 산에 데려간다니.

가와모토에게 운전을 시킬 테니 절대 걸을 일은 없을 거라고 아버지는 장담했다. 그것이 또 어머니의 비위를 건드렸다. 당시 아버지가 타던 메르세데스 벤츠를 어머니는 몹시 싫어했던 것이다.

"그 차를 타면 독일 사람 집에 있는 기분이라 피곤해져."

어머니는 늘 그렇게 말했다. 택시나 비가 새는 여동생의 트라이엄프도 개의치 않으면서 아버지의 메르세데스 벤츠만 타면 어머니는 정말로 상태가 안 좋아졌다.

"궁상맞기는." 아버지의 말에 어머니는 "어차피 난 당신이 아닌걸요" 하고 맞섰다.

"일본인과 독일인의 앉은키 차이에서 생기는 몸의 중심 문제야."

아버지는 어려운 말을 하면서 어머니 자리에 물건을 놓아 바닥을 높여주었다.

"이러면 괜찮을 거요. 만약 그래도 멀미를 한다면 차 문제가 아니라 당신이 불량품인 탓이겠지."

어머니는 역시 멀미를 했다. 사실은 메르세데스 벤츠 탓이 아니리라 나는 짐작했다. 내가 프랑스로 떠나기 전, 아버지가 삼 년이나 교토의 애인 집에서 오사카의 회사까지 매일같이 운전기사 가와모토 씨가 모는 이 차로 오갔다는 사실을 어머니는 같은 회사에 다니는 숙부를 통해 알고 있었고, 그런 사실이 참을 수 없었던 것이다. 자기 앞에서는 아무것도 모르는 척했다며 어머니는 가와모토 씨를 원망하고 있었다.

아무리 달래도 어머니는 메르세데스 벤츠로 여행할 바에야 집이나 보는 게 낫겠다고 우겼다. 견디다 못한 내가 타협안을 냈다. 엄마랑 나는 기차로 다카야마까지 가고, 다카야마에서 가미코치까지만 차를 타는 건 어때? 어머니는 가까스로 뜻을 굽혔다.

기후에서 다카야마 본선으로 갈아타려는데 플랫폼이 어딘지 알 수 없었다. 시간 여유가 있었던 터라 내가 역무원에게 물어보고 오기로 했다.

"엄마, 여기서 기다려. 금방 돌아올게."

그렇게 말하자 어머니는 발차시각표 아래 인파 속에서 몹시 불안한 표정을 지었다. 겨우 이삼 분 후에 그 자리로 돌아오니, 기모노를 입고 양손을 가슴 앞에서 맞잡은 어머니가 마치 초등학교 1학년생 같은 얼굴로 나를 보았다.

그 무렵 다카야마 본선은 아직 전력화가 되기 전이었다. 나와 어머니는 낡은 차량의 창가 쪽 딱딱한 나무의자에 마주보고 앉았다. 어쩌다 우리가 탄 기차만 그랬는지, 당시 지방을 오가던 기차가 다 그랬는지 모르지만 터널에 들어가도 불이 켜지지 않았다. 게다가 어딘가 창이 열려 있는 모양이라 매연이 심하게 들어와서 터널에서는 손수건으로 입을 막고 숨을 참아야 했다. 다카야마에 가까워질수록 터널은 계속 늘어났다. 그래도 길지는 않아서 들어갔나 싶으면 금세 나오는 짧은 터널이 이어졌고, 그때마다 하얀 연기가 객차에 자욱했다.

터널을 빠져나올 때마다 어머니의 얼굴이 눈앞에 나타나 열심히 나를 보며 웃었다. 말을 걸려고 하면 기차가 또 순식간에 터널로 들어가고 어머니 얼굴은 사라졌다. 연기가 지독해서 목소리를 낼 수 없었다. 뜨악해하고 있으면 또 밖으로 나왔다. 작은 흰색 손수건을 입에 댄 어머니가 재미있다는 듯 웃는 모습이 연기 속에 나타났다. 그리고 다시 사라졌다.

"연기 사이로 보일 때마다 네 얼굴이 조금씩 거무스름해지는 게 참 우습더라."

어머니는 먼 훗날까지 이 여행을 떠올리며 큰 소리로 웃었다.

"네가 두 살 때 도쿄에 데려갔던 뒤로 단둘이 하는 여행은 그때가 처음이었어."

결혼하고 내가 남편과 귀국했을 때 남동생과 함께 하네다 공항으로 마중나온 어머니는, 남편이 악수를 청하지 않고 웃으면서 고개만 숙여 인사한 것이 기뻤다고 살짝 털어놓았다. 외국 사람이니 악수를 하면 어떡하나 며칠 전부터 걱정했었거든. 마음을 써줘서 기뻤어.

눈 깜짝할 사이 삼 주가 흐르고 출발을 앞둔 날 밤, 늘 그래왔던 것처럼 알파벳에 서툰 어머니 대신 밀라노의 주소를 미리 써둔 봉투 한 다발을 거실로 가져가자 어머니는 주소를 가만히 들여다보면서 말했다.

"밀라노라니, 넌 항상 혼자서 먼 곳으로만 가버리는구나."

아스포델 들판을 지나

오후의 바람이 레몬 잎 안쪽을 천천히 쓸고 지나가면 군데군데 때이른 노란빛으로 물든 진녹색 숲에 희미한 술렁거림이 이어진다. 올려다보면 난반사한 빛이 어둡게 느껴질 만큼 푸르른 7월 하늘의 한 조각이 잎 사이로 어른거린다. 정원을 바라보는 옆집 창문에서 와인병 마개를 따는 소리가 퐁 울리고, 점심 식탁을 둘러싼 가족의 대화가 띄엄띄엄 들려온다. 흰 벽을 따라 놓인 각양각색의 덱체어 중 하나에 앉아 책을 읽으려 하지만 잎을 건너오는 바람 소리며 나무 향기에 마음이 빼앗겨 집중이 되지 않는다. 괜찮아, 난 여기가 더 편해, 하면서 3층 방에서 낮잠에 빠진 페피노의 선택이 옳았는지도 모른다. 이틀 전 늦은 오후 소렌토 근처의 이 펜션에 도착한 뒤로 그는 틈만 나면 이마에 엷게 땀이 배도록 잠을 잤다.

저렇게 잠만 자는데 단지 피곤한 탓일까. 내가 모르는 사이 몸 어딘가가 안 좋아진 건 아닐까. 사 년 전 가을 페피노와 결혼한 뒤로 일상을 공유하는 기쁨이 커질수록 어쩐지 그것이 비현실적으로 느껴졌고, 조만간 그를 잃는 게 아닐까 하는 이유 없는 불안이 줄곧 내 안에 웅어리져 있다가 생각지도 못한 때 불쑥 고개를 쳐들곤 했다. 밤늦게 침대에서 책을 읽는데 먼저 잠들어버린 그가 긴 한숨을 내쉬면 혹시 이대로 호흡이 멈춰버리는 건 아닌가 숨죽여 지켜보고, 귀가가 예정보다 몇 분이라도 늦어지면 사고 등의 구체적인 이유를 생각하기에 앞서 진공 속을 낙하하는 듯한 기분이 걷잡을 수 없이 덮쳐오기도 했다. 누구나 경험하는 어린아이 같은 불안증후군이라고 한다면 그럴지도 모르지만, 뭔가 무서운 것이 길모퉁이에 숨어 있지 않을까 하는 불안이 떠나지를 않았다. 그것만 제외하면 충분히 만족스러운 나날을 보내고 있었는데.

누구에게도 털어놓지 못하던 불길한 예감은 아주 근거가 없는 것도 아니었다. 한 살 터울인 남편의 형은 결핵으로 통원치료를 받던 어머니에게서 감염되어 스물한 살에 죽음에 이르렀고, 여동생 역시 같은 병으로 석 달쯤 병상에 누워 있다가 이듬해 봄 열여덟 나이로 죽었다. 한창때인 두 사람을 그렇게 보내고 심리적인 평정을 잃어버린 가족에게, 이 년도 지나지 않아 이번에는 아무런 예고 없이 아버지의 죽음이 닥쳤다. 게다가 페피노도 결코 건강한 편이 아니었다.

그는 일련의 사건을 나에게 감추려 들지 않았을뿐더러 자신을 따라다니는 위험신호처럼 여러 번 강조했고, 그것이 결혼이 늦어진 원인 중 하나라는 점도 어렴풋이 느낄 수 있었다. 그러나 각자의 슬픔을 함께 짊어지면 지금까지 이어온 불안한 인생을 바꿀 수 있으리라 믿고 싶었던 우리는 다른 생각 않고 결혼을 강행했다. 그러므로 지금껏 남편을 괴롭혀온 가족의 병, 죽음에 의한 불합리한 이별이 어쩌면 그뿐 아니라 나에게도 언제 어떤 형태로 덮쳐올지 모른다는 두려움이 내 마음속에 싹튼 것은, 결혼으로 손에 넣은 평온하고 만족스러운 나날을 둘도 없이 소중한 무엇으로 의식하게 된 후였다.

때로는 페피노가 짊어진 슬픔의 깊이에 나 같은 사람은 끼어들 여지가 없음을 절감하기도 했다. 아무렇지 않게 보던 영화에 등장인물이 죽는 장면이 나와서 옆에 있는 그의 안색이 바뀌었을 때, 나는 우리 사이에 넘을 수 없는 심연이 가로놓여 있음을 느끼고 당황했다. 어떻게 하면 그의 의식을 가시처럼 찌르는 불길한 기억을 없앨 수 있을까.

친구들은 그가 결혼하더니 밝아졌다고 입을 모아 말했다. 실제로도 처음 만났을 무렵 무슨 음식을 좋아하느냐고 물으면 음, 난 음식에는 그다지 관심이 없어, 하고 시큰둥한 표정을 짓던 그는, 역시 아스파라거스는 올리브유와 식초를 뿌려서 먹는 것이 최고라는 둥, 일요일만이라도 좋은 와인을 마시자는 둥, 다음번에는 폴렌타에 삶은 송아지 고기를 곁들이자는 둥 이런저런 제안을 해서 나를 기쁘게 했다. 오랜만에 만난 그의 친구가 뭐야, 결혼하더니 엄청 건강해졌는걸, 하면서 기뻐하는 모습에 역시 그런 불안은 기우라고 생각하며 안심했다. 우리가 열흘의 여름 휴가를 소렌토에서 보내기로 결정했을 때도 친구들은 한결같이 그의 '변화'를 축복해주었다.

밀라노에서 열한시 비행기로 나폴리 공항에 도착해 마중나온 로살리오의 차를 타고 곧장 이 펜션으로 왔기 때문에 여기가 이 도시 어디쯤인지, 바다는 어떻게 가는지도 아직 잘 몰랐다. 정식 지명은 피아노 디 소렌토지만 이곳 사람들은 그냥 피아노라고 부르는 작은 도시로, 유명한 노래에 등장하는 해안 휴양지 소렌토와 가깝지만 화려한 관광지와는 거리가 멀고 바다에서도 다소 떨어져 있는 터라 여기까지 오는 여행자는 거의 없었다.

로살리오의 차는 공항을 떠나 한동안 고속도로를 달리다가 해안선을 따라 내려가는가 싶더니, 다시 울퉁불퉁하게 올리브밭 사이를 누비는 지방도로로 들어갔다. 여기저기 보이는 키 큰 갈

대밭이 담장처럼 둘러싼 레몬나무숲과 좁고 구불구불한 도로가, 평탄하기만 하고 아기자기한 맛이 없는 롬바르디아의 경치에 익숙한 내 눈에 신선하게 다가왔다. 커브를 돌 때마다 끼익끼익 타이어 소리를 내며 낡은 란치아를 기세 좋게 운전하는 로살리오를 뒷좌석의 페피노가 이따금씩 완곡하게 말리곤 했다. 천천히 가, 로살리오. 서두를 것 전혀 없어.

나폴리 대학 정치학과에서 무급 조교로 일하며 이런저런 아르바이트 외에도 남북 문제 등의 기사를 신문과 잡지에 기고해 생계를 꾸리고 있던 로살리오는, 페피노가 밀라노에서 친구들과 함께 운영중인 코르시아 서점을 지방에서 협찬하는 가톨릭 좌파의 일원이었다. 먼 곳에서 서점을 지원해주던 친구들이 으레 그렇듯 많아야 일 년에 두세 번 찾아왔지만, 북부에 올 일이 있으면 반드시 서점에 들러서 새로운 정보를 얻고 자신들의 근황도 전해주고 돌아갔다. 마침 나도 같이 있던 날 로살리오는 서점에 들어오자마자 페피노를 붙잡고 말했다.

"여름만이라도 인간답게 쉬어. 피아노에 오면 내가 친구들을 동원해서 안내할게."

아직 학생 티가 남아 활기찬 로살리오가 진지하게 권하자 밀라노에서, 아니, 평온한 일상생활에서 벗어나기를 무척 꺼리는 페피노도 무슨 바람이 불었는지 순순히 응, 하고 대답했다. 그를 친형처럼 따르는, 어릴 때 아버지를 여의고 고생해온 로살리오가 마치 일가의 주인 같은 얼굴로 초대해주어 유난히 기뻐서였는지, 아니면 내가 꼭 가고 싶다는 표정을 지어서였는지는 모르겠다.

근처 펜션을 열흘간 예약해두었어. 로살리오는 집으로 돌아가자마자 전화를 해왔다. 초등학교 친구가 하는 곳인데, 방값도 많이 깎아주겠대. 도심에서 좀 떨어져 있지만 조용한 곳이니 마음에 들 거야. 어차피 어디 나갈 때는 누가 차로 데리러 갈 테니까 불편하지는 않을 테고. 로살리오의 말투가 너무나 자신감 넘치는 바람에, 우리는 평소와 다른 일을 하려면 우선 돈 문제부터 신중하게 생각해야 한다는 사실을 잊고 곧장 밀라노를 떠날 마음을 먹어버렸다.

"여름만이라도 인간답게 쉬어야지."

로살리오는 조금 화난 투로 그렇게 말했는데, 생각해보면 우리 생활은 휴가에 관해서만은 인간다움과 거리가 먼 것 같았다. 여름휴가 때는 밀라노를 떠나는 것이 당연하다, 습하고 추운 북부의 겨울을 이겨내려면 그것이 지혜이고 의무라고 여겨지는 이곳에서, 결혼하고 사 년 동안, 일본에 갔던 첫해 겨울을 제외하면 매년 여름 썰렁해진 무젤로 거리의 집에 틀어박혀 책이나 읽는 우리의 휴가는 확실히 정상이라고 할 수 없었다. 차가 없는 탓도 있었지만, 설령 무거운 엉덩이를 들어 여행을 떠난다 해도 밀라노에서 기차로 두 시간쯤 걸리는 산골 도시로 친구를 찾아가는 정도가 고작이었고, 그나마도 하루나 이틀만 묵고 바로 돌아오는 식이었다.

여행을 싫어하는 그의 성격은 어머니에게 물려받은 것이었다. 남편이 철도원이라 그의 사후에도 평생 철도 무료 패스를 쓸 수 있었는데도, 밖에 나가 이런저런 일에 신경을 쓸 바에야 집에 있는 편이 낫다며 밀라노에서 한 시간이면 충분히 갈 수 있는 브레시아의 형제들도 좀처럼 찾아가지 않았다. 어머니가 혼자 밀라노에 계시겠다는데 우리끼리만 어디 갈 수도 없다는 이유를 들기도 했는데, 그것도 내가 보기엔 집을 떠나지 않으려는 구실에 지나지 않았다.

로살리오가 구해준 펜션은 '작은 빈Klein Wien'이라는, 소렌토답지 않은 이름이었다. 펜션 경영자는 부인이 오스트리아 사람이었는데 몇 년 전 빈으로 독일어를 배우러 갔다가 만나서 결혼했다고 한다. 금발에 키가 크고 야윈 체격에 사투리가 섞인 이탈리아어를 썼고, 아침에는 종종 프런트를 지키기도 했다. 방은 숙박비에 비해 깨끗하고 꼼꼼히 청소되어 있었으며, 투숙객 중 독일어권 사람이 많아서인지 식사 시간을 제외하면 다들 어디 있는 걸까 싶을 정도로 조용해 편하게 지낼 수 있었다. 게다가 원래 정원 주변이 레몬 밭이었던 모양인지 울창한 가지를 뻗은 큰 나무가 많아서 한낮의 더위를 잊게 해주었다.

로살리오는 매일 새로운 계획을 세워 우리를 데리러 왔다. 전쟁 후 기독교민주당의 철학적 중추였다는 저명한 법학자의 집에 안내해준 적도 있었다. 유족들이 없어서 집 열쇠를 로살리오가 맡고 있는 것 같았다. 묵직한 마호가니 가구로 통일된 서재는 잉크병까지 주인이 살아 있던 때 그대로 남아 있었는데, 로살리오가 익숙한 손놀림으로 영국식 창문을 열자 집 아래 길에서 놀고 있던 아이들의 새된 목소리가 박물관 같은 방안으로 뛰어들었다. 이 학자는 초등학교 고학년 무렵부터 신문사에서 아르바이트를 하던 로살리오를 유망하게 생각해 고등학교 졸업 때까지 학비를 내주었다고 했다. 그의 저서 중 이탈리아 남부 문제를 다룬 고전으로 꼽히는 책이 몇 권 있어 페피노와 로살리오는 그의 사상에 대해 한참 이야기를 나누었다. 평소 가벼운 장난만 치던 로살리오도 이런 화제가 나오자 페피노의 의견에 눈을 반짝이며 귀기울이고 또 자신의 의견을 말했다. 젊은 연구자답게 열변을 토하는 그 진지한 옆얼굴은 꼭 처음 보는 사람 같았다. 두 사람의 논점은, 이탈리아 통일을 성취한 북부 정치인들이 남부의 현실을 무시한 탓에 마피아를 비롯 현재 남부가 안고 있는 각종 사회문제가 생겨났다는 것이었다. 일본의 메이지유신 때도 그런 일이 있었을지 모르겠다고 생각하면서 나는 창밖으로 오동나무 비슷한 커다란 이파리가 바람에 살랑거리는 모습을 보고 있었다.

로살리오 친구의 모터보트를 타고 먼바다로 나간 적도 있었다. 엘레나라는 긴 금발의 아가씨가 같이 왔는데 로살리오가 무슨 말을 할 때마다 집어삼킬 듯한 눈빛으로 바라보는 통에 약혼자예요? 하고 물으니 로살리오는 기쁜 듯이 하얀 이를 드러내며 웃었다. 반질거리는 검은 곱슬머리의 로살리오, 모터보트 뱃머리에 걸터앉아 금발을 나부끼는 엘레나는 마치 그리스신화에 나오는 젊은이들처럼 건강하고 한껏 축복받은 것 같았다. 엘레나는 코르시아 서점에 가본 적 있다면서 페피노에게 최근의 출판물에 대해 묻고 나에게 일본에 대한 질문도 했다. 로살리오와 같은 나폴리 대학 정치학과 학생으로, 내년에 드디어 졸업논문을 쓴다며 진지한 표정을 지었다. 친구 하나가 작살로 잡은 물고기를 절벽 아래 해변에 모닥불을 피워 구워먹기로 하고 보트를 해변의 자갈밭에 댔다. 산피에트로라는 성자의 이름으로 불리는 도미 비슷한 물고기였는데, 다들 입맛을 다시면서도 물고기 이름에서 교회론으로 화제가 번지고, 이윽고 기독교민주당에 대한 비판으로 비화되어 한바탕 정치 논쟁이 벌어졌다. 햇볕을 쬐면 피곤해진다던 페피노는 돌아오는 길에 계속 입을 다물고 있었다. 눈만은 여느 때처럼 웃고 있었지만.

어느 날 소렌토 해변에서 저멀리 앞바다에 보이는, 섬이라고는 하기 힘든 바위섬까지 헤엄쳐 가자는 이야기가 나왔다. 영법에 상관없이 자기 스타일로 수영하는 사람이 많은 이탈리아에서는 실력이 그럭저럭 뒤처지지 않을 나도 참가하기로 했다. 로살리오와 엘레나가 제일 먼저 도착해 내가 바위에 다다르자 마치 응접실에서 손님을 맞이하는 것처럼 손을 내밀어주었다. 물에 들어가기 싫다며 이 소동에 전혀 흥미를 보이지 않던 페피노는 해변에 남았는데, 바닷물을 마시고 난리를 치느라 목이 쉬어버린 상태로 해변으로 돌아와 물가에 있는 그의 모습을 보았을 때 나는 순간적으로 목이 메어 멈춰 서버렸다. 그는 불과 이삼일 사이에 벌겋게 탄, 요즘 들어 조금 살이 붙은 상체를 파도에 맡기고 흔들리면서 한참 물속에 누워 있었던 것이다. 양손을 가슴에 올리고 머리는 위를 향해 살짝 들고, 안경까지 쓴 채로. 곁으로 다가가자 나를 올려다보며 웃었다.

무방비 상태라 해야 할까. 바다에 잠겨 파도에 몸을 맡기고 흔들리다니, 어린애도 아니고. 그 말을 덮어씌우듯 바로 또다른 표현이 머릿속을 내달렸다. 죽은 사람도 아니고.

물론 입 밖으로 내지는 않았지만 돌 밑에 숨어 있던 전갈처럼 느닷없이 튀어나온 이 말에 스스로도 당황했다. 처음에는 쓸쓸했고, 이어 나 자신도 어쩔 도리가 없을 만큼 불쾌해졌다. 그만 펜션으로 돌아가자는 나를 의아한 듯이 쳐다보면서 페피노는 물에서 천천히 몸을 일으켜 해수욕장 오두막을 향해 걷기 시작했다.

좀 멀지만 오늘은 파에스툼 유적을 보러 가자. 휴가도 거의 끝나갈 무렵, 여느 때처럼 펜션으로 데리러 온 로살리오와 친구들이 말했다. 그날 오후 나는 왠지 무거운 기분으로 차에 올랐다. 나폴리 주위에는 폼페이나 헤르쿨라네움 등 베수비오 화산 분화 당시 매몰된 로마 시대의 폐허가 몇 군데 있었는데, 경솔하게도 파에스툼도 그런 유적 중 하나일 거라 넘겨짚었기 때문이다. 몸을 구부린 자세로, 또는 지면에 누워 있는 모습으로 화산재에 매몰되어 목숨을 잃은 사람들의 처참한 석고 인형은 전혀 보고 싶지 않았다. 어릴 때도 등굣길에 있던 병원 뒤쪽으로 죽은 사람들이 운반된다는 이야기를 듣고는 지나다닐 때 절대 시선을 주지 않았고, 책을 펼쳤을 때 혹시나 성서 이야기에 나오는 그리스도의 책형 삽화가 나오지 않도록 그 페이지를 아예 풀로 붙여버려 학교에서 물의를 빚기도 했다. 전쟁 당시는 미군 비행기의 기총소사를 피해다녔고 공습이 지나간 후에도 죽은 이들의 모습을 보지 않으려 어지간히 노력했다. 죽음이란 어떤 상황에서도 눈길을 줘선 안 되는 것이었고, 평생 맞닥뜨리지 않는 편이 차라리 나았다.

차에서 그런 이야기를 하자 다들 웃으며 알려주었다. 파에스툼은 기원전 포세이도니아로 불린, 바다의 신에게 바쳐진 그리스의 식민 도시였다. 그후 로마 군대가 주둔해 지금의 이름으로 바뀌었지만 그리스 유적은 그대로 남았다. 우리가 출발한 소렌토에서 해안을 따라 100킬로미터쯤 남쪽으로 내려가면 나오는 해변 도시로, 폼페이나 헤르쿨라네움처럼 도시 자체가 흥미롭다기보다는 몇몇 신전을 비롯한 건축물들이 볼만하다. 학자들에 따르면 고대 그리스 건축물이 다른 어느 곳보다 잘 보존되어 있고, 특히 기원전 5세기에 지어진 포세이돈 신전의 아름다움은 아테네의 파르테논 신전에 비교해도, 언덕 위라는 드라마틱한 입지조건을 제외하면, 절대 뒤지지 않는다. 그런데, 하고 로살리오가 덧붙였다. 네가 싫어하는 죽은 이의 도시 네크로폴리스가 있긴 해. 2차 세계대전 때 이쪽에 상륙한 미군이 발견했는데, 이름은 죽은 이의 도시지만 아마 귀족의 묘지인 것 같아. 만약 보고 싶지 않으면 거긴 빼도 돼.

포세이도니아, 그리스 바다의 신의 이름을 딴 옛 도시의 이름이 호메로스의 시에 대한 향수를 불러왔다. 로마가 이탈리아와 반도의 패자로 떠오르기 전 이 지역에 그리스인들은 식민 도시를 세웠다. 그들은 신전을 세우고 상업을 했으며 신들에게 경기를 바쳤다. 이렇게 바다와 가까운데 경기용 수영장까지 따로 있었다고 한다. 고대 그리스인들에게 국민의 정체성이란 그리스어를 하고 같은 신을 섬기는 것이 전부였다고 어디선가 읽었는데, 이탈리아인들은 지금도 자신들의 국토에 그리스 식민 도시가 산재해 있다는 것을 자랑스러워하고, 국내의 그리스 유적 이야기를 할 때는 은근히 흥분해 목소리가 커진다.

여름이 끝나가는 파에스툼 유적의 들판에 나는 홀로 서 있었다. 도착해 차에서 내리자 다들 제각각 흩어져버린 것이다. 천천히 기울기 시작한 해가 갑자기 속도를 더해 숲 건너편 바다로 잠겨가는 시간이었다. 오렌지를 짠 듯한 빛이 두 개의 신전 중 다른 하나를 압도하며 한층 높아 보이는 포세이돈 신전을 감쌌고, 말을 잃고 서 있는 나 역시 감귤 같은 색으로 물들었다. 그리스 신전은 처음 보았다. 완전한 것이 늘 그렇듯, 위대한 조화가 자아내는 평온함으로 인해 거의 인간의 손을 거치지 않고 존재한다고 느낄 만큼 교묘한 착각의 그물이 한동안 나를 고스란히 감쌌다.

내가 올려다본 것은 환상 속의 지붕을 떠받치는 거대한 도리아 양식 원기둥으로 둘러싸인 유례없는 신들의 공간이었다. 명석明晳이라는 말에서 인간이 상상할 수 있는 최고의 표현으로 보이는 고대의 유적이 석양을 한가득 받으며 빛나고 있었다. 기둥 하나하나에 나란히 새겨진 수직의 홈은 시간과 기후와 인간의 손에 크고 작은 상처를 입었지만, 오늘도 바다 위로 떨어지는 햇볕을 마지막 조각까지 놓치지 않고 황폐한 돌의 표면에 빨아들이기 위해 끈질긴 생명의 온 에너지를 기울이고 있어서, 돌에 갇힌 숨막힐 정도로 집중된 정신이 쿵쿵 맥동하는 소리가 들려오는 것 같았다.

우리가 늦게 도착해서 벌써 입구가 닫혔는지, 발굴 작업이 진행중이라 그곳만 출입이 금지됐는지 신전으로 가는 풀숲에 더이상 접근하지 못하도록 가시철조망이 둘러쳐져 있었다. 그것이 맞은편에 우뚝 선 신전에 대한 감정을 한층 증폭시켰다. 저멀리서 로살리오의 목소리가 들려왔다. 폐허 어딘가에 페피노도 같은 빛을 받으며 멈춰 서 있을 것이다.

해가 지고 햇살이 바다 쪽을 가리키며 질주하는 가운데, 나는 철조망을 따라 걷기 시작했다. 친구들한테로 가자. 그나저나 페피노는 어디로 가버렸을까? 들판이라지만 바닥 여기저기 크고 작은 건물의 초석이 남아 있어서 조심하지 않으면 발에 걸려 넘어질 것 같았다. 약간 높은 지대에 갈대숲이 있고 좀 전부터 불기 시작한 바람에 푸른 기운이 도는 잎 끄트머리가 너울거렸다.

로살리오는 엘레나와 함께 커다란 대리석 덩어리에 기어올라가 바다를 보고 있었다. 페피노는? 내가 묻자, 뭐야, 같이 있었던 거 아니었어? 라고 했다. 이상하네, 어디로 갔담?

대수롭지 않은 로살리오의 반응에 내내 내 안에 불씨를 품고 있던 불안이 확 달아올랐다. 빠져나갈 방법도 모른 채 나는 멍하니 주위를 둘러보았다.

아무런 맥락 없이, 평소 좋아하던 『오디세이아』의 한 구절이 떠올랐다.

> 아킬레우스는 아스포델 들판을
> 지체 없이 가로질러 가버렸다

죽은 이의 나라를 찾아간 오디세우스가 한때 트로이전쟁에서 함께 싸운 영웅 아킬레우스를 만나 그의 장렬한 최후를 칭송하자 아킬레우스는 우울한 듯이 대답한다. 내 죽음을 칭송하지 말아주게. 영웅으로 죽어 사자의 혼을 지배하느니, 어디서 농부라도 되어 땅을 일구는 편이 훨씬 낫다네. 그후 아들의 소식을 묻는 아킬레우스에게 오디세우스가 대답하자 그는 이별을 애석해하지도 않고 지체 없이 떠나버린다. 그가 가로지르는 들판의 수식어 '아스포델'의 뜻을 알고 싶어서 몇 개의 사전을 찾아보았다. 식물은 식물인데 여러 설이 있고, 확실한 것은 망각을 상징하는 풀이라는 내용뿐이었다. 수선화와 비슷한 흰 꽃이라거나 벼과 식물이라고 전혀 다르게 설명해놓기도 했다. 페피노의 친구 로사 칼체키 오네스티가 번역한 에이나우디 출판사 대역판에는 아스포델이 '망각의'라는 형용사로 옮겨져 있다. "아킬레우스는 망각의 들판을 총총히 지나갔다."

아주 짧은 시간 페피노의 모습이 보이지 않았을 뿐인데 왜 그랬을까? 그런 얼굴 하지 마, 어차피 근처에 있을 텐데. 로살리오가 당황해 그렇게 말할 만큼 나는 평정심을 잃었고, 별이 반짝이기 시작한 하늘 아래 까닭 없는 불안에 쫓기듯, 폐허에 흩어진 크고 작은 돌부리에 발이 걸리면서 잃어버린 물건을 찾는 아이처럼 그를 찾아다녔다.

열흘간의 휴가는 피서객으로 북적거리는 소렌토와는 거리가 먼 분위기 속에서 막을 내렸고, 우리는 즐거운 나날에 어린 수런거림을 햇볕에 탄 피부에 담고서 다시 '인간답지 않은' 밀라노의 일상으로 돌아왔다. 프랑스와 서독의 학생운동 소식이 이탈리아로 전해지고, 코르시아 서점의 장래를 두고 친구들이 서로 대립하면서 다들 얼굴이 험악해지는 날이 이어졌다. 페피노는 익숙한 서점 안에서 넘어져 다치거나 중요한 용건을 잊어버렸다. 대체 무슨 일일까, 하고 스스로도 고개를 갸웃할 정도였다. 크리스마스가 며칠 남지 않은 어느 날 밤, 페피노는 서점에서 뜻밖의 소식을 들고 왔다. 로살리오가 엘레나와 함께 멕시코로 떠났다는 것이다. 왜 멕시코 같은 데로 갔을까? 내 물음에 페피노는 멕시코의 대학에서 일자리를 찾았나봐, 하고 대답했다. 그래도 나는 이해가 가지 않았다. 왜 멕시코지? 거듭 묻는 내게 페피노가 툭 던지듯 말했다.

"엘레나가 다른 남자와 결혼했었거든."

은인이라는 법학자의 집을 찾았을 때 이탈리아 남부의 장래에 대해 그토록 열성적으로 페피노와 논쟁하던 로살리오가, 대학에서의 경력도, 남부 문제에 조금이라도 밝은 빛을 가져오려는 정열도 내팽개치고 단지 엘레나와 결혼하기 위해 그 먼 멕시코로 가버리다니 아무리 생각해도 그답지 않았다. 그리고 이듬해 3월 안개가 자욱한 날 밤, 페피노는 더욱 뜻밖의 소식을 들고 왔다. 로살리오의 부고였다. 심장발작으로 급사했다는 사실 말고는 아무것도 알 수 없었지만, 나는 그 소식을 듣고서야 막 서른을 넘긴 로살리오의 어딘가 삶을 서두르는 듯했던 모습을 조금 이해할 수 있을 것 같았다.

그리고 다시 석 달쯤 지났을까, 페피노가 죽었다. 한 달 전부터 늑막염으로 몸져누워 있었다. 병명을 안 뒤로 나는 밤낮없이 브레이크가 고장난 자전거를 타고 언덕길을 내려가는 듯한 그를 어떻게 막을 수 있을까 하는 생각뿐이었다.

죽음에 대항하며, 죽음의 손에서 그를 떼어놓으려다 지쳐버린 나를 남겨놓고, 나보다 더 지친 그는 어느 초여름 밤 아무 말 없이 홀로 떠나버렸다.

휑뎅그렁한 무젤로 거리의 집에서 아침에 눈을 뜨고 온통 흰 빛으로 가득한 벽을 멍하니 바라보고 있자니, 해가 진 파에스툼의 들판에서 어딘가로 사라져버린 페피노를 돌부리에 걸려가며 찾아다니는 내 모습이 보이는 것 같았다.

아스포델이 꽃 이름인지, 그저 망각을 의미하는 보통명사인지는 아직 확실히 모른다.

오리엔트 특급열차

"아침 아홉시에 킹스크로스 역에서 '플라잉 스코츠맨'이라는 특급열차가 출발할 거다. 그걸 타고 에든버러까지 가보거라. 아빠도 그 기차를 타고 스코틀랜드로 갔단다. 에든버러에서는 스테이션 호텔에 묵을 것."

가보거라, 라는 얼핏 온화하고 자상한 말투보다는 '묵을 것'이라는 명령이 아버지의 본심에 더 가깝다는 것은 금세 알 수 있었다.

플라잉 스코츠맨, 하늘을 나는 스코틀랜드 남자. 아버지는 무엇보다 그 이름이 마음에 들었을 것이다. 그래서 자신을 닮아 여행을 좋아하는 딸을 그 기차에 태워 북방의 옛 수도로 보내려는 것이리라. 일견 뜻밖의 편지였지만 너무나도 아버지다운 낭만이 읽혀서, 아버지에게 반항하는 것을 존재 이유처럼 삼아온 나도 이상하게 이번만은 순순히 그 명령을 받아들이고 싶었다. 나 역시 그런 이름의 기차를 타고 몇 번이고 아버지에게 이야기를 들었던 북쪽 도시를 찾아가는 것에 아예 흥미가 없는 것은 아니었다. 에든버러라는 지명 자체에 강하게 이끌리기도 했다. 특히 그 나라 사람의 발음에서 들리는, 왠지 입안에서 우물거리는 듯한 신기한 음감을 좋아했고, 한 번쯤 가보고 싶다는 막연한 동경을 예전부터 품고 있었다.

1959년, 유학중이던 로마에서 이 주 정도 일정으로 영국에 있는 친구를 찾아갔는데, 우연한 소개로 빅토리아 역에서 가까운 로어 벨그레브 거리에 있는 집을 싼값에 빌리게 되었다. 원래 어느 동화 작가가 사는 곳이었는데, 나는 그녀가 콘월에 있는 가족의 영지에서 여름을 보내고 돌아오는 10월까지 일주일에 몇 파운드의 방세를 대신 내며, 생각지도 못했던 쾌적한 나날을 런던에서 보내고 있었다.

로마에서 가져온 책을 읽다 싫증나면 침대 옆 책장에 얼추 갖춰진 영국 고전소설을 펼쳐보거나 친구들에게 편지를 썼다. 산책을 하다가 우연히 눈앞에 멈춰 선 버스에 행선지도 보지 않고 올라타서는 인적 없는 광장뿐인 종점까지 가보기도 했다. 박물관이나 미술관에 가는 날도 있었다. 일 년 동안 생활하며 아는 사람들이 늘어난 로마와 달리 지인이 거의 없는 런던에 있자니 내면이 자유로워지는 느낌이었고, 가끔 쓸쓸하기도 하지만 대체로 조용하고 만족스러운 시간이었다. 끊임없이 주위를 향해 나 자신을 확실히 정의하고 계속 표현해야 하는 대륙과 달리, 상대를 암묵적으로 이해하는 가운데 서로의 영역을 침범하지 않고 그저 타인으로 내버려두는 영국의 생활방식에 마음이 편했다.

말은 플랫이지만 내가 빌린 집은 폭이 좁고 비슷한 벽돌집 몇 채와 함께 늘어선 건물의 조그만 다락방이었다. 흰색 현관문을 열고 들어가면 계단이 나오고, 3층까지 올라가면 또 문이 나왔다. 그 문을 열고 좁고 가파른 계단을 끝까지 올라가면 천장이 한쪽만 낮게 기울어진, 크지 않은 다락방이 나왔다. 발치의 창밖에는 플라타너스가 무성하고, 산들산들 흔들리는 이파리 사이로 비쳐드는 녹색 어린 햇살이 지중해의 바다빛처럼 짙은 파란색 양탄자와 흰 벽과 천장, 영국풍 창틀에 빛나는 것을 보니 아주 예전부터 이곳에 살았던 기분이 들었다. 누군가가 직접 만든 듯한 싸구려 흰색 수납상자와 찬장에는 그것만으로도 방 전체가 온화해 보이는 분홍색 장미를 그려넣은, 작지만 고급스러운 원형 도기 손잡이가 달려 있었다. 친구를 따라 한 발짝 들어서자마자 나는 이 집이 무척 마음에 들었다. 이런 집을 이런 값에 빌릴 수 있을 것 같은데 가을까지 런던에 지내도 괜찮을지 물으며 예상치 못한 지출을 청하는 편지를 아버지에게 보내자 득달같이 답장이

왔다. 그거 잘됐구나. 돈 걱정은 말고 되도록 오랫동안 런던 생활을 즐기렴. 생각했던 것보다 훨씬 너그러운 내용이었다.

아버지가 내 편지를 읽고 답장을 보내기까지는 채 일주일이 걸리지 않았는데, 모든 공공기관이 그때그때 즉흥적으로 운영되는 듯한 로마에서 온 나로서는 믿을 수 없을 만큼 이 나라 우편 서비스는 빠르고 정확했다. 아직 영국이라는 나라가 훌륭하게 기능했을 무렵의 이야기다. 아침과 오후, 하루 두 번 정해진 시간에 1층으로 내려가보면 반짝반짝하게 닦인 놋쇠 손잡이가 달린 흰색 문 앞 바닥에 우편물이 떨어져 있었다. 대체로 항공우편이라 금세 알아볼 수 있는 내 편지를 골라 방으로 가져갔다. 아주 가끔 어머니가 보낸 것도 있었지만 대부분 아버지의 편지였다. 어렴풋한 기억밖에 남지 않아 아무래도 이해가 잘 안 가는 프랑스나 이탈리아와 달리 예전에 한 달쯤 머문 적 있는 런던에 딸이 지내고, 게다가 모든 여행비용을 자신이 내주고 있다는 기쁨 때문인지 무척 들뜬 감정이 배어났다.

한번은 리젠트 거리에 있는, 쪼들리는 학생 생활에 익숙한 나로서는 앞에 서기만 해도 오금이 저릴 듯한 으리으리한 전문점에서 이런 사이즈에 이런 옷깃이 달린 와이셔츠를 사서 보내달라고 하기도 했다. 또 한번은 런던탑에 가기 전에 나쓰메 소세키의 소설을 읽어두라는 편지와 이와나미 문고판 몇 권이 함께 도착하기도 했다. 나 또한 점차 그 흥분에 휩쓸리다시피 해서, 아버지의 편지와 로마에서 가져온 여행 안내서를 핸드백에 넣고 아버지의 추억을 따라 부지런히 런던을 돌아다녔다.

에든버러에 가보라는 편지를 받았을 때도 나 역시 예전부터 가보고 싶은 곳이었기에 곧장 말 잘 듣는 로봇처럼 튀어나갔다. 그리고 킹스크로스 역에서 놀랍게도 아버지가 말한 열차가 그 시간에 출발한다는 것을 알고는 반쯤 무력감에 휩싸이면서도 바로 3등석 표를 사서 출발일인 8월 18일을 불안과 기대가 섞인 심정으로 기다렸다.

에든버러의 스테이션 호텔에서 길 건너 대각선 방향에 있는 아담한 호텔의 깨끗한 침대에서 눈을 뜨자, 뜻하지 않게 이 숙소에 오게 된 지난밤의 일이 떠올랐다. 여러 일이 있었지만 어쨌든 다 잘되었다고 생각하니 지금 있는 방의 차분한 분위기에 긴장이 풀리고 깃털베개처럼 부풀어오른 만족감이 서서히 몸으로 퍼져나갔다. 아직 아침을 먹으러 내려가기에는 이른 시간이었고, 침대 밖의 공기는 생각보다 차가웠다.

런던을 떠날 때는 화창하던 하늘이 북쪽으로 올라갈수록 잿빛으로 변하는 광경을 보며, 내 감각으로는 도쿄에서 오사카 거리쯤으로 느껴지는 에든버러 역에 도착한 것은 늦은 오후였다. 창밖에 불빛이 보이지 않는 것은 저녁이라서가 아니라 가는 비 아니면 안개 때문에 엷은 습기가 가득해서였다. 쌀쌀한 역에 내리자 누구에게 물어볼 필요도 없이 앞쪽 멀리에 'Station Hotel'이라는 빨간 네온사인이 보였다. 안도의 한숨을 내쉬고 여행가방을 들고 걷기 시작했다.

네온사인 아래까지 가보니 어둑한 터널 같은 통로가 아가리를 벌린 안쪽으로 정체를 알 수 없는 어둠이 이어져 있어서 조금 불안해졌다. 정말 괜찮을까 싶었지만 곧 아버지가 묵었던 호텔인데 뭐, 하는 확신이 앞서서 한 손에 짐을 들고 좁은 통로를 걸어가기 시작했다. 낯선 나라를 여행하느라 지친 탓이었을까, 아니면 그냥 소심해졌던 것일까. 마치 중세 성채의 비밀통로 같은 길에는 창문 하나 없었고 어두침침한 조명이 희미하게 주위를 밝힐 뿐이었다. 내 발소리가 지저분한 양쪽 벽에 메아리쳤다. 두번쯤 모퉁이를 돌고 대체 여기가 어딘가 싶어 걱정이 들 즈음, 다시금 앞쪽에 'Station Hotel'이라는 빨간 네온사인이 보였다. 앞으로 가자 어두운색의 작은 문이 보였다. 여기가 통로의 끝 같았다.

기세 좋게 문을 열어젖힌 것까진 좋았는데, 느닷없이 눈앞에 펼쳐진 광경에 나는 기가 확 죽어서 어떻게 해야 할지 몰라 우뚝 멈춰 서고 말았다. 싸구려 같은 네온사인만 봐서는 상상도 할 수 없었던 맨드라미색 융단이 바다처럼 펼쳐져 있고, 통로의 어둠과는 천지 차이로 마치 호사스러운 르네상스의 궁정에 잘못 들어왔다는 착각이 들 만큼 아름다운 샹들리에가 크리스털 방울 하나하나에 빛을 반사하며 번쩍이고 있었다. 검은색 연미복을 입은 훤칠한 보이들이 모퉁이 여기저기 서 있었지만, 멍하니 선 나에게는 허공에 고정한 시선을 돌리려 하지 않았다.

여기까지 와서 돌아갈 수도 없는 노릇이라 나는 되도록 허리를 쭉 펴고 붉은 융단의 바다를 똑바로 건너, 곁눈질로 봐둔 프런트 카운터를 향해 걸어갔다. 이틀 묵을 예정이라 여행가방이 작고 가벼워 그나마 다행이었다. 여기저기 유기 세공이 번쩍거리는, 얼굴이 비칠 듯한 마호가니 소재의 높다란 카운터 앞에 서자 흰 머리와 뚱뚱한 체구에 성장을 한 늙은 지배인이 상냥하게 웃으며 다가왔다. 킹스크로스 역을 떠난 뒤로 지난날 아버지의 우아한 여행을 머릿속으로 좇아온 나는 그 순간 가난한 여행밖에 해본 적 없는 전후 유학생으로 변신했다.

“죄송합니다만.”

나는 지배인의 얼굴을 응시하며, 그러나 무심코 떨리는 목소리에 신경쓰면서 말을 꺼냈다.

“삼십 년 전 이 호텔에 묵었던 아버지의 말을 듣고 역에서 곧장 찾아왔는데요.”

그래서? 하는 표정이 순간적으로 늙은 지배인의 얼굴을 스쳤지만, 그는 여전히 웃는 표정을 무너뜨리지 않고 카운터 너머로 몸을 내밀며 내 말에 귀를 기울여주었다. 같은 열차로 도착한 사람이 많은데도 로비는 쥐죽은듯 조용해서 미세하게 떨리는 내 목소리가 허공에 심전도처럼 기록되는 것 같았다.

"아무래도 제 예산에 비해 이 호텔은 너무 고급인 것 같아요."

큰맘 먹고 단숨에 말해버리자 오호, 하는 깊이 있는 소리가 지배인의 입에서 새나왔다. "그래서요?"

"여기서 제일 싼 방은 얼마 정도인가요?"

나는 당장 도망치고 싶은 마음을 억누른 채 여기서 물러서서는 안 된다고 생각하며 기분과 전혀 어울리지 않는 미소를 지어 보였다. 동안의 노인은 잠자코 내 얼굴을 보다가 곧 유쾌한 듯 입을 벌리고 웃더니 흰 눈썹 아래 눈을 이리저리 굴리며 몇몇 방의 종류와 그에 따른 숫자를 입에 담았다. 당연하게도 어느 방의 숙박비나 내 예산을 훌쩍 넘어선 것이었다.

"정말 죄송합니다만……"

나는 다시 반복했다.

"별로 멀지 않은 곳에, 이렇게 고급은 아니더라도 괜찮은 호텔을 소개해주실 수 없을까요? 아버지 이야기를 듣고 여기에 묵을 생각만 하고 왔거든요."

늙은 지배인의 눈이 실처럼 가늘어지고 야구 글러브 같은 손으로 펜을 쥐나 싶더니, 그는 스테이션 호텔 문장이 그려진 고급 종이에 술술 다른 호텔 이름을 적고는 높은 카운터 앞에 발돋움을 하고 있는 나에게 윙크를 하면서 건넸다.

"정문으로 나가 길 건너 바로 앞입니다. 좋은 호텔이니 안심해도 좋습니다. 그럼 아가씨, 즐거운 여행 하시길."

아버지도 참, 스테이션 호텔이 어떤 수준인지도 설명 안 해주다니. 어둑한 아침 따뜻한 침대 속에서 나는 아버지를 원망했으나, 동시에 서른 즈음 그렇게 사치스러운 여행을 해치운 젊은 아버지의 모습에서 어떤 사랑스러움마저 느꼈다. 키에 비해 너무 높은 카운터 앞에서 위풍당당한 지배인에게 용건을 전하느라 진땀을 뺀 내 모습을 떠올리면 비참해졌지만 아버지에게 이야기해주면 분명 좋아할 것이다. 말로는 여자애가 부끄럽게 그런 짓을 했다고 꾸짖겠지만.

지배인의 말대로 역 앞 큰길 건너편에 있는 이 호텔로 와서 짐을 방에 두고는 잽싸게 몸단장을 하고 다시 거리로 나섰다. 저녁을 먹기에는 이른 시간이었지만 북쪽의 8월은 런던보다 해가 길고 날씨도 좋지 않았던 탓에 잿빛 하늘에는 좀처럼 밤이 찾아올 기미가 보이지 않았다. 직장인 퇴근시간인지 체격이 좋고 키 큰 남녀가 어깨를 펴고는 넓은 보폭으로 천천히 황혼 속을 걸어갔다. 8월인데도 묵직해 보이는 질 좋은 모직 재킷 차림에 튼튼한 구두를 신고서 활보하는 인파에 섞여 걷자니 마치 소리 없는 도시에 갇혀버린 느낌이었다. 런던에 막 도착해서는 그 조용함이 어색하기만 했는데, 여기까지 와서 보니 다들 일부러 목소리를 죽이고 발소리를 내지 않으려 주의하며 걷는 게 아닐까 싶을 정도였다. 아버지는 어떤 표정으로 이 길을 걸었을까. 사람들 무리 사이로 등이 약간 굽은 아버지의 뒷모습이 보이는 듯한 기분이 들었다.

미리 방향을 짐작해둔 대로 호텔 앞 프린세스 거리를 서쪽으로 걸었다. 멀리서라도 좋으니 해가 지기 전에 에든버러 성의 웅장한 모습을 보고 싶었기 때문이다.

에든버러 성 옆에 딱 너만한 나이에 교복을 입은 여학생 열 명 정도가 젊고 아름다운 수녀님을 따라 놀러왔더라. 강아지처럼 풀밭 위를 뛰어다니는 걸 보고 스코틀랜드 아이들도 너희와 똑같구나 생각했지. 아버지는 우리에게 몇 번이나 그런 이야기를 해주었다.

아버지 일행이 성 구경을 하고 나오니 마침 수녀도 아이들을 모아서 돌아가려는 참이었다. 그런데 한 명이 보이지 않는지 연신 그 아이 이름을 불러댔다고 한다. 맑고 투명한 목소리로.

메리라는 이름이었어. 아버지는 이것만은 기억하고 있다는 양

힘주어 말했다. 눈을 감고서 약간 음치인 목소리로 메리, 메리, 하고 젊은 수녀의 목소리를 흉내내어 우리를 웃긴 적도 있었다.

육 개월에 걸친 아버지의 외유에 대한 추억담에는, 항상 그렇진 않아도 아이들 이야기가 많았다. 공기가 희박하게 느껴지는 스코틀랜드에 와서 교복 입은 소녀들을 보고 서른 살의 아버지는 문득 일본에서 미션스쿨을 다니는 딸들을 떠올렸던 걸까.

그날 날씨는 어땠느냐고 물어볼걸. 프린세스 거리를 서쪽으로 걸으면서 나는 생각했다. 나도, 그리고 아마 항상 나와 함께 그 이야기를 듣던 여동생도 해가 빛나는 푸른 하늘 아래 잔디밭에서 메리를 부르는 수녀님의 모습을 그려왔기 때문이다. 안개 자욱한 8월의 으스스한 에든버러는 상상도 못했다.

곧 왼쪽 시야가 트이는가 싶더니 움푹 팬 곳으로 들어왔는지 모든 것이 회색으로 흐려졌다. 자세히 보니 골짜기 같은 지형 너머로 이상하게 생긴 시커먼 암벽이 우뚝 서 있었다. 호텔을 나와서 별로 특별할 것 없는 거리를 쭉 걸어왔으니 불쑥 나타난 바위산은 기이하다고 말할 수밖에 없었다. 순간 환각인가 싶어 무심코 눈을 감아버렸다. 호텔에서 받은 간단한 지도를 보니 확실히 에든버러 성 쪽은 맞는데, 눈앞에 있는 것이 성채인지 아니면 그저 바위산에 불과한지 판단이 서지 않았다. 저녁식사 시간인지 주변은 인적이 없고 길 위에 안개만 흘러넘치고 있었다.

정말 그것이 에든버러 성이었을까? 아침 햇살 가득한 호텔 침대에서 나는 전날 밤에 본 신기한 광경을 떠올렸다. 루아르 강변 등 대륙의 화려한 고성이 익숙한 내 눈에 험악한 바위산에 지어진 성채가 기이하게 비친 것뿐이겠지만, 그때는 산이고 바위고 으스스하게만 느껴져서 산책을 그만두고 호텔로 돌아와버렸다. 아무리 그래도 한가로운 한 폭의 그림 같던 아버지의 이야기 속 에든버러 성과 내가 본 안개 속 바위산은 어쩜 그렇게 달랐을까.

그날은 그럭저럭 날씨가 괜찮아서 아침 일찍 역 앞 매점에서 가이드북을 사서 몇몇 성을 둘러보고 성당을 견학하고 미술관에 들렀지만, 에든버러에 도착한 날 저녁 안개 너머로 우뚝 솟아 있던 기괴한 바위산의 인상이 너무나 압도적이었던 탓에 다른 것들은 모두 빛바래 보였다.

1960년 3월 어느 날, 나는 내내 붙잡고 있던 번역 일을 오전 동안 쉬기로 하고 밀라노 중앙역으로 걸음을 재촉했다. 파리에서 출발한 이스탄불행 국제선 열차가 열시에 중앙역으로 들어올 예정이었다. 잘될지 어떨지는 모르겠지만 일단 가보자. 그렇게 생각하자 역 앞 광장에 주차하는 시간도 아깝게 느껴졌다. 긴 돌계단을 뛰어올라가 거대한 온실을 연상시키는 아름다운 돔 아래 플랫폼으로 나갔다. 열차는 아직 도착하지 않았다.

며칠 전 '아버님의 전갈'이라며, 이제껏 만난 적도 없는 아버지의 회사 사람이 로마에서 밀라노의 우리집으로 전화를 했다. 몇 주 전 아버지 병세가 그다지 좋지 않다는 남동생의 연락을 받고 곧 일본으로 갈 예정이었지만 그때까지 마쳐야 할 일이 있어서 밤낮으로 몰두하는 중이었다. 이 년 전 암 수술을 받았는데 작년 가을 재발해서 이제 손쓸 방도가 없다는 것도 남동생이 잇따라 보내준 편지를 통해 알고 있었다.

"곧 따님이 일본으로 병문안을 온다며 무척 기뻐하고 계십니다." 낯선 목소리가 말했다.

"그래서 선물을 하나 가져왔으면 한다고, 저에게 전화를 부탁하셨습니다."

그 사람은 내가 아버지의 상태를 묻는 말에는 대답하지 않고 잠시 침묵한 뒤 말을 이었다.

"하루라도 빨리 돌아가보십시오."

십 년 동안 두세 번이었지만 일본에 돌아갈 때마다 열심히 준비해간 선물을 건네면 어머니도 여동생도 남동생도 순순히 기뻐해주었는데, 아버지만은 하찮다는 표정으로 선물 같은 건 사오지 말거라, 하며 꾸짖었다. 바쁜 와중에 여기저기 돌아다니며 가격을 따져가며 정성껏 고른 것들인데 그냥 고맙다고 해주지 않는 아버지가 원망스러웠다. 그런 아버지가 이번에는 선물을 요청

할 뿐 아니라 전해달라고 전화까지 한 것이다. 더구나 아버지가 말한 것은 실로 뜻밖의 물건이었다. 예전에 당신이 탔던 와곤릿 사의 객차 모형과 오리엔트 특급열차의 커피잔이 갖고 싶다는 것이었다. 그런 걸 어디서 구해야 하나. 시내 완구점에 가보니 정교한 모형은 금방 찾을 수 있었지만 잔은 구할 방법이 없었다.

"밀라노 여기저기 찾아다니는 것보다 직접 열차에 가보는 쪽이 빠르지 않을까?"

친구 말을 듣고 시간표를 알아보고는 부랴부랴 중앙역으로 달려온 것이다. 아무리 그래도 승객도 아닌데 가능할까. 그런 생각을 하고 있는데 열차가 곧 도착한다는 방송이 흘러나왔다. 목이 바싹 타고 숨이 막힐 것 같았다. 내가 이러는 사이에도 혼자 죽어가고 있는 아버지에게 지금 해줄 수 있는 일이라곤 이것뿐이었다. 남편이 죽고 두 달 뒤 어머니가 위독하다는 소식에 귀국했을 때, 아버지는 이미 첫번째 위암 수술을 받은 뒤였다. 어머니의 병세가 한차례 안정된 후 아버지의 간병을 위해 일본에 머물러야 할지 망설이는 나에게 아버지는 딱 잘라 말했다. 이제 와서 나 때문에 네가 선택한 삶을 망치진 말거라. 밀라노로 돌아가.

파리에서 베네치아를 경유해 이스탄불로 가는 오리엔트 특급열차가 로열블루색 차체에 금색 선과 문장이 그려진 와곤릿 사의 우아한 침대차를 달고 천천히 플랫폼으로 들어오자 주변이 순식간에 고요해지는 느낌이었다.

"유럽에 가면 오리엔트 특급열차를 타보거라."

첫 프랑스 유학을 결정했을 때 아버지는 상기된 목소리로 거듭 그렇게 말했다. 그러나 배로 사십 일이 걸려 제노바까지 가고, 거기서 파리까지는 또 어떻게 가야 할지도 잘 모르는 나에게 오리엔트 특급이라는 꿈같은 열차의 이름은 아무 감흥 없이 머릿속을 스쳐갈 뿐이었다. 게다가 전쟁중에 자라 열차를 동경한다는 것이 어떤 느낌인지 짐작도 가지 않는 나는 아버지가 그런 말을 할 때마다 다툼을 피하려고 건성으로 네, 하고 대답하거나 됐어요, 지금은 아빠가 여행하던 시절이랑 다르다니까요, 하고 딱딱한 목소리로 말대꾸나 할 따름이었다.

아버지는 배와 열차, 비행기를 좋아했다. 군함이나 전투기 같은 위험한 것까지 관심의 영역을 확장해서 내 빈축을 샀지만, 두꺼운 카탈로그를 사와서 일요일 같은 때 즐거운 듯이 들여다보는 모습을 종종 볼 수 있었다. 내가 점점 이탈리아에 빠져들자 아버지는 이탈리아 배는 세상에서 가장 아름답지, 군함까지 근사하단다, 하면서 장단을 맞춰주곤 했다.

평생 단 한 번이었던 외유에서 어린 아들의 선물로 아버지가 사온 것은 독일 메르클린 사의 아름다운 전기기관차 세트였다. 좀처럼 밖에 나가 놀지 않던 남동생은 학교에 들어가자 아르스

사 아동문고 책을 쌓아올려 터널을 만들고 트랜스니 전자석이니 내가 전혀 알아들을 수 없는 용어를 써가며, 지붕이 한쪽으로 열려서 내부 좌석 하나하나까지 보이는 각양각색의 객차를 매단, 초록과 빨강, 금색이 섞인 묵직한 기관차를 방안 가득 깔아놓은 레일 위로 달리게 하는 데 열중해 아버지를 기쁘게 했다. 그중에는 와곤릿 사에서 나온 파란색과 금색 차체의 침대차도 섞여 있었는데, 아버지는 아무것도 모르고 멍한 우리에게 그 차량으로 편성된 국제선 열차 이야기를 그리운 듯이 들려주곤 했다.

그랬기에 오리엔트 특급열차에는 아버지가 젊었을 적 아침부터 밤까지, 다시 밤에서 아침으로, 역에서 역으로, 한 나라에서 다른 나라로 여정을 이어갔던 시간과 공간에 대한 깊은 감정이 담겨 있었다. 아들이니 대를 이어야 한다는 이유로 자기 뜻과 무관하게 할아버지가 물려준 회사를 경영해야 했고, 전시에는 군부에 협력해야 했으며, 전후 혼란기에는 아끼던 우수한 인재들이 회사를 떠나는 등 몇 번의 큰 파도를 넘어서며 가까스로 자기 일에 자신감을 갖게 된 아버지의 만년을 그 여행의 추억이 지탱해주었음이 틀림없었다. 오리엔트 특급열차. 얼마나 꿈같은 이름인가. 플라잉 스코츠맨 이야기를 할 때도 그랬듯이, 아버지는 이 열차의 이름을 하느님이 자신에게만 소재를 알려준 보물이라도 되는 양 소중하게 발음했다. 회사에 여유가 생기면, 하고 아버지는 내가 이탈리아에서 돌아올 때마다 말했다. 다시 한번 유럽에 갈 거다.

열차가 멈춘 것을 확인하고 나는 객차를 따라 걸어갔다. 고급 구두가 발판에 내려서더니 진녹색 로덴코트를 입은 신사가 훌쩍 뛰어내려 뒤따라 내리는 여자에게 손을 내밀었다. 그녀는 마치 이렇게 안기는 것을 오래전부터 기다리던 사람처럼 다소 고풍스럽게 몸의 중심을 남자의 손에 맡겼다. 어느 객차 아래서는 아직 소녀티가 가시지 않은 아가씨가 역시 로덴코트를 입은 젊은 남자와 포옹하고 있었다. 연인 사이인지, 아니면 작별인사를 하는 오누이인지. 밀라노의 일상에 파묻혀 있던 내 눈에는 이렇게 아름다운 사람들이 입은 옷이나 행동거지 모두 응축된 유럽 자체처럼 보였다.

식당차 옆을 지나니 안쪽으로 오렌지색 스탠드 불빛이 비쳤다. 아마 아버지도 이런 불빛 아래 식사를 하고, 어쩌면 서투른 영어로 청초한 미인에게 말을 걸었으리라. 한참 더 가자 객차 입구에서 한 손에 작은 수첩을 들고 볼펜을 놀리고 있는, 검은색 나비넥타이를 맨 차장을 볼 수 있었다.

"실례합니다."

내가 말을 걸자 차장은 조금 과장되게 놀란 시늉을 하고서 나를 바라보았다.

"뭔가요, 부인?"

"좀 이상한 부탁이 있는데요."

"뭐든 들어드릴 테니 말씀하시죠."

이제는 유럽 급행열차에서도 보기 어려워진, 위엄이 넘치지만 인자한 느낌이 풍기는 풍채 좋은 차장에게 나는 일본에 있는 아버지가 중병에 걸려서 곧 병문안을 위해 도쿄로 돌아가는데 젊었을 적, 정확히 말해 1936년 파리에서 심플론 고개를 넘어 이스탄불까지 여행했던 아버지가 그때 탔던 오리엔트 특급열차의 객차에서 사용하는 커피잔을 구해왔으면 한다고 사람을 시켜 부탁했다는 이야기를 간략하게 해주었다. 딱 하나, 잔만이라도 좋으니 구하고 싶은데, 가능할까요? 내가 묻자 처음에는 웃던 차장의 얼굴이 점점 어두워지는가 싶더니 나직한 대답이 돌아왔다.

"알겠습니다. 잠깐 기다려주시겠습니까?"

객차 안으로 사라졌던 그는 곧 흰색 리넨 냅킨으로 뭔가를 소중히 감싼 꾸러미를 들고 나타났다. 정말 고맙습니다. 나는 잠긴 목소리로 말했다. 얼마를 드리면 되느냐고 묻는 나에게 그는 꾸러미를 풀어 흰 바탕에 파란 무늬가 들어간 데미타스 잔과 받침 접시를 보여주면서 아무렇지도 않은 투로 말했다.

"이런 거라도 괜찮겠습니까? 병환중인 아버님께 안부 전해주세요."

하네다 공항에서 곧장 도심의 병원으로 향해 병실에 들어서자, 아버지는 기다리고 있었다는 듯이 고개를 내 쪽으로 아주 조금 움직였다. 아빠, 나 왔어요. 귓전에 대고 속삭이는 내게 어서 오라는 말도 없이, 마치 내가 줄곧 병실에 있다가 말을 건 것처럼 아버지는 이미 초점이 흐려진 눈을 돌리고 한숨 같은 목소리로 물었다. 그래서, 오리엔트 특급열차……는?

죽음을 앞두고도 아버지는 여전히 젊은 날의 여행을 생각하고 있다. 파리에서 심플론 고개를 넘어 밀라노, 베네치아, 트리에스테까지, 분주한 시간 속을 달려 도시의 소란에서 소란으로 젊은 그를 데려다준 푸른 열차를 잊을 수 없는 것이다. 나는 비행기 안에서 내내 움켜쥐고 있던 와곤릿 사의 파란색 침대차 모형과 흰색 커피잔을, 병자가 놀라지 않도록 살며시 침대 옆 테이블에 내려놓았다. 곁눈으로 그것을 보던 아버지의 의식이 점점 희미해져갔다.

다음날 이른 아침 아버지가 돌아가셨다. 따님을 기다리시면서, 하고 간병인이 말하며 전쟁 직후 영국에서 출판된 낡은 지도책을 건네주었다. 마지막까지 이걸 보고 계셨어요. 딸이 돌아오면 유럽 이야기를 하실 거라고요.

옮긴이의 말

스가 아쓰코는 등장한 순간부터 이미 대가라는 평을 들을 만큼 뛰어난 에세이스트였다. 1990년 예순하나의 나이에 출간한 에세이 『밀라노, 안개의 풍경』으로 여류문학상과 고단샤 에세이상을 동시에 수상하는 등 데뷔와 함께 단숨에 주목을 받았다. 『코르시아 서점의 친구들』 『베네치아의 종소리』 등 생전에 발표한 작품들은 사후 전8권의 전집으로 출간되었고, 2014년에는 이탈리아어를 일본어로 뛰어나게 옮긴 사람에게 수여하는 스가 아쓰코 번역상도 제정되었다.

유복한 가정에서 태어난 스가 아쓰코는 대학까지 가톨릭계 학교를 다녔다. 졸업한 후 진로를 결정하지 못하다가 게이오 대학 대학원에 입학했으나 일 년 만에 그만두고 프랑스로 유학을 떠났다. 하지만 파리의 분위기가 성미에 맞지 않은 그녀는 점차 이탈리아에 끌리게 된다. 1954년 여름방학을 이용해 페루자에서 이탈리아어를 배우며 이탈리아에 대한 동경은 더욱 분명해진다. 스물여섯 살 때 일단 일본으로 돌아온 스가 아쓰코는 스물아홉 살 때 장학생 신분으로 다시 로마로 건너가는데, 이 무렵부터 밀라노의 코르시아 서점에서 활동하는 사람들과 관계를 맺는다. 당시 코르시아 서점은 이탈리아 개혁운동의 거점으로 문화 발신의 살롱 역할을 했다. 이 시기의 이야기는 『코르시아 서점의 친구들』에 고스란히 담겼다.

1960년 코르시아 서점의 중심인물 페피노와 알게 된 그녀는 그해 9월 그와 약혼하고 이듬해 결혼해 밀라노에 정착한다. 이때부터 페피노의 권유로 일본의 근대문학을 이탈리아어로 번역하는 일에 몰두한다. 나쓰메 소세키, 모리 오가이, 히구치 이치요, 이즈미 교카, 아쿠타가와 류노스케, 다니자키 준이치로, 시가 나오야, 가와바타 야스나리, 다자이 오사무, 이노우에 야스시, 아베 고보, 미시마 유키오 등 일본 근현대를 대표하는 작가들의 작품이 그녀의 손을 통해 이탈리아어로 번역된다. 그러나 1967년 남편 페피노가 갑작스럽게 병사하자 1971년 밀라노 생활을 접고 일본으로 돌아온다.

귀국 후 쉰 살이 될 때까지 강사 생활을 하며 안토니오 타부

키, 움베르토 사바 등의 작품을 번역해 일본에 소개하는 일을 계속한다. 1990년 이탈리아에서의 경험을 담은 첫 에세이를 발표했고, 1998년 예순아홉 살 나이에 심부전으로 사망했다. 그러므로 그녀가 실제 작가로 활동한 기간은 만년의 고작 칠 년 남짓에 불과하다.

『베네치아의 종소리』는 유년 시절과 학창 시절의 추억, 그리고 이탈리아 생활을 그려낸 에세이다. 전쟁 말기의 어린 시절, 종전 직후 떠난 유학, 두 집 살림을 한 아버지, 밀라노에서의 결혼 생활 등 스가 아쓰코가 추억하는 다양한 이야기가 담겼다. 베네치아 페니체 극장에서 오케스트라 연주가 들려오는 밤 돌아가신 아버지를 떠올리는 표제작 「베네치아의 종소리」, 프랑스 유학 당시 룸메이트였던 독일인 친구와 삼십여 년 만에 재회하는 「카티아가 걸었던 길」 등, 인생의 도상에 등장했다 사라져간 사람들과 빚어낸 다양한 에피소드가 아름다운 문장에 담겼다.

그러나 이 에세이에 담긴 추억은 사십여 년 전 일본과 이탈리아에서 느꼈던 일이라고만은 할 수 없다. 소중히 간직하고 있던 것을 글로 옮겼다기보다, 사십여 년이 지나 이 글을 쓰면서 만들어진 추억이라고 해야 한다. 추억은 과거가 아니라 현재를 말해주는 것이기 때문이다.

스가 아쓰코가 밀라노에서 생활하던 시절의 서유럽은 역사상

인간 정신이 가장 고상하게 발현된 시기였을 것이다. 그녀의 시선은 신분, 학력, 피부색, 국적, 나이, 빈부 너머 사람들의 표정이나 눈빛, 목소리, 마음에 직접 가닿는다. 사람을 그야말로 사람으로 대하는 그녀의 태도는 너무나 자연스러워 그것이 얼마나 어려운 일인지 잊게 한다. 시대를 앞선 코즈모폴리턴이었던 그녀는 종교, 인종, 빈부에 따른 차별, 그것을 아우른 난민 사태에 휩싸인 지금의 유럽을 상상이나 할 수 있었을까.

송태욱

옮긴이 **송태욱**
연세대학교 국문과를 졸업하고 같은 대학 대학원에서 문학박사 학위를 받았다. 도쿄외국어 대학원 연구원을 지냈다. 지은 책으로 『르네상스인 김승옥』(공저)이 있고, 옮긴 책으로 『십자군 이야기』(전3권) 『세설』 『잘라라, 기도하는 그 손을』 『나는 고양이로소이다』 『환상의 빛』 등이 있다.

문학동네 세계문학
베네치아의 종소리

1판 1쇄 2017년 3월 6일 | 1판 3쇄 2023년 11월 20일

지은이 스가 아쓰코 | 옮긴이 송태욱
책임편집 양수현 | 편집 황문정 박아름 | 독자 모니터 류연미
디자인 최정윤 이원경 | 저작권 박지영 형소진 최은진 서연주 오서영
마케팅 정민호 서지화 한민아 이민경 안남영 왕지경 황승현 김혜원 김하연 김예진
브랜딩 함유지 함근아 고보미 박민재 김희숙 박다솔 조다현 정승민 배진성
제작 강신은 김동욱 이순호 | 제작처 한영문화사(인쇄) 경일제책사(제본)

펴낸곳 (주)문학동네 | 펴낸이 김소영
출판등록 1993년 10월 22일 제2003-000045호
주소 10881 경기도 파주시 회동길 210
전자우편 editor@munhak.com | 대표전화 031) 955-8888 | 팩스 031) 955-8855
문의전화 031) 955-1927(마케팅) 031) 955-2684(편집)
문학동네카페 http://cafe.naver.com/mhdn
인스타그램 @munhakdongne | 트위터 @munhakdongne
북클럽문학동네 http://bookclubmunhak.com

ISBN 978-89-546-4323-8 03830

www.munhak.com